你问我的欢乐何在？
——窗头明月枕边书。

戴望舒《古意答客问》

The Pleasure of Reading

窗头明月枕边书

桑农 ／ 著

黄山书社

图书在版编目(CIP)数据

窗头明月枕边书 / 桑农著. — 合肥 ：黄山书社，2019.12

（慢活书系）

ISBN 978-7-5461-8883-6

Ⅰ.①窗… Ⅱ.①桑… Ⅲ.①随笔—作品集—中国—当代 Ⅳ.①I267.1

中国版本图书馆 CIP 数据核字（2020）第 014544 号

窗 头 明 月 枕 边 书

CHUANGTOU MINGYUE ZHENBIAN SHU

桑农 著

出 品 人	贾兴权
责任编辑	刘莉萍
责任印制	李　磊
装帧设计	私书坊_刘　俊　张俊香
出版发行	时代出版传媒股份有限公司（http://www.press—mart.com） 黄山书社（http://www.hspress.cn）
地址邮编	安徽省合肥市蜀山区翡翠路 1118 号出版传媒广场 7 层 230071
印　　刷	安徽联众印刷有限公司
版　　次	2020 年 12 月第 1 版
印　　次	2020 年 12 月第 1 次印刷
开　　本	880 mm×1230 mm　1/32
字　　数	230 千字
印　　张	11.25
书　　号	ISBN 978-7-5461-8883-6
定　　价	42.00 元

服务热线　0551—63533706

销售热线　0551—63533768

官方直营书店（https://hsss.tmall.com）

目　录

第一辑　颂红妆

第二辑 乱翻书

第三辑 笔墨缘

第一辑

颂红妆

深闺有愿作新民

一

一九〇四年六月十日，秋瑾特意从北京赶到天津，拜会寄寓《大公报》总理英敛之家中的吕碧城。据《英敛之先生日记》当天记载："秋闺瑾女由京来，……秋留馆。……秋与碧同屋宿。"

许多年后，吕碧城对那次会面仍然记忆犹新。她在《予之宗教观》一文中写道："犹忆其名刺为红笺'秋闺瑾'三字，馆役某高举而报曰：'来了一位梳头的爷们。'盖其时秋作男装，而仍拥髻。长身玉立，双眸炯然，风度已异庸流。主人（英敛之）款留之，与予同榻寝。次晨，予睡眼朦胧，睹之大惊，因先瞥见其官式皂靴之双足，认为男子也。彼方就妆头庋小奁，敷粉于鼻。嗟乎！当时讵料同寝者，他日竟喋血饮刃于市耶？"

秋瑾过访时，吕碧城虽年仅二十二岁，却已在《大公报》上刊出了影响甚大的诗文，京津名流纷纷唱和响应。其名句有："待看廿纪争存日，便是蛾眉独立时。""流俗待看除旧弊，深闺有愿作新民。"试想，秋瑾读到这样的诗句，自然会引为同志。她前来拜访比自己小七岁的吕碧城，除"同声相应、同气相求"外，也意在为她致力的革命事业争取新的力量。遗憾的是，她未能如愿。据吕碧城说："彼密劝同渡扶桑，为革命运动。予持世界主义，同情于政体改革，而无满汉之见。交谈结果，彼独进行，予任文字之役。"

此后的情形，正如吕碧城所言，两人走上了不同的道路。秋瑾于一九〇五年去日本参加同盟会，一九〇六年回国策划起义，一九〇七年被捕就义；吕碧城于当年创立中国第一所官办女子学校，投身教育和文化传播事业。秋瑾走的是革命救国之路，是激进妇女的领袖；吕碧城走的是教育兴民之路，是稳健女性的翘楚。两人采取的手段和程序有所不同，却有着救亡图强的共同目标，所以，她们仍属"同一战壕的战友"。一九〇七年初，秋瑾主编的《中国女报》在上海创刊，发刊词即为吕碧城所作。

二

吕碧城原籍安徽旌德，一八八三年生于太原，其父时为山西学政。像许多古代才女的幼年传奇一样，吕碧城也曾有对对子的轶事。据说五岁时，父亲即景以"春风吹杨柳"

出题，她立刻应答“秋雨打梧桐”。然其早年生涯，颇为坎坷。十三岁时，父亲去世，族人为霸占家产，逼走碧城母女。已与之定亲的汪某，也借故退婚。母返乡，碧城遵命赴塘沽依附舅家。

一九〇四年春，吕碧城约舅署中秘书方君的夫人同往天津访女学，被舅骂阻。翌日，逃登火车。车中遇佛照楼主妇，挈往天津寓所。打听到方夫人在《大公报》报馆，她便去信倾诉。信被该报总理英敛之所见。英敛之对其大加赞赏，亲往邀请任助理编辑，迁居报馆。不久，吕碧城的诗文屡见报端，备受时贤推崇，一时“京津间闻名来访者踵相接”。这才有秋瑾和吕碧城同榻畅谈的一幕。

当时与之诗词唱和、过从甚密的，主要是“督署诸幕僚”，吕碧城欲办女学的倡议，也得到这些人的积极赞同。在他们的举荐下，吕碧城得到了官方的资助。《英敛之先生日记》记有：“袁督许允拨款千元为学堂开办费，唐道允每月由筹款局提百金作经费。”袁督即直隶总督袁世凯，唐道即天津海关道唐绍仪。

袁世凯任直隶总督和北洋大臣期间，推行教育改革，奏请慈禧太后废除科举制度，建立新式学堂。得到他的支持，北洋女子公学很快开张，吕碧城出任总教习，一年后升任监督（校长）。公学于一九〇六年又加设师范科，命名北洋女子师范学堂，此即后来的天津直隶北洋第一女子师范学校。周恩来夫人邓颖超就是毕业于该校。

吕碧城创办女学，成绩显著。她既善于吸取新知识、新思想，形成自己系统的教育理念，又具备很强的活动能力和管理能力，深得袁世凯的赏识。北洋名下学堂数十所，都开设新式课程，聘请的总教习、教习大都是外国人。像吕碧城这样二十岁刚出头的女子，被委以重任，让其独当一面的，可谓绝无仅有。一九一二年，宣统皇帝退位，中华民国临时政府成立，北洋女学停办，袁世凯随即特聘吕碧城为总统府秘书。直到一九一五年，袁世凯授意组织筹安会，准备恢复帝制，吕碧城才辞去该职。

三

吕碧城担任总统府秘书一职，似乎是个闲差，并没有从事具体的事务。上任不久，即奉母离京，移居上海。在十里洋场，她转而涉足商界，与外国商人角逐交易。数载间，盈利丰厚，竟一跃而为巨富。吕碧城在上海静安寺路（今南京西路）自建洋房别墅，富丽堂皇。内部陈设也俱为欧式，钢琴、油画点缀其间，并雇有两名印度籍仆役，出入汽车代步。郑逸梅《人物品藻录》中称，吕碧城"且染西习，尝御晚礼服，袒其背部，留影以贻朋友。擅舞蹈，于蛮乐琤𪸩中，翩翩作交际之舞，开海上摩登风气之先"。

吕碧城曾蓄一犬，取名杏儿，金发披体，乖巧玲珑，离沪时赠与友人。每次通信，必问及近况。后得知其物化，葬于荒郊，遂赋诗以悼："依依常傍画裙旁，灯影衣香忆小窗。愁绝江南旧词客，一犁花雨葬仙庬。"这种善待动物的仁慈心肠，使她后来参与世界动物保护运动。然而，也正是因为爱犬，还引出了两场官司。一次爱犬被某外侨的摩托车辗伤，吕碧城请律师与之交涉，送犬入兽医院治愈，方才作罢。平襟亚（即二十世纪四十年代著名的《万象》杂志的老板）当时于小报上刊出《李红郊与犬》一文，予以影射。吕碧城大怒，告上法庭。平襟亚遂逃往苏州，更名改姓，不敢露面。吕碧城征得其照片，欲登报缉拿，没有获准，又声明如有人能告知住址因而缉获者，以慈禧太后亲笔所绘花鸟一幅为酬。

当然，吕碧城在上海并非整日声色犬马。事实上，一九一三年至一九二〇年，她一直潜心苦学，国学与外语都有极大的进步。在天津时，她曾师从时任直隶学务部总办的严复学习逻辑学，并促使其翻译《名学浅说》一书。该书序中有云："戊申孟秋，浪迹津沽，有女学生旌德吕氏谆求授以此学。"到了上海，她又师从道学家陈撄宁叩问玄理，陈为之作《答吕碧城女士三十六问》。这些都是十分精奥的学问，可见她对中西文化钻研之深。吕碧城还多次参加南社在沪上徐园的雅集，并与诗友结伴去外地寻访名山胜水，一路诗词唱和。

由于客观的原因，吕碧城未能继续早年教育救国的事业，但她仍然抱有济世的关怀，最突出的表现是对慈善公益的热衷。据《旌德县志》记载：吕碧城"疏财仗义，乐善好施。出国留学前，从在沪经商盈利中提取十万巨金捐赠红十字会。在海外时两次捐款，用于宣传保护生态环境。一九四〇年捐款给国内赈灾机构，帮助抗战中流离失所的难民。

临终有遗命将全部财产布施佛事”。

近代名诗人樊樊山于一九二五年刊布致吕碧城信手迹，其中有：“巾帼英雄，如天马行空，即论十许年来，以一弱女子自立于社会，手散万金而不措意，笔扫千人而不自矜，此老人所深佩者也。”

四

吕碧城不仅能“以一弱女子自立于社会”，更能以个人的力量，远渡重洋，游学欧美，开阔眼界和胸襟，实现她的“世界主义”。一九二〇年，她自费入美国哥伦比亚大学研习美术、进修英语。她住在纽约最豪华的旅店，房租甚高。西方人下榻最多不会超过七天，她一住就是六个月。当地富豪达官的夫人闻其名，争与定交，有隆重宴会，无不邀请。一九二六年，她再次赴美，并于第二年转赴欧洲，周游法国、瑞士、意大利、奥地利、德国、英国等地，后长年旅居瑞士。每游一地，吕碧城必以诗文记述。《晓珠词》第二卷收录的，便是她周游欧美、特别是旅居瑞士时的词作，所咏内容即如“登阿尔伯士山”“日内瓦之铁网桥”“巴黎铁塔”“拿坡里火山”“大风雪中渡英海峡”等等。描述这一类异域风光，不仅前人未有，近现代词坛也不多见，况且吕碧城想象奇特、境界高远。钱仲联《近百年词坛点将录》有极高的评价：“中年去国，卜居瑞士。慢词《玲珑玉》《汨罗怨》《陌上花》《瑞鹤仙》，俱前无古人之奇作。‘休愁人间途险，有仙掌为调玉髓，迤逦填平。’（阿尔伯士山）‘鄂君绣被春眠暖，谁念苍生无分。’（木棉花）杜陵广厦，白傅大裘，有此襟抱，无此异彩。”

吕碧城周游欧美之际，正值西方盛行动物保护运动。一九二九年，她作为唯一受邀请的中国人，前往维也纳，参加万国保护动物大会，并登台演说。吕碧城头戴珍珠抹额，身穿金孔雀图案的晚妆大衣，用英语慷慨陈词，备受听众瞩目。演讲完毕，各国代表争相趋前握手致意，请求签名，合影留念，竞相邀请她前往本国演说。会后，维也纳报纸报道了吕碧城演讲的盛况，并刊登了她的演说词。

与此同时，吕碧城皈依佛法，以英文翻译《妙法莲华经》《普贤行愿品》《阿弥陀经》《十善业道经》等佛经，向西方传播佛教文化。她还不时将欧美各国佛教与护生消息传递国内，见于报刊，引起沪上知名居士李圆净、丰子恺等人的注意。这些文章被结集为《欧美之光》印行，畅销一时。回国后，她又撰写《观无量寿佛经释论》《观音圣感录》等佛学著作，继续宣扬戒杀因果、护生蔬食之说。

吕碧城倡导护生、弘扬佛法，为东西方文化交流做出很大的贡献。她自己也信仰坚定，身体力行。有一则轶事说，她于一九三五年在香港购屋居住，搬入不久，发现梁柱白蚁丛生，如果灭掉，便犯杀生之忌，若不然又有屋宇颓圮之忧，无奈只得将房屋平价转让他人。据记载，吕碧城临终前，遗命火化，将骨灰和面粉为丸，投入海中，与水族结缘。

五

作为女性，吕碧城也着意穿戴。从留下的一些照片可见，她的服饰时尚新潮，有的甚至别出心裁，体现了她张扬的个性。早年在天津时，她的奇装异服就引起守旧势力的不满。已经算很开明的《大公报》上，刊出了《劝女教习不当妖艳招摇》一文。吕碧城当即撰文反驳，并因此与有恩于己的《大公报》总理英敛之翻脸绝交。此后，无论在上海还是在欧美，她依然我行我素。不过，这也赢得不少人的钦慕。苏雪林《女词人吕碧城与我》中写道："我记得曾从某杂志剪下她一幅玉照，着黑色薄纱的舞衫，胸前及腰以下绣孔雀翎，头上插翠羽数枝，美艳有如仙子。此像曾供养多年，抗战发生，入蜀始失。"

作为新女性，吕碧城一生追求男女平权，而终抱"独身主义"。这与当今某些激进的女权主义者从理论上排斥男性不同，而与她身世经历和孤傲性格有关。幼年遭退婚之耻，在她心中留下阴影。后来，有些热心人前来议婚，都被她拒之门外。如清末出使日本国钦差大臣胡惟德，曾托直隶提学使傅增湘提亲未果。袁世凯的二公子袁克文（寒云），世称当代曹子建，常与吕碧城诗词唱和。诗友费树蔚以之征求意见，吕碧城笑而不答。多少年后，有人谈及此事，吕碧城答道："袁属公子哥儿，只许在欢场中偎红依翠耳。"

许多人对吕碧城的婚姻问题十分关心，所谓女大当嫁，总得有个“归属”啊。对此，吕碧城却另有自己的见解。严复《与甥女何纫兰书》有记：“吾一日与论自由结婚之事，渠（吕碧城）云：至今日自由结婚之人，往往皆少年无学问、无知识之男女。当其相亲相爱、切定婚嫁之时，虽旁人冷眼明明见其不对，然如此之事何人敢相参预，于是苟合，谓之自由结婚。转眼不出三年，情境毕见，此时无可委过，其悔恨烦恼，比之父兄主婚尤深，并且无人为之怜悯。此时除自杀之外，几无路走。”对于吕碧城这一番高论，严复一面佩服其“透彻”，一面也对她无意婚嫁“深感忧虑”。

郑逸梅《艺林散叶续编》记载：“某次，叶遐庵约吕碧城、杨千里、杨云史、陆枫园诸人于其家懿园作茗叙，无意中谈及碧城之婚姻问题，碧城云：‘生平可称许之男子不多，梁任公（启超）早有妻室，汪季新（兆铭）年岁较轻，……我之目的不在资产及门第，而在于文学上之地位。因此难得相当伴侣，东不成，西不合，有失机缘。幸而手边略有积蓄，不愁衣食，只有以文学自娱耳！’”这段话有两点值得注意：一是她自视甚高，很少有男性能被相中；二是她有经济实力，无须依附男性。正是由于这两点，才使得吕碧城持“独身主义”，并能将之进行到底。

六

纵观吕碧城的一生，可谓中国近代女界的一个奇迹。

虽然不像秋瑾那样献身于革命事业，文字与活动也始终不失名媛闺秀的风范，但她无疑是一位妇女解放运动的先驱者，一位爱国忧民的新女性。她彻底摆脱了中国传统女性"三从"的囿限，矢志于自身独立事业的发展，成为杰出的词人、教育家、商人、慈善家、佛学家、护生运动的领袖。她的事迹将两千多年来封建社会中妇女受到的歧视与耻辱一洗殆尽，完全可以作为二十世纪新女性的典范。

吕碧城最具魅力的，还在于她特立独行的人格。窦存我《赞吾国女杰吕碧城居士》中说："在那礼教尚未被打倒的时候，她竟以一青年女子抛弃了家庭，毅然走上了欧化之途，创女学，办报纸，主张女界的权利；及至入了民国，举国狂热于欧化的时代，她在漫游世界之后，又毅然反抗着潮流，而皈心佛教；举世放纵于贪欲，以食色两事为人生目的之时，她却毅然抱独身主义，清修梵行，毅然本慈悲心肠，主张戒杀。这是何等的勇敢，何等的智慧，何等强毅而不被众挠，何等明哲而不为众惑。"诚哉斯言！

二〇〇五年十二月

吕碧城劝龙榆生学佛之原委

《诗窗》总第十二期上刊载《读吕碧城词札记》一文,其中有这样一段话:

> 一九四二年,碧城劝那个投靠汪伪的文人说:“佛教之平等观,即是无国家种族、恩怨亲仇之分别,处于超然之地,不得以世情绳之。”(见《吕词笺注》第五六四页)多么惊人的“超然之地”!连祖国存亡、民族气节都不顾了的“超然”,令人不寒而栗!笔者只好咬牙说一声:好一个自以为聪明的糊涂虫!

其中所引吕碧城的原话,见于李保民《吕碧城词笺注》附录中龙榆生《悼吕碧城女士》一文。龙榆生在文中,节录了吕碧城一九四二年十二月二十一日给他的信:

书中又苦劝学佛，略称："世间事皆如梦如幻，本无真实，最要者为看破世界，早求脱离，即学佛是也。请试行之，必觉怡然别有天地。"又称："佛教之平等观，即是无国家种族、恩怨亲仇之分别，处于超然之地，不得以世情绳之。"末有"珍重前途，言尽于此"之语。

这封信未见全篇，但吕碧城的意思很明确。所谓"国家种族、恩怨亲仇"，所谓"超然"，都旨在劝龙榆生学佛，这是前提条件，而非结论。并且，吕碧城劝说的重点也不在这里，而在后面的"珍重前途，言尽于此"。龙榆生主编的《同声》三卷一号"词林近讯"有记："去年十二月二十一日，有书致其词友龙榆生君。敦劝学佛，有言尽于此之语。"何谓"言尽于此"？通俗地讲，就是"我的话只能说到这个地步了"。吕碧城有什么话，是两人心知肚明，无须说白了的？这自然需要了解龙榆生当时的境遇，弄清吕碧城劝其学佛之原委。

吕碧城晚年信佛护生，劝人学佛本是分内之事；具体到龙榆生，情况却有些特别。一九三三年，经叶恭绰的介绍，客寓柏林的吕碧城与旅居上海的龙榆生开始通信来往。同年，龙榆生主编的《词学季刊》创刊号及一卷二号，载有吕碧城词合计十四首。后来，龙榆生编《近三百年名家词选》，以吕碧城压轴，并给予极高的评价。据张晖《龙榆生先生年谱》记载，一九三八年八月二十二日，吕碧城由欧洲致函蛰居孤岛的龙榆生：

闻散原老人绝食殉难，谅尊处早得消息。吾人今日皆系忍辱偷生，解脱之法惟往生佛国。……我等皆忝属知识阶级，非迷信者，感于此世界太苦，实不堪郁郁久居。先生宜早自为计，勿沉沦也。

中日战争爆发后，沦陷北平的陈三立愤而绝食身亡。吕碧城以为，身处乱世，若要“忍辱偷生”，学佛才是唯一的“解脱之法”。只有如此，方可免于“沉沦”。她很清楚，凭着龙榆生在文化界的声望，必然会被别人利用。她劝龙榆生学佛，从远处着眼，是传教；从近处着眼，则是希望他断绝尘缘，洁身自保。所谓学佛，正如同梅兰芳当时的蓄须明志。吕碧城的建议，可谓用心良苦。

龙榆生也曾起信佛之念，然而迟疑不定，未能痛下决心，终于被汪精卫生拉硬拽，落水沉沦，名节不保。汪精卫对龙榆生有知遇之恩，所谓士为知己者死，况且龙榆生又是身不由己。他当然知晓民族大义，更是爱惜羽毛，落得个汉奸的骂名，真是欲哭无泪。他离沪赴宁、置身汪精卫麾下后，给尚未归国的吕碧城写信，倾诉内心的苦闷。一九四〇年九月十二日，吕碧城复函：

来缄所述窘境，凡存心忠厚者，当能原谅，佛说世事如梦幻泡影，不必深论。倘能以归依三宝自鸣，则佛徒之立场，不受世法之界限。桑榆之收，莫善于此。顷有友人谈及，城亦持此论，非以

> 虚言奉慰也。如能真实归佛，则于世事一切能安心自觉，另换一个天地。将来尤获益无穷，尚希有以自解，勿徒戚戚。

龙榆生当时还给许多人写过大意相同的信，包括夏承焘、钱锺书等。《槐聚诗存》里有《得龙忍寒金陵书》一诗："一纸书伸渍泪酸，孤危契阔告平安。尘多苦惜缁衣化，日暮遥知翠袖寒。负气身名甘败裂，吞声歌哭愈艰难。意深墨浅无从写，要乞浮提沥血干。"钱锺书后来说，此诗"语带讽谏，亦见文章有神交有道耳"。

吕碧城说"存心忠厚者，当能原谅"，则是先表示"了解的同情"，随后再进行"讽谏"。她又一次劝龙榆生皈依佛门，说佛徒"不受世法之界限"，"如能真实归佛，……另换一个天地，……尚希有以自解"，意图十分明显。她宣讲众生平等的佛义，完全是布施普度众生的佛法，给失足的龙榆生指出一条退路，希望他回头是岸，绝非连祖国存亡、民族气节都不顾。吕碧城一点都不糊涂！

吕碧城一九四二年十二月二十一日给龙榆生的信，未能保存，仅留下《悼吕碧城女士》一文里摘录的片段。可从那些片言只语看，无非是一九四〇年九月十二日信的重复。《读吕碧城词札记》的作者从中得出那样的印象和评判，应该是误会了。

二〇〇九年四月

潘玉良的艺术之路

岁末年初，芜湖市博物馆举办的《归来——潘玉良美术作品展》无疑是本地一桩文化盛事。画展取名“归来”，自然因为画家是从这里走出去的。

潘玉良生于扬州，父母早亡，被舅父卖入芜湖青楼，遇到时任芜湖海关监督的潘赞化，后随之去上海，从此走上了“由妓妾到一代画魂”之路。关于她的小说、电影、电视剧都曾风靡一时，但大多是“想当然耳”。她的艺术生涯以及艺术成就，一般人却知之甚少。这次画展，对于了解艺术史上的潘玉良，是一次难得的机缘。

近些年来，随着全集的出版、年谱的编撰、拍卖行情的看涨以及各地频繁的画展，潘玉良作为中国现代艺术史上一流画家的地位得到普遍认可。其实，早在一九三七年赴法之前，她在国内也是公认的一流画家。

潘玉良的学历，在民国画坛，可谓力压群雄。她与徐悲鸿、林风眠一样，求学于巴黎国立高等美术学院。而该校为最优秀的学员颁发罗马奖，资助前往罗马皇家美术学院进修学习。徐、林等人都是直接回国的，只有潘玉良一人去了意大利，成为当时世界最高艺苑唯一一名中国籍毕业生。所以她一回国，刘海粟即聘其为上海美专西洋画系主任。随后，她又和徐悲鸿一起受聘于中央大学艺术系，是该系仅有的两位西洋画主讲教师。她在上海和南京举办的几次个人画展，都是盛况空前，好评如潮。

前往观展的不仅有艺术界名流，一些政界要人也来捧场。蔡元培、柏文蔚且不说，林森、孙科、汪兆铭、陈公博、张道藩等，都亲临展厅，并当场订购其画作。在报刊上发表评论的专业人士，有苏雪林、倪贻德、陈之佛、张道藩、徐悲鸿、李金发、俞剑华、张仃、常任侠等。常任侠《观潘玉良教授西画展》里称："画人徐悲鸿，对于艺苑评陟殊严，尝谓中国仅有三画师，而潘居其一。"而徐悲鸿《参观玉良夫人个展感言》里确实有云："真艺没落，吾道式微，乃欲求其人而振之，士大夫无得，而得巾帼英雄潘玉良夫人。"早年留学法国的雕塑家、诗人李金发在《潘玉良画展略评》里则说："她的作品就摆在法国的第一流作家之群，我敢说也不逊色。本国许多投机取巧的男画家，当然不能望其项背。"

最令人惊奇的画评，是陈独秀撰写的三则题跋。一九三七年六月十二日，《中央日报》发表题为《潘玉良画展巡礼》的专访，肩题竟然是"白描速写冶中西画理于一炉，陈独秀在狱中题字大加赞赏"。文中特别强调，在狱中埋头读书的陈独秀，对潘玉良的白描速写大加赞赏，称其为"新白描体”，并全文引述了这三则题画赞语。巧的是，陈独秀题跋的三幅原作，都幸运地保存了下来。一幅现藏于中国美术馆，两幅现藏于安徽博物院。这次在芜湖展出的，正是安徽博物院的藏品，其中也有一组白描速写；遗憾的是，陈独秀题跋的作品却不在其中。鉴于这几句题跋对潘玉良绘画艺术的点评十分到位，现转录如下：

以欧洲油画雕塑之神味入中国之白描，余称之曰新白描，玉良以为然乎？廿六年初夏，独秀。

余识玉良女士二十余年矣，日见其进，未见其止，近所作油画已入纵横自如之境，非复以运笔配色见长矣。今见其新白描体，知其进犹未已也。

玉良女士近作此体，合中西于一冶。其作始也犹简，其成功也必巨。谓余不信，拭目俟之。廿六年初夏，独秀题于金陵。

陈独秀讲，他初识潘玉良是二十余年前；具体说，应该是二十四年前，地点即在芜湖。潘赞化后来写给潘玉良的信中有言：“我们在芜湖十九道住，陶塘兵变我受嫌疑，陈仲甫被捕，还记得罢！”那是一九一三年“二次革命”时的事，随后他们相继逃离芜湖，都去了上海。一九三三年，陈独秀被判“以文字为叛国之宣传”罪，押解南京老虎桥第一模范监狱。一九三七年，潘玉良筹办画展前夕，带着画作前往探监，这才有了上述题跋。监狱在押政治犯的评论，公然刊于《中央日报》；而在同一篇报道中，还有内政部常务次长张道藩的应声附和。现在想来，真是不可思议。

陈独秀推崇潘玉良的白描画，称之为“新白描”，指出其“以欧洲油画雕塑之神味入中国之白描”，“合中西于一治”，可谓慧眼独具。从潘玉良的创作历程看，当时只是“一种新试作”(张道藩语)。她后来旅居法国，将这种尝试发扬光大。不仅是白描画，在彩墨画上更是独树一帜。

潘玉良早期的油画，受过学院派严格的训练，重视写生，人体画和风景画都功力深厚。她的作品还兼具印象派、后期印象派以及野兽派的特色，呈现东方韵味。从题材上看，目前学界关注的是她的自画像，还有女性人体画。作为女画家、东方人，身体与身份、性别与文化诸问题，都必须纳入女性主义和后殖民主义视域重新审视。从形式上看，油画之外，潘玉良白描画和彩墨画中的书法线条和水墨技法，尤其受到西方艺术界的称道。她晚年在欧美各地多次举办个人画展，海报上选用的不是白描画就是彩墨画。

一九六二年，潘玉良在美国檀香山、旧金山、纽约举办巡回画展，法国巴黎东方艺术博物馆馆长叶赛夫(V. Elisseeff)撰文推荐。其中写道：“潘玉良融合全部所学，孜孜不倦地探求各种用线条产生立体感的可能。她的素描总是很干净利落，显示了中国书法的笔致。……她的作品是以中西画融合起来，加上她自己的面目而创造出来的。……无论油画素描，都有中国字画的笔法，用生动的线条来形容实体的柔和自在，这就是潘夫人特创的风格。”对照此前陈独秀的题跋，见解如出一辙。

再说这次芜湖市博物馆举办的潘玉良画展，也是按油画、白描画、彩墨画的类别来安排展示单元。其中，彩墨画被标识为“国画”。早年在国内传授西方油画、色粉画的技术，晚年向世界呈现东方白描画、彩墨画的神韵，这就是潘玉良的艺术之路。

二〇一八年一月二十四日

方令孺与闻一多

一

一九三〇年九月，方令孺离开南京婆家，只身来到青岛，应聘于刚刚创立的国立青岛大学，任文学院国文系讲师，教“大一国文”和“文选学”。

国立青岛大学坐落海滨，校舍依山而起，环境幽美，气候宜人。德国占领时期，此处为俾斯麦兵营。一九二九年，经蔡元培建议，国民政府教育部决定筹办国立青岛大学，校址选在此处。一九三〇年九月二十一日，校长杨振声宣誓就职，国立青岛大学正式开学。闻一多为文学院院长兼国文系主任，梁实秋为图书馆馆长兼外文系主任。

梁实秋《方令孺其人》一文，谈到与方令孺的相识：“我最初认识她是在一九三〇年，在国立青岛大学同事。杨振声校长的一位好朋友邓初（仲存），邓顽伯之后，在青岛大学任校医，邓与令孺有姻谊，因此令孺来青岛教国文。闻一多任国文系主任。一多在南京时有一个学生陈梦家，好写新诗，颇为一多所赏识，梦家又有一个最亲密的写新诗的朋友方玮德，玮德是方令孺的侄儿，也是一多的学生。因此种种关系，一多与令孺成了好朋友，而我也有机会认识她。”说的都是事实，但梁实秋兜了一个大圈子，无疑是要牵扯出闻一多来。

接下来，梁实秋又写道：“青岛山明水秀，而没有文化，于是消愁解闷惟有杜康了。由于杨振声的提倡，周末至少一次聚饮于顺兴楼或厚德福，好饮者七人（杨振声、赵太侔、闻一多、陈季超、刘康甫、邓仲存和我）。闻一多提议邀请方令孺加入，凑成酒中八仙之数。于是猜拳行令觥筹交错，乐此而不疲者凡两年。其实方令孺不善饮，微醺辄面红耳赤，知不胜酒，我们亦不勉强她。”这段文字有许多言外之意，耐人寻味。七人中的邓仲存，是方令孺的堂姐夫，方令孺的加入，不是由他引荐，而是由闻一多邀请，其一也；七人都是好饮者，方令孺不善饮，想来也不会好饮，凑成酒中八仙，无非是闻一多为邀她加入编出来的堂皇理由，其二也；方令孺既不胜酒，平时又不喜与人来往，却欣然接受邀请，而且喝得面红耳赤，说明她与闻一多真的是好朋友，其三也。

方令孺与闻一多的关系到底发展到什么程度、属于什么性质，梁实秋没有说破。但他在另一些场合，多次点明闻一多在青岛时期情感上的“一点涟漪”。

一九三〇年底，徐志摩在上海筹办《诗刊》。在其一再催促下，已潜心学术的闻一多，终于创作了“三年不鸣，一鸣惊人”的《奇迹》。十二月十九日，徐志摩给梁实秋的信里说：“一多竟然也出了《奇迹》，这一半是我的神通之效，因为我自发心要印《诗刊》以来，常常自己想，一多尤其非得挤他点出来，近来睡梦中常常捻紧拳头，大约是在帮着挤多公的《奇迹》！”梁实秋对徐志摩的说法不以为然，《谈闻一多》一文中认为：“志摩误会了，以为这首诗是他挤出来的，……实际是一多在这个时候在情感上吹起了一点涟漪，情形并不太严重，因为在情感刚刚生出一个蓓蕾的时候就把它掐死了，但是在内心里当然是有一番折腾，写出诗来是那样的回肠荡气。”

由于梁实秋一边强调方令孺跟闻一多是“好朋友”，一边又指出闻一多当时“情感上吹起了一点涟漪”，很容易让人在两者之间产生联想。而闻一多后人编撰《闻一多年谱长编》时，便不加避讳地将其坐实：“所谓‘情感上吹起了一点涟漪’，大概是先生与中文系讲师方令孺之间的关系。”

二

方令孺与闻一多过从甚密，并非只有梁实秋的孤证。一九三〇年十二月十日，闻一多致朱湘、饶孟侃的信里就有这样一段话：“此地有位方令孺女士，方玮德的姑母，能做诗，有东西，有东西，只嫌手腕粗糙点，可是我有办法，我可以指给她一个门径。”

这是闻一多现存文字中,唯一一次提到方令孺。当时,两人相识不久。闻一多是国文系主任,方令孺是国文系讲师,两人是上下级关系,自然会有教学业务的往来。此外,闻一多是新月派的重镇,方令孺此前在南京,通过侄子方玮德结识陈梦家和徐志摩,并在《新月》上发表了散文代表作《信》。于是,在两人的交谈中,学校工作之外,又有了彼此更感兴趣的话题。

闻一多时常与方令孺谈起方玮德和陈梦家,对于这两位新月派后起之秀都是自己的学生,非常得意。以上同一封信有云:“玮德原来也是我的学生,最近才知道。”《闻一多年谱长编》里一段记载,可以与之参看:“经方令孺的提醒,想起在南京第四中山大学与方玮德的往来,于是立即从方令孺处要了一张方玮德的照片,与陈梦家的照片一起置于案头。”

闻一多是如何给方令孺指示写诗门径的,已经无从知晓。有一点可以肯定,方令孺确实是来青岛后才开始发表新诗的。她于《诗刊》创刊号及第三、第四期上,先后发表《诗一首》《灵奇》《枕江阁》《幻想》《任你》《她像》六首新诗。其中《诗一首》和《灵奇》,当即被收入新月书店一九三一年九月出版、陈梦家编选的《新月诗选》,且因此与林徽因并称为新月派两位著名的女诗人。闻一多对诗友说方令孺能写诗,并连声称赞“有东西”。读到方令孺发表的这些作品,不知他有何评价?一九四三年,他编选《现代诗钞》,留下一个未最后定稿的选本,以新月派诗人的作品压轴,目录依次为徐志摩、闻一多、饶孟侃、朱湘、孙大雨、邵洵美、林徽因、陈梦家、方玮德、朱大楠、梁镇。这份名单没有超出陈梦家《新月诗选》的范围，却偏偏遗漏了方令孺。

一九三一年暑假，闻一多将即将分娩的妻子高孝贞送回老家，返校后迁住八号宿舍楼。方令孺住的是七号楼，两人离得不远。据说，这段时间，两人频繁的来往引起了流言蜚语。《闻一多年谱长编》有记："（一九三二年）春，夫人携诸子来青岛。时，方令孺讲授《昭明文选》，遇到问题经常向先生请教，先生也教她一些写诗的方法，于是引起某些好事者的流言。先生得知，便与林斯德商量，认为把妻子接来，流言便可不辟自灭（据林斯德给编者的信，一九八七年七月十四日）。"这个林斯德，是闻一多的姑表亲戚，当时在青岛大学图书馆工作，他的话大概是有根据的。

不过，有关方令孺与闻一多的流言，应该出现得更早。徐志摩致梁实秋信有云："前天禹九来，知道你又过上海，并且带来青岛的艳闻。"梁实秋《旧笺拾零》中解释道："信里所说的艳闻，一是有情人终于成了眷属，虽然结果不太圆满；一是古井生波而能及时罢手，没有演成悲剧。"很明显，前者指的是赵太侔和俞珊，后者指的是闻一多和方令孺。据陈子善考证，这封信写于一九三一年五月二十八日。可见，传闻那时就已经有了。

梁实秋《再说闻一多》一文，还披露了闻一多的一首未刊诗《凭藉》："这首诗是他在青岛时一阵感情激动下写出来的。他不肯署真名，要我转寄给《诗刊》发表。我告诉他笔迹是瞒不了人的。他于是也坚持不发表,原稿留在我处。”全诗如下:“‘你凭着什么来和我相爱?’/假使一旦你这样提出质问来,/我将答得很从容——我是不慌张的,/‘凭藉妒忌,至大无伦的妒忌!’//真的,你喝茶时,我会仇视那杯子,/每次你说那片云彩多美,每次/你不知道我的心便在那里恶骂:/‘怎么? 难道我还不如它?’”这首诗应该与《奇迹》一样,也是为方令孺而作。考虑到内容过于直白,很容易让人联想到本事,闻一多不愿以真名刊出,以至于坚持不发表,显然是已经决定要把刚刚萌生的情感“蓓蕾”掐了。

三

非常遗憾的是,方令孺留下的所有文字里,均未出现闻一多的名字。她与闻一多交往时的心理,没有直接线索,不好妄加猜测。孙玉石《闻一多〈奇迹〉本事及解读》一文认为,不妨将方令孺的《诗一首》和《灵奇》看作对《奇迹》的“回答”,并且“可能看出一点似乎相关的信息来”。

《奇迹》一诗的题旨众说纷纭,从其创作背景并与《凭藉》联系起来看,本事还是比较明确的。全诗自始至终,都是表达诗人对“奇迹”来临的期待。结尾写道:“我听见阊阖的户枢砉然一响,/传来一片衣裙的綷縩——那便是奇迹——/半启的金扉中,一个戴着圆光的你!”这是化爱情为象征,或借象征传达爱情,闻一多内心的渴求表露无遗。方令孺的《诗一首》,与《奇迹》同时发表在《诗刊》创刊号上。

全诗如下:“爱,只把我当一块石头,/不要再献给我:/百合花的温柔,/香火的热,/长河一道的泪流。//看,那山冈上一匹小犊/临着白的世界;/不要说它愚碌,/它只默然/严守着它的静穆。”这首诗表达了对爱的婉拒,与《奇迹》中对爱的渴望,似乎可以构成某种对应。

《灵奇》发表在《诗刊》第三期上,可以肯定是方令孺到青岛后所作。全诗四节,每节四句,所谓豆腐干式,意象和氛围也接近《死水》的风格,很可能是闻一多“指给门径”后的作品。诗的最后一节,尤其值得注意:“可是这灵奇的迹,灵奇的光,/在我的惊喜中我正想抱你紧,/我摸索到这黑夜,这黑夜的静,/神圣的寒风冷透我的胸膛。”诗题“灵奇”,原来包含“灵奇的迹”,这与闻一多的诗题“奇迹”是否有某种关联?方令孺与闻一多之间,真的出现过感情碰撞。方令孺也有过“惊喜”,但很快被“神圣的寒风”吹散了。这“神圣的寒风”来自外部的压力,也来自内心的自律。在这一点上,她和闻一多是一样的。闻一多把情感的“蓓蕾”掐了,方令孺则是“严守着它的静穆”。

闻一多于一九三二年春将妻子重新接回青岛,不久,方令孺因患甲状腺亢进疾病,去北京治疗,并且再没有回来过。由于种种原因,两人从此淡出各自的生活。

其实,两人之间并没有逾越感情的界限,更没有见不得人的行为,但人言可畏,不得不防。闻一多有妻小,方令孺虽与丈夫分居,却也没有正式离婚。另外,有一个没有被人注意的事实,即方令孺的年龄,实际上比闻一多还大两岁。

闻一多受到一定的压力，方令孺自然会受到更大的压力，她怎能漠然置之、无动于衷？方令孺内心的郁闷，可以从她当时创作的《任你》一诗中感觉到。该诗发表在一九三二年七月出版的《诗刊》第四期上："任你是：天神一样尊严，/或是冰崖一样凛冽；/千年一现的彗星/能把你毁灭。//任你说：心像月一样皎洁/或是海水一样平静；/可惜这阴云的天/谁信有星辰？"

正是由于这段微妙的情感经历，方令孺与闻一多尽管有一年多的频繁接触，却没有像她对徐志摩那样，写下《志摩是人人的朋友》这样的怀念文章。大概是分寸不好把握，很难措辞吧。此后对于闻一多，她还是非常关注，也并非闭口不谈的。

丁玲《魍魉世界》中说，一九三四年，她被软禁在南京，方令孺常去和她谈心，谈到对文人的印象。"这些人多半是我不认识的，是她在青岛大学的一些同事，老一辈的所谓新学家"。这些青岛大学的"新学家"，自然包括闻一多。

抗战期间，舒芜在重庆见到方令孺。谈话中，方令孺竟然引闻一多的话，说田间的诗是"鼓声的诗"。这让舒芜感到诧异，觉得九姑这样的新月派诗人会欣赏田间，"大概是受了闻一多的影响，不完全是她自己的'进步'吧"。这个判断值得商榷，可事实能说明一点，即方令孺一直关注闻一多的动态，并认同他的观点。

闻一多去世时，方令孺的内心肯定受到强烈的震撼。赵清阁在《明月伴诗魂——忆念女诗人方令孺》中说："一九四六年她(方令孺)的好友闻一多教授被暗杀,使她进一步认识到反动派穷凶极恶的本质,为之痛心疾首!”赵清阁是方令孺的密友。两人在重庆时相识,后到上海,也常在一起。她们一定谈到过闻一多。而且,从这段话看,对方令孺与闻一多的特殊关系,赵清阁是有深度了解的。

二〇〇八年六月

方令孺的“爱读书”

常常见到一些推荐书目，称“必读书”的，总是敬而远之；称“爱读书”的，倒是愿意看看。因为前者是为别人开的，刻意为之，过于矫饰；后者写自己的事，随意亲切，个性鲜明。当然，有些“爱读书”的书目，也会有精心地选择和安排。

日前，翻阅老期刊《宇宙风》，在第三十二期（一九三七年一月一日）上，见到一组征文“二十五年我的爱读书”。其中，新月派女作家方令孺的书单，就颇具匠心。她开列了三本书，每个书名后附有点评，可以看作精短的“书话”。现转录如下：

(一) Virginia Woolf：*A Room of One's Own*

这是五年前作者在伦敦出版的一篇文章，共一百七十二页。以一篇文章共有这许多页数，读者可以想象这内容是如何的洋洋大观了。单看书名似乎有点罗曼蒂克的味儿，其实是一篇可以说是讨论妇女问题的文章。人家说《诗经》里的国风乃综合赋比兴三体而成的，我就要说这本书是用比兴体做的。讨论问题的文章最易流入干枯，但这篇是如此有诗意，有趣味，心有所触，信手拈来，不怪近来在英国的散文中最为人所羡赏，就是在中国也很有人学她。

弗吉尼亚·伍尔芙的《一间自己的屋子》是二十世纪女权主义的经典，初版于一九二九年。汉语学界关注此书，是八十年代的事。方令孺在一九三六年便做过推荐，足以说明她对世界文坛动态的了解较为超前。她说，中国"有人"学习伍尔芙，大约是指与她本人并称新月派三大才女的林徽因和凌叔华。凌叔华由朱利安·贝尔的介绍，与伍尔芙有通信联系；林徽因的《九十九度中》，则被认为是伍尔芙小说的中国版。三十年代初，方令孺曾住在北京看病，与二人应有来往。她对伍尔芙的关注，是否受二人的影响，不得而知。而这一关注，是否影响了她自己的思想和创作，也有待考证。

（二）巴金译：狱中记

这是一本感人最深的记述。作者用诚恳的态度，叙述狱中的情形，狱中人的心理。我带着焦急紧张的心情读完的。我替那个时候的美国人羞耻。每次我走过中央大学，看见对面的红墙（模范监狱），就想到这本书，希望里面也有人写出像这样的一本狱中记。巴金的译笔清朗有情，可惜是节译，希望有那么一天看到他的全译本。

方令孺写这段文字时，与巴金并不相识。一九四二年，她在重庆任教于复旦大学，认识靳以。经他介绍，一九四五年在巴金主持的文化生活出版社出版散文集《信》。抗战胜利，随复旦大学迁回上海之后，她与巴金夫妇交往频繁，成为最亲密的朋友。这段战前写下的对巴金表示推重的文字，于是成了此后友谊的前兆。这段文字还由译著联想到现实，以发生在美国的悲剧来比附当局的统治，表达了对体制的不满以及对被迫害和被侮辱者的同情。她的政治立场和人生态度，当时已经成型。后来支持民主运动，本是顺理成章的。并非像某些论者所说，是由于受到外来刺激而转向进步。

（三）秋园杂佩：明末陈贞慧定生著

这是我十几岁时的手钞本。文章古雅已极。其内容“皆记载耳目间物近而小者”；“其词微其旨远其取类也约其称名也博”。陈定生所著传者极稀，只此《秋园杂佩》乃同吉光片羽，至可珍贵。我今年忽然在箧中觅出，常常读之。

方令孺出身桐城名门，传统文学修养深厚，这卷十几岁时的抄本，便是一个明证。陈贞慧是明末四公子之一，作品存世极少。这册《秋园杂佩》由十六则笔记组成，加上序跋仅四千余字，却是明清小品中难得一见的杰作。方令孺原句中加引号的部分，出自侯方域的序文。该书"古雅已极"，有人称其"心远地偏"，同为四公子的侯方域则以为"词微旨远"，可谓知音。方令孺的文字也是古雅精致，正如美学家宗白华所说，她与徐志摩、梁宗岱、何其芳、芦焚等人共同开辟了白话散文的新意境。其他几位的师承比较清楚，方令孺的渊源好像没有人讨论过。《秋园杂佩》一类的小品，对她的文风应该产生过影响。

如果将以上三本书合起来看，方令孺开列书目时，面面俱到的用心，显而易见。第一本书的作者是外国的，第二本书的作者（译者）是现代的，第三本书的作者是古代的，古今中外都占全了。第一本书关系到从布鲁姆斯伯里到新月派、京派的沙龙作家，第二本书关系到具有激进思想的左翼作家，第三本书关系到周作人、林语堂提倡的小品文作家，三十年代中国文坛的三大势力都兼顾到了。更有意思的是，第一本书的内容涉及妇女问题，第二本书的内容涉及社会黑暗与压迫，第三本书的内容涉及民族文学传统。这与当今国际学界三大热门话题"性别、阶级、种族"，也似乎暗合，真是令人称奇。

二〇一〇年七月

方令孺的一篇佚文

据报道，新出版的巴金研究集刊卷二《一粒麦子落地》中，首次披露了方令孺致巴金、萧珊的十八封书信。这些书信写于一九五九至一九六六年间，“当时方令孺在杭州，担任浙江省文联主席。周围的许多作家都在写‘大跃进’等题材，方令孺也很想参与到时代大潮中去，但又苦于融不进去，因此在信中向她在上海的好友巴金、萧珊夫妇倾诉心境。”(《文汇读书周报》二〇〇七年十一月九日）对于研究那个时代知识分子的心态，这批书信无疑是非常有价值的史料。我最近找到一篇方令孺的佚文，题材正是关于“大跃进”的，与这批书信可以相互参照。

这篇文章题目叫《最新最美的诗篇》，是为《浙江大跃进民歌选》所作的序。该书由东海文艺出版社于一九六〇年三月出版。此文长达十二页，约五千字，方令孺的几本文集中均未收录，目前所见的各种方令孺研究资料上，也未曾提及。

一九五七年底，时任上海复旦大学中文系教授的方令孺，被调到杭州，任浙江省文联主席。她的前任宋云彬在“反右”斗争中被撤职，组织上要物色一位合适的人选。选中方令孺有多重原因：一是她的女儿肖文（陈庆绚）在浙江省委工作，二是她在文艺界有一定名望，三是她可能不会像前任那样惹是生非。据巴金、章洁思（靳以之女）、吴中杰（方令孺在复旦时的学生）后来回忆，方令孺是不情愿去的，工作、生活两方面都有顾虑，但最后还是服从了组织的安排。

到杭州上任不久，“大跃进”在全国展开了，作为其重要组成部分的民歌运动，更是如火如荼。浙江省文联收集本省的民歌出版，文联主席方令孺为之作序，是顺理成章的事。尽管组织上“不叫做具体工作，有事出出面而已”，方令孺却像许多天真、善良的知识分子一样，渴望与时俱进。《最新最美的诗篇》作为民歌选的序言，本是职务之内的应景之作，她却写得十分用心，可视为“很想参与到时代大潮中去”的例证。

这篇序言的时代印记特别明显，可就文章本身而言，不失为一篇佳作。类似于何其芳当年写的《诗歌欣赏》，方令孺优美的语言和对艺术的敏感，尚未磨灭殆尽。文中有些细节耐人寻味，例如，她在高度肯定和赞扬大跃进民歌的同时，不时转而批评“资产阶级文学”，“也许因为它（大跃进民歌）没有资产阶级文学那些矫揉造作，用许多徒然掩盖空虚内容的辞藻，就使某些同好者不喜欢吧？”“……而不像资产阶级文学，专以哀愁、惑乱动人”。熟悉现代文学的人都知道，作为新月派诗人和散文家，方令孺正是以辞藻华美、哀婉动人著称。她写下这样的文字，暗地里也意味着对“旧我”的否弃吧。

时代突飞猛进，个人却已经定型。永远站在时代前列的弄潮儿几乎没有，真正能够抗拒潮流的也极少，大多数人必须适应时代的变化，由“旧我”蜕变出“新我”。这需要经过一段痛苦的历程，而不能完成这一蜕变，则更加痛苦。这是个人的悲剧，也是时代的悲剧。崔健的歌中唱道：“不是我不明白，这世界变化快。”方令孺当年的迷茫和苦恼，庶几近之。

二〇〇七年十一月十六日

毛彦文与吴宓

一

与许多人一样，因为吴宓而知道毛彦文，所以看到她的自传《往事》（百花文艺出版社二〇〇七年版），首先想读的便是其中有关吴宓的回忆。让人失望的是，书中的正文部分根本没有提及，只是作为第三章的附录，收了一篇简短的《有关吴宓先生的一件往事》。那是因为萧公权在《传记文学》上刊文涉及此事，毛彦文认为“并非实情”而做的回应。

与《吴宓日记》里的相关内容对照，毛彦文的陈述角度不同，事实却没有多大出入。唯最后的一节文字，读来令人唏嘘：“吴君是一位文人学者，心地善良，为人拘谨，有正义感，有浓厚的书生气质而兼几分浪漫气息，他离婚后对于前妻仍倍加关切，不仅负担她及他们女儿的生活费及教育费，传闻有时还去探望陈女士。他绝不是一个薄情者……十余年前海伦（毛彦文英文名）在西雅图华盛顿大学从事中国大陆问题研究时，曾看到一本由美国驻香港领事馆翻译成英文的大陆杂志，登载许多大陆有名学者的坦白书。内有吴的一篇，大意说：他教莎士比亚戏剧，一向用纯文学的观点教，现在知道是错了……当时海伦气得为之发指！人间何时，文人竟被侮辱以致如此！吴君的痛苦，可想而知。传闻吴君已于数年前逝世，一代学者，默默以没，悲夫！”

此文写于一九七〇年，吴宓是八年后才离开人世的。但当时境遇所限，他没有渠道读到这篇文章，否则又会在日记里写下怎样的感慨！

吴宓曾将毛彦文的感情生活分为三段：一是与朱君毅，二是与吴宓，三是与熊希龄。然而，在《往事》结语中，毛彦文温习一生的遭遇，表示只受到两种潜力的推动：一是与朱君毅的恋爱，一是与熊希龄的结合。两次都是全身心地投入，又都留下刻骨铭心的悲痛。她晚年曾对一位来访者说，吴宓是“单方面的”，与她没有什么关系，而且此事有些“无聊”。其实，吴宓有时也能认识到这一点。一九四六年，他在日记中写道：“宓自思一生爱彦，而彦之感情中，竟不予宓任何地位！”

二

毛彦文生于新旧交替的时代，一生颇具传奇色彩。最早留学海外并获得硕士学位的女性之一，归国后从教参政，主持香山慈幼院，出任国民大会代表，都是值得在现代妇女史上记下一笔的。但历来人们关注的，仍然是她的婚恋故事。早在她入学杭州女子师范之初，当地一家报纸便刊登过一篇《毛女逃婚记》，写她与表哥朱君毅恋爱、抗拒家庭包办婚姻之事。朱君毅当时就读于清华学堂，与吴宓同学。《吴宓日记》中也记录在朱君毅处见到该文的剪报。

毛彦文比朱君毅小四岁，从这位在北京读书的表哥那里，接触了新思想，同时也萌生了爱意。幼小时，家里就给毛彦文订过婚。当男方得知她外出求学，便前来催婚，这就有了那桩轰动乡里的逃婚事件。由于父母的迁就，结果却意外的圆满，那边同意退婚，这边两位表兄妹又订了婚。随后，朱君毅留学美国，两人书信来往长达六年。

朱君毅是与吴宓一同去美国的，两人关系甚密，毛彦文写给他的信，都让吴宓看过。其间，有人给吴宓介绍对象，即陈心一，因其也在杭州女子师范学习过，吴宓让朱君毅委托毛彦文代为相亲。毛彦文果真亲往调查，并写信详细汇报。她的结论是，如果吴先生要娶一位贤主妇，合适；如果欲求能对话、善交际者，不适。她建议吴宓先行通信，亲眼看过，再做决定："先为知己，后为伉俪，实至良之策。"然而，不知什么原因，吴宓还是当即许诺了婚事。

朱君毅和吴宓先后回国，又一同受聘于东南大学。在他的要求下，毛彦文也从北京高等女子师范学校转学到金陵女子大学。课余期间，大家时常聚会宴游，日子过得愉快而充实。不想，有一天，朱君毅突然以性格不合为由，书面提出退婚。同事、好友耐心规劝无效，双方家长也赶来调停。最终，由时任东南大学教务长的陶行知出面，才达成表面上的和解。朱君毅当众向毛彦文道歉，将退婚信烧掉。为此，吴宓还与人合伙做东，请到场的各位在东南大学农场餐厅午宴，庆贺两人重归于好。《往事》里回忆朱君毅一节中也提到这次宴会，只是毛彦文误以为是吴宓一人出的钱。

朱君毅与毛彦文虽当众达成谅解，事后却已形同陌路。拖了一段时间，两人正式举行了解除婚约的仪式。这回是毛彦文提出来的，由正在南京参加全国教育会的副会长朱其慧（熊希龄夫人）主持，邀请了不少教育界的名流，并律师、记者、照像师、记录员，搞得十分隆重。双方草拟解除婚约的条文，当事人和证人都签名盖章，还成立了一个“善后委员会”监督执行。据《吴宓自编年谱》记载：“熊朱其慧夫人兼任委员会主席，吴宓教授兼任委员会秘书。”当时，谁都没有想到，这两位负责“善后”的人，竟真的为毛彦文后来的生活埋下伏笔。

三

《往事》中详细记录了与朱君毅的情变，两人分手具体有哪些协议则未加言明。据吴宓所记，有一项是朱君毅赔偿毛彦文的“损失费”，按月分期支付，由吴宓转交，直至全数付清。吴宓正是在此过程中，与毛彦文频繁接触，而渐生感情。

吴宓后来去清华，毛彦文则到了杭州，在浙江省政府任职，两人一直保持联系。一九二八年八月，吴宓南下，与毛彦文有几次深谈，并向她要了她与朱君毅的来往信件，拟作小说之用。这小说就是他屡屡提及的计划中的传世之作《新旧因缘》。毛彦文取出旧函，一一重读，感极泪下。时值朱君毅新婚期间，毛彦文当即草拟一封电报稿，写道："苏州天赐庄八号成宅朱君毅鉴。须水永清，郎山安在？"所谓须水、郎山，是其老家的地名，当年表兄妹定情之际，朱君毅有誓言："须水郎山，亘古不变。"毛彦文想起往事，泪落手颤，不能成书。吴宓为之续写："……敬祝幸福。彦文。"然后让人去邮局发出。《往事》中叙及这封电报，可没有提到吴宓当时在场。

吴宓回到北京，对妻子坦言他对毛彦文的感情，也将此事写信告知毛彦文。于是，各种传闻四起。吴宓的婚姻出现危机，毛彦文却极其冷静、理智。她写信给一位友人，转达自己的意见，《吴宓日记》里抄录了这封信。信中申明："一、请彼万勿再以彦为其小说中人物之一，令彦无辜受累。二、彦决不与之通信，请彼亦勿再来函。三、关于彼家庭间琐事，幸勿再向彦报告。彦当视为有意侮辱，盖彦固绝不以其离婚为正当也。四、彦有力出洋则出去，无力出洋则仍在国内糊口。绝对不受彼之补助，即寄来亦必退还。五、彦系一独身女子，断不容任人误会。以前雨生先生因凭空臆造，至陷彦于嫌疑之中，被人诽谤一节，应请雨生先生及心一姊负责更正。否则无端毁坏他人名誉，法律有保护之道。六、心一姊与彦系同学又同乡，倘她因雨生先生之单面瞎想，信以为真，陷入误会，此不特彦之不幸，亦吾浙人女界之辱也。七、彦处世接物，自有主张，决不如雨生先生之推想，请彼勿再关怀。八、雨生先生之旧友，大半为朱君毅先生之旧友，亦即彦间接之朋友；若令各方误会，彦以孤独之身，何以处之？总之，彦对雨生先生，仅视为一平常较熟之朋友而已。”这段话有理有节，滴水不漏，可以想见她日后出任国大代表提案发言时的神采。

凭吴宓的性格，自然不会就此收手。他不顾众人的反对，断然与妻子离婚，继续追求毛彦文。毛彦文去美国留学后，两人又有通信往来。一九三〇年至一九三一年，吴宓游学欧洲，邀请毛彦文前往。毛彦文正学成待返，便绕道欧洲。两人见面，时时发生争吵。本来出现的转机，重又陷入僵局。归国后，两人南北异地，隔阂未见弥补，且日渐加深，终于没能走到一起。

四

应该说，毛彦文对吴宓的追求，一度有过犹豫，然而两人性格差异太大，权衡之后，还是果断地终止了哪怕是“平常较熟之朋友”的关系。她答应嫁给熊希龄，也是在一种被动的情势下。但综合各种因素，她最终许诺了这桩婚事。熊希龄在婚礼上报告恋爱经过时说：“自朱夫人于四年前逝世后，深感内助无人。毛女士曾留学美国，学识、经验俱丰富，尤爱儿童，可协助办香山慈幼院。毛女士以理想、职业相同乃允婚。”这一解释虽然显得冠冕堂皇，却也不能说完全没有道理。

熊希龄曾任国务总理，虽然已经离职，没有实权了，但势力仍然不小。婚礼来宾签名簿上，不仅可以看到沪上许多政府高官、商界巨头、学者名流，还有梅兰芳、杜月笙、张啸林的名字，方方面面的人物都很捧场。熊希龄当然很有钱，否则他如何能创办香山慈幼院，成为中国最早的慈善家之一。毛彦文决定嫁给熊希龄，利益上有自己的考量，这本来无可厚非。舆论关注的焦点也并不在此，而是集中在两人年龄的差距上。

婚礼上有贺联：“老夫六六新妇三三，老夫新妇九十九；白发双双红颜对对，白发红颜眉齐眉。”还有一联打趣道：“旧同学成新伯母，老年伯作大姐夫。”至于小报上刊登的就有些不雅了，如：“熊希龄‘雄’心不老，毛彦文‘茅’塞顿开。”这样的老少恋，任何时候都是媒体热衷的话题。当时各家报纸争相报道，断断续续，竟达数月。

毛彦文的一生，可谓现代婚姻史上具有代表性的个案。先是为反对父母包办而逃婚，后又与自由恋爱的对象协议解除婚约，再是这次老夫少妻的婚姻，每一回都闹得满城风雨。吴宓当时的感受，也是值得特别关注的，可惜那段时间的日记丢失了。不过，他写的《吴宓先生之烦恼》《空轩十二首》《忏情诗三十八首》等组诗，都当即公之于世。他追求毛彦文未果，也弄得沸沸扬扬。一次赴某军长宴时，主人介绍说:“此即与毛彦文……之诗人。”吴宓是失败者,心里自然很“烦恼”,但各种场合未见其恶言相加。对于别人有关熊毛婚事的议论,他还不以为然,且表现得相当绅士。《忏情诗》有云:“花样翻新记艳闻,红颜白发语徒纷。有情私祝成良眷,安乐微酬半世勤。”

“吴宓苦爱毛彦文”一事,不仅被当作八卦消息四处流传,还有作家将之写成文学作品。陈慎言以之为素材,作小说《虚无夫人》,在《时报》上连载。吴宓阅后称“描写殊恶劣,而宓心情及彦之苦楚,实未写出”。关于李健吾的三幕讽刺剧《新学究》,吴宓认为“取材既太沾实,而叙事则又失真,皆与宓所行全然相反”。卢冀野撰《恼毛女峰曲》,周光午为之作笺注。曲中词句多取自《吴宓诗集》,而表达的是谴责毛彦文负心、后悔离婚之意。吴宓怒斥其“均与宓之情意正相反背”。各方的误会、曲解乃至诽谤,使吴宓伤心悲愤,几次有痛不欲生的表示。他深感受到侮辱,甚至比遭毛彦文的拒绝更加“烦恼”。

五

吴宓对毛彦文的感情,并没有因对方已名花有主而放弃。他一直试图通过各种途径,打听毛彦文的近况。熊毛二人婚后,由上海回到北京西山的双清别墅,贺麟曾前去拜会,吴宓便让他详细讲述所见所闻。听贺麟分析,在熊公之身后,彦事实情感皆孤立,必有最痛苦之时期,吴宓在日记中写道:“为完成宓对彦之真爱,应专诚独身,以俟熊公百年之后。”可转念一想,其时,“彦未必能幡然与宓为觉悟后之爱侣”,于是又“烦扰不安”。

一九三七年中日战争爆发,吴宓随校迁至南岳。十二月三十一日中午,贺麟给他看《大公报》电讯,上面载有熊希龄在香港病逝的消息。当天《吴宓日记》写道:“宓震惊,深为彦悲痛。万感纷集,终宵不能成寐。”第二天一大早,他拟定一份与贺麟联名的唁电:“香港电局探交熊希龄夫人礼鉴。惊悉秉老仙逝,无任悲悼。至祈节哀顺变,谨此唁慰。贺麟、吴宓。湖南南岳市临时大学。”随后又在日记中写道:“自觉我一生惟爱彦最为深至久长,熊公既殁,宓或可有机缘与彦重复旧好,终成眷属乎?”

吴宓有如此想法,也有如此行动。他一封接一封地给毛彦文写信,希望重建联系。毛彦文自然不予回复。吴宓因事去香港,登门求见,可毛彦文已到上海去了。有一位叫毛仿梅的青年,自称其堂弟,与吴宓面谈,代为表示,今后拟继承熊公遗志,尽力于慈善教育事业,与一切朋友不欲往来,望吴宓勿再去函,更不可此时到沪过访。吴宓当面表态,绝不愿有一事而使熊夫人不快者。然而回去后,仍不断写信寄到上海。毛彦文对此态度依旧,且一次比一次决绝。《吴宓日记》一九四〇年三月二十日有记:“接彦三月十日自沪复书。不着一字,仅剪取宓函中数语,粘贴信笺上,为复。略谓伊决为熊公守节终身,祈宓勿再接近云云。”五月二十二日又记:“拆视彦命其秘书挂号寄还宓至彦函,并未启视。

原函外批云：熊夫人已于月前离沪，故退。熊宅附言。四月二十九日。”十月三日又有：“熊公馆航函：敬启者，本宅于九月底退租，以后请勿来信。此致吴宓先生。”

毛彦文不仅拒看、退回吴宓的信函，后来还让沈从文、贺麟等人转达自己的意见。吴宓则一如既往，一意孤行。直到有一天，在报上看到毛彦文当选北平市参议员、国民大会代表，他才终于明白，以前种种的推测以及心存的幻想都错了：“知彦方热心政治活动，对宓似毫无情意，不欲与宓接近，终当分道背驰以没世耳！”实际上，他也曾感觉到志趣不同，是两人之间最大的障碍。《怨情诗》有云：“两驿火车相对开，东行未必遇西来。情缘悟得原如此，百叩不鸣漫自哀。”

毛彦文则从始至终都很清醒。《有关吴宓先生的一件往事》一文中有言：“吴心目中有一不可捉摸的理想女子，不幸他离婚后将这理想错放在海伦身上。其实吴并不了解海伦，他们二人的性格完全不同。纵令吴与海伦勉强结合，也许不会幸福，说不定会再闹仳离。”

二〇〇七年十月

也说“教婆”

陈学勇在《中华读书报》上发表《山友与教婆》一文，猜测沈从文一九三一年十一月十三日致徐志摩信里的“教婆”是指冰心。

先来看沈从文信中的原话：“我这里留到有一份礼物：‘教婆’诗的原稿、丁玲对那诗的见解、你的一封信，以及我的一点□□（原文如此）记录。等到你五十岁时，好好的印成一本书，作为你五十大寿的礼仪。”

陈文说，丁玲主编的《北斗》创刊号有两首诗，林徽因的《激昂》和冰心的《我劝你》。稿子是沈从文代约来的，这才有可能留存“诗的原稿”，也才可能有“丁玲对那诗的见解”。与徐志摩有关的“教婆”，两人之间必居其一。而信里已经以“山友”称林徽因，“教婆”则锁定冰心了。考虑到《北斗》创刊于一九三一年九月，正在此信前两个月，这一推论完全符合情理。

当然，如果能再进一步，把冰心《我劝你》一诗拿来看一下，事情就更清楚了。这首诗稍长，但颇有趣味，现抄录如下：

只有女人知道女人的心，/虽然我晓得/只有女人的话，你不爱听。//我只想到上帝创造你/曾费过一番沉吟。/单看你那副身段，那双眼睛。/（只有女人知道那是不容易）/还有你那水晶似的剔透的心灵。//你莫相信诗人的话语：/他洒下满天的花雨，/他对你诉尽他灵魂上的飘零，/他为你长作了天涯的羁旅。//你是神女，他是信徒；/你是王后，他是奚奴；/他说：妄想是他的罪过，/他为你甘心伏受天诛。//你爱听这个，我知道！/这些都投合你的爱好，/你的骄傲。//其实只要你自己不恼，/这美丽的名词随他去创造。/这些都只是剧意，诗情，/别忘了他是个浪漫的诗人。//不过还有一个好人，你的丈夫……/不说了！你又笑我对你讲圣书。/我只愿你想象他心中闷火般的痛苦，/一个人哪能永远胡涂！//一个人哪能永远胡涂，/有一天，他喊出了他的绝叫，哀呼。/他挣出他胡涂的罗网，/你留停在浪漫的中途。//最软的是女人的心，/你也莫调弄着剧意诗情！/在诗人，这只是庄严的游戏，/你却逗露着游戏的真诚。//你逗露了你的真诚，/你丢失了你的好人，/诗人在他无穷的游戏里，/又寻到了一双眼睛！//嘘！侧过耳朵来，/我告诉你一个秘密：/“只有永远的冷淡，/是永远的亲密！”

诗中有“你又笑我对你讲圣书”一句，这简直就是自认“教婆”了。

关于这首“教婆”的诗，沈从文后来在《论朗诵诗》中又有提及：“冰心女士是白话文学运动初期人所熟知的一个女诗人，……直到她搁笔那一年，写了一篇长诗给另一个女人，告诉那人说，‘唯有女人知道女人的心’，‘诗人的话是一天的花雨，不可信’。那首诗写成后，似因忌讳，业已撕破。当那破碎原稿被另一个好事者，从字篓中找出重抄，送给我这个好事编辑时，我曾听她念过几句。……那首诗是这个女诗人给另一个女诗人，用一种说教方式告给她不宜同另一个男诗人继续一种友谊。诗人的话既是一天花雨，女诗人说的当然也不在例外，这劝告末了不免成为‘好事’。现在说来，已成文坛掌故了。”这里“一种说教方式”，也属于“教婆”所为。而“说教”的对象、“另一个女诗人”应该是林徽因，“另一个男诗人”则是徐志摩。这些都是明眼人一看便知，无需考证的。

冰心这首诗里表达的意思，与她后来写《我们太太的客厅》的立场完全一致。沈从文在同一封信中谈到方令孺时，说“她倒是真真需要‘教婆’教训一顿的人”，显然是暗示“另一个女诗人”方令孺与“另一个男诗人”闻一多之间的情感波澜。这是另一段故事，在此按下不表。

且说一九三一年十一月二十五日，也即徐志摩遇难后的第六天，冰心给梁实秋写信说："人死了什么话都太晚，他生前我对着他没有说过一句好话。最后一句话，他对我说的：'我的心肝五脏都坏了，要到你那里圣洁的地方去忏悔！'我没说什么，我和他从来就不是朋友，如今倒怜惜他了。……我真应当常写作。假如你喜欢'我劝你'那种的诗，我还能写他一二十首。"阐明自己对徐志摩的态度后，接着便提到《我劝你》一诗，或许是因为梁实秋来信说起过。然而这也表明，此诗的本事，大家都心知肚明，冰心也不曾避讳。

至于信里转述徐志摩的话"到你那里圣洁的地方去忏悔"，更是值得寻味。看上去，徐志摩似乎真的把冰心当"教婆"了。

二〇一一年四月

林徽因与冰心

林徽因以她的美貌，以她多方面的才华、脱俗的趣味，以她的热情、大方、直率和健谈，成为当时文化圈里最有魅力的女性。她赢得许多男性精英的尊敬、崇拜和爱慕，但在上层知识女性中，却没有一个可以对话的朋友。这里有当时社会习俗的因素，也有女性心理的因素，很难弄清其中的缘由。林徽因与冰心的矛盾，倒是颇能见出她的性格和脾气。

早年留学美国，梁思成与吴文藻住在同一个宿舍，林徽因与冰心那时就认识了。后来在北平，两家也有过来往。现在已无法弄清，冰心出于什么动机，写了《我们太太的客厅》这个短篇小说。影射的对象那么明显，讽刺和挖苦又那么不留情面，而且与林徽因的诗文同时发表在同一份《大公报·文艺副刊》上。

李健吾《林徽因》一文写道："我记起她亲口讲起的一个得意的趣事。冰心写了一篇小说《我们太太的客厅》讽刺她，因为每星期六下午，便有若干朋友以她为中心谈论时代应有的种种现象和问题。她恰好由山西调查庙宇回北平，带了一坛又陈又香的山西醋，立时叫人送给冰心吃用。”

近年，有论者对林徽因与冰心是否结怨作过考证。冰心直接提到林徽因，仅见于晚年的一篇文章中：“一九二五年我在美国的绮色佳会见了林徽因，那时她是我的男朋友吴文藻的好友梁思成的未婚妻。”关系交代的如此清楚，口气却十分冷漠。

林徽因直接议论冰心的文字，却未见举出。例如，一九四〇年十一月，她写给费慰梅、费正清的信中，有这样一段话，被论者忽略了：“但是朋友‘ Icy Heart ’却将飞往重庆去做官（再没有比这更无聊和无用的事了），她全家将乘飞机，家当将由一辆靠拉关系弄来的注册卡车全部运走，而时下成百有真正重要职务的人却因为汽油受限而不得旅行。她对我们国家一定是太有价值了！很抱歉，告诉你们这么一条没劲的消息！这里的事情各不相同，有非常坚毅的，也有让人十分扫兴和无聊的，这也是生活。”这封信原是用英文写的，由梁从诫翻译为中文。他当然知道 Icy Heart 是谁，却有意保留了原文。

林徽因在英文信中将“冰心”写成 Icy Heart ，很是耐人寻味。这不是音译，也不是意译，而是“冰心”两个汉字的直译。而稍有语感的人都知道，“冰心”在汉语中是个好词，Icy Heart 在英语中却是贬义的。凭着让费正清都折服的英语水平，林徽因不会犯这样低级的错误，她肯定是故意为之。

由上下文可见，她对冰心也是冷嘲热讽的。

林徽因是一位非常要强的女性，她希望得到别人的赞美。当遇到别人的非议，她也会奋力回击，并且毫不掩饰自己耿耿于怀的情绪。这些言行，与其说展示了她性格的另一面，不如说是让她的形象更为丰满。处处都要争个胜，这才是本色的林徽因。

傅斯年曾上书，请求政府接济战时陷于困境的梁家，其中提到林徽因："其夫人，今之女学士，才学至少在谢冰心辈之上。"林徽因读过原信，感慨万千，在致函傅斯年感谢时说："尤其是关于我的地方，一言之誉可使我疚心疾首，夙夜愁痛。"看来，傅斯年的赞词恰好触及了她隐潜的心结。

二〇〇六年九月

凌叔华与徐志摩

一九二五年初春的一个晚上，凌叔华参加新月社聚餐的归途，听人说起徐志摩与陆小曼的恋情。她感到震惊，立即辩护说，这都是谣言，两人“绝无背友背夫的事”。回到家中，她给胡适写了一封长信，谈到对事态的分析和担忧，希望他能帮助徐志摩出国，使之“早出非难罗网”。

凌叔华之所以写这封信，是因为她当时与徐志摩过从甚密。信中还有这样一段话：“譬如志摩常与我写信，半疯半傻的说笑话自娱，从未有不可示人之语。我很懂得他的内力不能发展的苦闷，因时每每发出来。我既愿领略文学情况，当然不忍且不屑学俗女子之筑壁自围。所以我回信，谣言便生了。其实我们被人冤的真可气，我至始至今都想志摩是一个文友，他自今也只当我是一个容受并了解他的苦闷的一个朋友。他的信不下七八十封，未有半语是社会所想徐某想说的话，我所以觉得他实在太冤了。”

一

凌叔华与徐志摩以及陈西滢的初识，应在一九二四年四月，北平学界欢迎印度诗人泰戈尔的集会上。当时，她是燕京大学推选的学生代表。据回忆，她还在家中设茶会，宴请过泰戈尔，“徐志摩、丁西林、胡适之、林徽因等都在场”。然而，徐志摩那时的心思萦系在林徽因的身上，对她并没有特别的关注。

那年夏天，凌叔华大学毕业，受聘于故宫博物院，审查整理古书画。徐志摩南下送别泰戈尔，转了一圈回来时，正是八月。上文致胡适信中说：“您与志摩交谊比我深许多，我只有半年。”这半年，是从一九二四年下半年算起的。现存徐志摩致凌叔华的六封信，也都是写于这一年的秋冬之季。林徽因已随梁思成赴美留学去了，徐志摩正是“万种风情无地着”。也就是这时，他开始了与凌叔华的通信。他写道：“不想你竟是这样纯粹的慈善心肠，你肯答应做我的‘通信员’，用你恬静的谐趣或幽默来温润我居处的枯索。”

凌叔华给徐志摩的信没有留下来，不知如何写的。但她的文字总能让徐志摩兴奋不已：“回京后第一次‘修道’，正写这里，你的信来了。前半封叫我点头暗说善哉善哉，下半封叫我开口尽笑自语着捉掐捉掐！××，你真是个妙人，真傻，妙得傻，傻得妙……”与凌叔华通信，也给徐志摩带来激活灵感的快慰：“说也怪，我的话匣子，对你是开定了。我从没有话像对你这样流利，我不信口才会长进这么快，这准是×教给我的，多谢你。我给旁人信也写得顶长的，但总不自然，笔下不顺，心里也不自由。对你不同，因为你懂得，因为你目力能穿过字面。这一来，我的舌头就享受了真的解放。我有着那一点点小机灵，就从心坎里一直灌进血脉，从肺管输到指头，从指尖到笔尖，滴在白纸上就是黑字，顶自然，也顶自由，这真是幸福。”

徐志摩的信像他的诗一样，“浓得化不开”。不能肯定里面必定有超出友谊的情愫，但说其中蕴含着进一步发展感情的可能，应该没有问题。

二

凌叔华与徐志摩的感情没有发展下去，一方面因为陈西滢的追求，另一方面恐怕也由于陆小曼的出现。与“人淡如菊”的凌叔华风格迥异，陆小曼明艳、娇美、多情，一下把徐志摩的视线吸引过去。爱情应该是浪漫的，热烈的，耳鬓厮磨，如胶似漆，陆小曼正迎合了徐志摩的这种期待，两人一拍即合。凌叔华与陆小曼也是朋友，关于徐陆的恋情，她开始却并不知晓，或者不相信是真的。当她听到别人的议论，反应似乎过于强烈。她自己也感觉到这一点，所以在给胡适的信中一再申明，“纯粹本于爱护同道”。

那封信是否起到作用，无从知晓，但徐志摩确实为避是非，赴欧洲游历了。一九二五年三月十日，临行之前，徐志摩给陆小曼写了一封缠绵的信，结尾说："最后一句话：只有S是惟一有益的真朋友。" 三月十八日，旅欧途中的一封信里又说："女友里，叔华是我一个同志。"他对自己与凌叔华的亲密关系，向来不避讳。使用凌叔华绘制的贺年片，并为此做了一场题为《海滩上种花》的演讲。请她代笔《志摩的诗》的题词"献给爸爸"，以至于徐申如误会，有意认亲。徐志摩去世时，徐申如还指名让凌叔华书写碑文。

徐志摩去欧洲前，将那只后来惹出风波的"八宝箱"交予凌叔华，戏言道，若是自己出国发生意外，让她以箱内的日记和文稿为材料作传记小说。可不久，五月二十六日，由翡冷翠寄给陆小曼的信中，出现了这样的文字："叔华两月来没有信，不知何故，她来看你否？"两个月前，正是徐志摩踏上旅途之初。想他一路也给凌叔华写信，可没有回音。从"答应常做我的通信员"到"两月来没有信"，其间发生了什么呢？

据《小曼日记》记载，三月十四日，即徐志摩离开没几天，凌叔华曾专程拜访她，下午去的，晚上十一点才走。两人谈得十分深入，陆小曼把什么都说了。三月十七日，凌叔华写成了一篇名为《吃茶》的短篇小说。故事讲的是芳影与好友淑贞看电影时，结识了她的哥哥王斌，第二天又一同去逛公园。王斌种种殷勤的表现，使芳影确信他是爱自己的。一周后，芳影收到王斌的信，激动地打开，却是他的结婚请帖。淑贞随后来了，说起某小姐，因哥哥搀了一下，竟托人叫哥哥去求婚。哥哥知道后又生气又好笑，说男子服侍女子，是外国最平常的规矩。芳影神情恍惚地喃喃道："外国……规矩……"小说戛然而止。

徐志摩像小说中的王斌一样，喜欢对女性献殷勤。他在凌叔华面前的种种表现，会不会也曾引起误会？芳影的前后心理变化，细腻微妙，凌叔华内心是否也经历了相似的情绪波动？这些都不好乱猜，但这篇小说完成的时间，正是她知道徐志摩和陆小曼恋爱真相的第三天，不能不令人有所联想。

五月七日，凌叔华又完成了一篇小说《再见》，写一位叫筱秋的小姐，偶遇多年前的男友骏仁。当年，因为听说异地的骏仁结婚了，筱秋中断了他们的通信联系。尽管骏仁仍旧有所表示，筱秋最终还是决定与他"再见"了。

也就在五月份，陈西滢在其著名的"闲话"专栏中，刊出了一篇很特别的短文《庆贺小戏院成功》。与他以议论见长的绝大多数"闲话"不同，这篇仅是报道一次演出，并且表示对"这剧本的作者凌叔华女士"等人的庆贺。由此可见，凌叔华与陈西滢交往已经有了新的动向。此刻，徐志摩远在欧洲，并不知道这边悄悄的变化，所以对于"叔华两月来没有信"，觉得不解。

如果说《吃茶》和《再见》引起注意，是其特别注明的写作时间，那么，凌叔华的成名作《酒后》令人叹奇，则是小说与现实的对应与巧合。女主角采苕与丈夫永璋以及他们共同的好友子仪之间的结构，与凌叔华、陈西滢、徐志摩三人的关系，真可谓"异质同构"。故事发生在一次酒宴之后，子仪睡在别人的客厅，因为喝了酒；永璋絮絮叨叨说着话，也因为喝了酒；采苕呢，正是喝了酒，她才产生冲动，向永璋表示，自己想去吻一下熟睡的子仪。尽管获得同意，临到关键时刻，她还是迟疑了，最终还是回到永璋的身边。

鲁迅在《〈中国新文学大系〉小说二集序》中说凌叔华的小说，“大抵很谨慎的，适可而止的描写旧家庭中的婉顺女性，即使间有出轨之作，那是为了偶受着文酒之风的吹拂，终于也回复了她的故道了。”这不仅可以看作《酒后》的评语，也可以用在凌叔华本人身上，当作她处理个人感情的心理模式。但考虑到《酒后》发表于一九二五年一月，当时凌叔华感情倾向尚未明确，她不可能预感到后来的事。这只能说是应了王尔德的那句名言：“不是艺术模仿生活，而是生活模仿艺术。”

三

可以肯定，凌叔华是在徐志摩与陆小曼难分难解之后，才与陈西滢确定恋爱关系的。而这一关系的公开，可能更迟。至少徐志摩从欧洲回来后，有一段时间，并不知晓。

徐志摩是一九二五年七月下旬回国的，不久追着陆小曼去了上海。他们的感情受到极大的阻力，以至于决定就此分手。徐志摩“凄惨”地返回北平，全身心投入《晨报副刊》的编辑工作。十月一日，他主编的改版第一期刊出。上面除了他自己的代发刊辞《我为什么来办，我想怎么办》外，便是凌叔华

辦公室
子愷畫

我承认我不会做他那种事情，但是我把他花费苦心收集起来、翻印出来的一套一套的线装书送给欧洲国家文化机构时，我又带着自豪的感情想起了振铎。

——巴金

的小说《中秋晚》,梁启超的旧体诗《题宋石门画像》。

编者附识写道:“为应节起见,我央着凌女士在半天内写成这篇小说,我得要特别谢谢她的。还有副刊篇首广告的图案也是凌女士的,一并道谢。”梁启超那篇,无疑是点缀。徐志摩首次主编四大副刊之首的《晨报副刊》,隆重推出的,其实只有凌叔华一人。他一再表示感谢,热情有余,措辞有误,没说清那图案是临摹的还是创作的,由此又引出“凌叔华窃取琵亚词侣”案,并成为轰动文坛的“闲话之争”的导火索之一。这已是题外话,按下不表。

值得注意的是,代发刊辞中提到邀请的撰稿人阵容时说:“至于我们日常见面的几位朋友,如西林、西滢、胡适之、张歆海、陶孟和、江绍原、沈性仁女士、凌叔华女士等更不必我烦言。”其中“西滢”和“凌叔华女士”相隔很远,不像徐志摩后来的文字中,一般都称“通伯叔华”。另外,徐志摩约凌叔华写小说、画图案时,陈西滢好像并不在场。

就在徐志摩一心扑在副刊上,几乎忘了陆小曼之际,事情突然出现转机。陆小曼顺利地离了婚,只身赶来北平。她与徐志摩早断了联系,只是偶尔看到《晨报副刊》,才找上门去,两人又“欢欢喜喜”地沉浸在热恋之中。

不久,凌叔华与陈西滢之间也有进展,并于一九二六年初举办了订婚仪式。按当时的习俗,订婚是向亲友及社会公布双方的恋爱关系。只有订了婚,两人才能以恋人的身份出入各种场合。二月二十一日,徐志摩在老家硖石,征得家里同意后,给陆小曼写信说:“订婚手续他(徐父申如)主张从简，我说这回通伯叔华是怎样的，他说照办好了。”至此，徐志摩与陆小曼，凌叔华与陈西滢，已是各有所属。

此后，徐志摩与凌叔华的交往，虽然再没有曾经的热情，却依旧频繁。《晨报副刊》以及后来的《新月》上，陆续发表了凌叔华的十余篇小说，都是徐志摩经手编发的。一九二八年，新月书店预告出版凌叔华的第一部小说集《花之寺》，徐志摩为之撰写了一篇热情洋溢的序。只是不知什么原因，集子正式印出时并未收入。现在只能看到一些片断，是从中摘录出来作为广告词的。原文如下：“写小说不难，难在作者对人生能运用他的智慧化出一个态度来。从这个态度我们照见人生的真际，也从这个态度我们认识作者的性情。这态度许是嘲讽，许是悲悯，许是苦涩，许是柔和，那都不碍，只要它能给我们一个不可错误的印象，它就成品，它就有格；这样的小说就分着哲学的尊严，艺术的奥妙。……《花之寺》是一部成品有格的小说，不是虚伪感情的泛滥，也不是草率尝试的作品，它有权利要求我们悉心体会。作者是有幽默的，最恬静最耐寻味的幽默，一种七弦琴的余韵，一种素兰在黄昏人静时微透的清芬。”徐志摩现存的文字中，为人作序，这是唯一的一次。而他自己唯一的小说集《轮盘》，题词则是“敬献给我的好友通伯和叔华”。

正如凌叔华所言，徐志摩抬举她的文学成就甚高，他们的通信多半是谈文艺的。可要说他们只是文学上的朋友，恐怕未必。徐志摩给陆小曼的信中，多次提到凌叔华，却没有一句与文艺有关。有意思的是，他常常拿凌叔华的美满生活来与自己的境况对照。一九三一年六月十四日，他由北平写信给上海的陆小曼说："叔华长胖了好些，说是有孩子的母亲，可以相信了。孩子更胖，也好玩，不怕我，我抱她半天。我近来也颇爱孩子，有伶俐相的，我真爱。我们自家不知到哪天有那个福气，做爸妈抱孩子的福气。听其自然是不成的，我们得想法，我不知你肯不肯。"六月二十五日他又有信说："人家都是团圆的了。叔华已得了通伯，徽因亦有了思成。别的人更不必说，常年常日不分离的。就是你我，一南一北。"这里将叔华放在徽因前面，或许是考虑到陆小曼与二人关系的亲疏，可由此也能看出，叔华和徽因，在徐志摩心目中，本没有多大的亲疏之分。

四

凌叔华婚后的文字，很少涉及徐志摩。直到他出了意外，满腔的情感方如决堤的洪水，一泄而出。《志摩真的不回来了吗?》一文，一反她"适可而止"的文风，直白而强烈，程度绝对不亚于陆小曼和林徽因。文中有一节耐人寻味："在三年前的夏夜，志摩，想你还记得吧，我同通伯忽然接到你要过东京一晤的电报，第二天一睁开眼我就说梦见志摩来了。通伯说真的吗?我也梦见他来呢。说着我们就去接早车，心下却以为或者要等一整天，谁知人一到车站，你便在迎面来的车里探出头来招手了。这事说来像是带神秘性，或是巧得不可信；可是我们安知不是宇宙间真有一种力!”

在另一个场合,凌叔华还说过一件同样神秘的事。方令孺《志摩是人人的朋友》中写道:“昨天下午在凌叔华家,沈性仁,张奚若夫人同叔华都在座,大家都哀悼志摩。叔华说,几年前他们有一个快雪会,是在雪天里同很多朋友游西山,后来志摩做一篇文章纪游,叔华把他这篇文章抄到一个本子上,头一页上写一副对联,(我不会背原文)意思是俯临高处看溪壑里的云雾的景致,上面戏题志摩先生千古。这次志摩将离北京的时候,叔华无意中给他看了,他还说:‘那就千古了呢?’谁知道竟成谶语!”一再念叨这些灵验的故事,可见她受到太大的刺激,有些不能自控了。

徐志摩生前,一直视凌叔华为红颜知己。他对陆小曼说,只有叔华是唯一有益的真朋友。他把八宝箱存在凌叔华那里,让她在自己回不来时写传记小说用,并对沈从文说,叔华是最适宜料理“案件”的人。

“昔日戏言身后意,今朝都到眼前来。”凌叔华当然要为徐志摩做点什么。她首先想到的还不是写传记,而是出版“志摩信札”之类。她是在徐志摩追悼会上,听胡适说徐志摩的信全是极美丽的散文,出版后一定更能巩固他在文学史上的位置,便想将自己手上的,再收集一些别人手上的,编个集子尽快出版。她去找林徽因,没想到林徽因不仅未拿出信件,还要看她保存的两本康桥日记,于是惹出一桩令各方都不快的“八宝箱事件”。林徽因得到八宝箱中的所有遗稿,“收储保存”了,并写信给胡适说:“‘传’不‘传’

的，……暂时也没有赶紧的必要。”传记小说无法再写，书信集也没编成，凌叔华后来只是摘录了徐志摩给她的六封信，发表在她自己主编的《武汉日报·现代文艺》上，作为纪念。

关于为徐志摩墓碑题字的事，凌叔华致胡适的信中说：“申如伯曾来信叫我写，好久未敢下笔。去夏他托吴其昌催我，我至今还未写。”原因是题词的内容不合适，她请胡适另找一句，或另找人写。结果如何，未见下文。今据吴其昌后人说，凌叔华随后还是写了“冷月照诗魂”一句寄去，被制成一个正方形的石碑，立在徐志摩墓侧。有人见过此诗碑，赞叹其改动名句的贴切。而乡人多不知此碑为何而立，无人关心其下落。

五十年后，旅居英伦的凌叔华收到陈从周寄来的《徐志摩年谱》，回信说：“志摩同我的感情，真是如同手足之亲。”另一封信中又说：“志摩与我一直情同手足，他的事，向来不瞒人，尤其对我，他的私事也如兄妹一般坦白相告。我是生长在大家庭的人，对于这种情感，也司空见惯了。”用手足之情来解释自己与徐志摩的关系，非常得体，但两人毕竟不是生活在同一家庭的兄妹，那份感情怎么说都很特别。凌叔华在信里还说：“说真话，我对志摩向来没有动过感情，我的原因很简单，我已经计划同陈西滢结婚，小曼又是我的知己朋友。”这些是不是真话暂且不管，理由却不充分，如果没有陈西滢、陆小曼，那又将如何呢？当然，历史是不能假设的。

二〇〇七年四月

八宝箱事件之真相

与张幼仪离异，与陆小曼结合，以及迷恋林徽因，这些即使在当时都是众所周知的，然而，徐志摩与凌叔华的一段隐情，只有很少几位知情者能朦胧地感觉到点影子，绝大多数人都没有发现徐志摩情感世界里还有这第四位女性。徐志摩突然去世后，为他留下的八宝箱闹得满城风雨，人们才开始意识到凌叔华与徐志摩的关系，不可等闲视之。

凌叔华一九三一年十月十日致胡适信中，第一次提到徐志摩的八宝箱，在这三个字后面的括号内注明为“文字因缘箱”。这是徐志摩盛放日记、书信以及其他手稿的小箱子。

那个时代的名人都有记日记的习惯，对写信也十分慎重，多半是珍惜自己的名声，要给历史一个清楚的交代。今天出版的那个时代作家全集，其中总有几卷日记、书信。徐志摩记日记、写信，虽然大多数情况下是出于情感方面的需要，他还是有使之流传的想法的。他往往把这些日常写作当成文学创作，投以极大的热情。他明显地意识到，这些日记与信将会与他的诗和散文一起流传后世。作品发表了，出版了，一般就不大可能失传，而日记和书信，如果不能得到妥善的保存，很可能会散失。于是，徐志摩把他自己手边的日记和书信存放在一个小箱子里，并把这只小箱子称作八宝箱。

为什么叫八宝箱呢？赵家璧后来说，从陆小曼的口中也听到过这个词儿。恐怕当年，徐志摩自己就这么称呼的。有人认为硖石方言中，八和百是同音的，八宝箱实际上应是百宝箱。杜十娘怒沉百宝箱，百宝者，珍贵之意也。这种解释有一定道理，八宝箱的八宝两字颇为费解。凌叔华和陆小曼都是听徐志摩口头说的，误把百宝当成八宝。沈从文当时致胡适的信中，写的就是“百宝箱”。当然，这个错误流传到现在，已经积重难返了。一提起八宝箱，人们立刻想到有关徐志摩的一段公案；说到百宝箱，人们反而不知怎么回事。所以，这里也就将错就错，还是称作八宝箱。

通常的情况下，八宝箱是随身携带的，遇到特殊情况，如出国旅行，就不方便了，要找一个可靠的人代为保存。徐志摩托付的人便是凌叔华。这自然体现了徐志摩对凌叔华非同寻常的信任。

关于这只八宝箱，凌叔华一九三一年致胡适信，一九八二年致陈从周信，以及一九八三年致赵家璧、陈从周的两封信，都有过具体的说明。只是凌叔华信中有许多费解和矛盾的地方，再与一九三一年胡适致凌叔华的信合在一起看，真是让人越看越不明白。对此，感兴趣的人，有称“八宝箱之谜”的，有称“扑朔迷离的八宝箱”的，更有人干脆地说：“徐志摩的八宝箱：一笔糊涂账。”

所幸的是，现存林徽因一九三二年致胡适的几封信，以及胡适一九三二年一月二十二日的日记，给我们提供了许多宝贵的线索，使我们得以大致了解围绕八宝箱发生的一些故事和八宝箱中文稿的基本去向。鉴于其间错综复杂，饶有趣味，且牵涉到徐志摩周围许多重要人物，下面我们将详细交代事件的全部经过。

一

先说徐志摩将八宝箱交给凌叔华及之后的情况。

徐志摩将八宝箱交给凌叔华，是一九二五年旅欧时。凌叔华后来几封信，都是这么说的。“去欧找泰戈尔那年”，“去翡冷翠前”，都是指徐志摩那次去国外游历。当时，徐志摩正为与陆小曼的私情弄得心力交瘁，去欧洲也是要暂时避避风头，冷静一下。他身边的八宝箱总不能带着满欧洲地跑，得托一可靠的人保管。陆小曼当时自身难保，且箱内有些东西“不宜小曼看”。而此后，给陆小曼的信，徐志摩一再说“只有 S 是惟一有益的真朋友”，“女友里，叔华是我一个同志”，那么，把八宝箱托付给凌叔华是情理之中的事。

将八宝箱交予凌叔华的时候，徐志摩半开玩笑地说，如果他此次出国发生意外，万一回不来时，让凌叔华用这箱中的材料替他写传记或小说。凌叔华前后相隔五十年的信，都提到类似的嘱咐，应该是不会错的。徐志摩对自己的前途感到渺茫，说这样的话也是半假半真。凌叔华后来真有过写传记的想法，便是源自徐志摩的这一建议。

徐志摩从欧洲平安归来了，但他并没有将寄存在凌叔华处的八宝箱即时取回。之后他与陆小曼结婚，有了自己的家，并搬到上海去住，仍然没有拿去。凌叔华致胡适的信中写道："我去日本时，他也不要，后来我去武昌交与之琳，才物归原主。"这一段交代得很清楚，但其中"交与之琳"一事，赵家璧于八十年代曾写信问过卞之琳。卞之琳回信说："凌叔华致胡适信，说曾把徐'文字因缘箱'交与我，是她记错了，我从未闻此事，不知道她究竟交给了谁。"后来卞之琳还专门写了一篇长文，说凌叔华的种种说法是一笔糊涂账。其他一些谈到八宝箱的文章，谈到此事，均引证卞之琳的解释，却没有往下深究。如果没有交与卞之琳，那是交与谁了呢？凌叔华的信写于徐志摩刚死不久，而不是事隔多年会有记忆之误，她还不至于那么糊涂。

八宝箱交与卞之琳是不可能的，这不必去问卞本人就可以推想到。凌叔华去武昌，是一九二八年随陈西滢到武汉大学的。在她离京之前，要将徐志摩的八宝箱委托可信赖的人转交。而此时，卞之琳还在上海读中学呢！卞之琳是一九二九年秋入北京大学就读的。他认识徐志摩更晚，是一九三一年初，徐志摩到北大兼课之时。卞之琳呈上习作请徐志摩指教，没想到徐志摩拿去后，选了几首交沈从文发表了。这个时候，卞之琳才开始自称徐志摩的学生。凌叔华何以在一九二八年就认识卞之琳，且将如此重要的八宝箱交予一个根本还没见过徐志摩的人？

不是卞之琳，那会是谁呢？凌叔华的信收入《胡适来往书信选》，是根据原件排印的。这一错误，要么是原信中出现笔误，要么是排印者认读的问题。信中有“徽□”字样，这个框肯定是“因”字，大概是原件模糊不可辨认，才用这个符号代替的。之琳的琳字，笔画多，不大可能认错，之字就很难说了。校阅者要辨认此字，想到徐志摩熟人中有卞之琳，便这样排印了。我以为这个字很可能是“丽”字。

我说的丽琳，是当时与金岳霖同居的美国女子 Lilian Tailor。这个名字，在徐志摩致陆小曼的信中出现过多次。与徐志摩及凌叔华交往甚密的人中，叫什么琳的，只有此人。有两个旁证对我的这一猜测是有利的。其一是一九二八年十二月十三日，徐志摩由上海到北京后给陆小曼写的信：“老金他们已迁入叔华的私产那所小洋屋，和她娘分住两厢，中间公用一个客厅。……丽琳还是那旧精神……”凌叔华的父亲凌福彭，是清代翰林出身，久任京官，家境一定很好，所以能买下那所小洋屋。而那房子正是林长民、林徽因父女从欧洲回来曾住过一段时间的“雪池”。林徽因一九二七年在美国写给胡适的信中有：“叔华女士若是有暇可否送我几张房子的相片，自房子修改以后我还没有看见过，我和那房子的感情实是深长。旅居的梦魂常常绕着琼塔雪池。她母亲的院子里就有我无数的记忆，现在虽然已不堪回首，但是房主人们都是旧友，我极愿意有几张影片留作纪念。”林徽因他们走后，凌家买下了这所房子。凌叔华到武汉去了，只留下凌家老太太一人，金岳霖和丽琳便搬了进来。凌叔华离京之前，要将徐志摩的八宝箱托人转交，丽琳是最好的人选。她就住在自己家中，箱子都不要抱出大门就可交托了。徐志摩若来京，一定会到凌家找老金和丽琳。还有，丽琳是美国人，应该知道尊重别人隐私，交予她是最保险的。果然，正如以上所引的那封信里所述，徐志摩一到北京，就被老金、丽琳从车站接到凌家。

徐志摩在凌家住了一晚，第二天便去看望梁思诚和林徽因。这便和我的另一个旁证联系上了。这个旁证出自林徽因一九三二年元旦写给胡适的信。林徽因当时正与凌叔华为徐志摩的日记闹得不可开交，她写信给胡适交代事情的经过。其中有这样一段：“此箱偏偏又是当日志摩曾寄存她处的一个箱子，曾被她私开过的，此句话志摩曾亲语我。他自叔华老太太处取回箱时，亦大喊：‘我锁的，如何开了，这是我最要紧的文件箱，如何无锁，怪事——’又‘太奇怪，许多东西不见了，missing’，旁有思成、Lilian Tailor 及我三人。”林徽因对凌叔华不满，说了许多对她不利的内容，我们暂且不去管它，有几处应该是事实：徐志摩曾在凌老太太家取回箱子，而当时在场的有丽琳及林徽因夫妇。

事情很明显，凌叔华信中提到的“之琳”正是“丽琳”之误。卞之琳被扯了进来，是很荒唐的。

不管怎样，徐志摩曾经取回过八宝箱是必定无疑的。

那八宝箱后来放在哪儿呢？随身带着？还是寄往某处？反正徐志摩去世后，这箱子到了胡适手中，胡适又将它交给了林徽因。那么，在胡适那里之前呢？

凌叔华致胡适的信中没有交代，但她晚年致陈从周、赵家璧的信中，明确地说，是志摩去世后，胡适从她那儿要去的。如果是事实的话，徐志摩又是何时再次将八宝箱交给凌叔华的呢？凌叔华致胡适信中有这样一节："今年夏天从文答应给他写小说，所以他把他天堂地狱的'案件'带来与他看，我也听他提过(从前他去欧时已给我看过，解说甚详，也叫我万一他不回来为他写小说)，不意人未见也就永远不能见了。他的箱内藏着什么我本知道，这次他又告诉了我的。"这里的话说得很拗口，但意思还很明白，即沈从文有意以徐志摩为原型写小说，徐志摩便把八宝箱里的东西带给沈从文看。"今年夏天"，是一九三一年夏天，而正是此时，徐志摩以沈从文和丁玲、胡也频的故事写了一篇未完稿的小说《珰女士》，发表在九月出版的《新月》杂志上。两人很可能相约各自为对方写小说。沈从文是否见到八宝箱呢？一九三一年六月二十五日徐志摩致陆小曼信中有："叔华、从文又忙了我不少时间。"凌叔华信开头有："十余天前从文有信来。"后面又写道："现在从文信上又提到'志摩说过叔华是最适宜料理案件的人'。"可以推测，沈从文写信给凌叔华正是为了这八宝箱的事。可能当时徐志摩只是给沈从文看了一下文稿，然后重又寄放在凌叔华处，并告诉凌箱内藏的什么。这样才会有"这次他又告诉了我的"一句。徐志摩去世后，沈从文记起这件事，便写信给凌叔华询问。凌叔华没办法交代了，因为她把箱子给了胡适，胡适又给了林徽因。凌叔华知道箱子到了林徽因处，会出些问题，便写信给胡适，暗示他不该交给林徽因。

这样看来，凌叔华交与胡适的箱子，虽然还是一九二五年徐志摩托付给她的那只，里面的东西很可能就不尽相同了。因为徐志摩取走过一段时间，他可能拿出一些东西，也可能放进一些新的东西。箱中有陆小曼的两册日记，凌叔华和林徽因的说法完全一致，一定不会错。而这两册初恋日记，肯定不是一九二五年三月十日徐志摩离京之前放进去的。据《小曼日记》第一篇可知，陆小曼记日记是听了徐志摩的话，以前从没写过，而她的第一篇日记开始于一九二五年三月十一日。

至于凌叔华将八宝箱交与胡适这一说法，其实也是不尽可靠的。我们之所以有这样的印象，完全是凭着凌叔华晚年的几封信。我们现在能看到的当时所有的文献，都没有这样说过，包括凌叔华自己写给胡适的这封信。她只是说不该交给林徽因，因为她见过箱里的东西，有的不宜给林徽因看。自己应早想到这一点提醒一下，现在木已成舟，不必说了。但是她还是忍不住写了这封信："我说这事也没有什么意见，我并不想在我手中保管（因此时风景已杀，不必我保管，且我亦是飘泊的人），请你不必对徽因说，多事反觉不好。"这些话说得很暧昧，如果没有"杀风景"，是不是想由自己保管？语义隐晦，与徽因争保管权的意思还是依稀可见的。既然自己希望保管,何以又轻易交给胡适呢?凌叔华对徐志摩的遗稿是十分重视的,徐志摩的信她一直保存得很好,甚至在徐死后,还到处征集信件,计划为他出版书信集。那么一箱珍贵的文稿,怎么肯随便给人?

凌叔华晚年的信中称,八宝箱是胡适、林徽因他们逼她交出的。可从林徽因的信以及胡适的日记和信看,他们逼她交出的是徐志摩的英文日记,即康桥日记的一部分,其中内容有涉及徐、林最初相识的。没有任何迹象表明,胡适得到八宝箱时费过一番周折。林徽因在胡适处取走箱子,并没觉得这箱子有什么特别,后来才知道,这就是曾在凌老太太处见到的那只。

徐志摩临终前一段时间,南北奔走,在北京时,常住胡适家中。我们做一个大胆的假设,在他最后日子里,八宝箱曾经在身边,也就是在他寄居的胡适家中。徐志摩可能从凌叔华那儿又拿回来了,甚或只是给凌叔华看过,讲过一些事,并没有再次托凌保管。因为凌叔华当时只是回京住一段时间,还是要去武汉的。徐志摩死后,胡适整理他留在胡家的遗物,发现这只箱子。当时胡适并没有将它看成什么重要的史料,林徽因来时,便让她取去看看,编个目录,以便今后出徐志摩遗书时用。——当然,这只是猜测,在没有确凿证据之前,还是以凌叔华晚年的说法为准,即八宝箱是胡适从她那里拿去的。

现在,有些重要的情节是十分确切的。其一,徐志摩一九二五年出国前曾将一只箱子交给凌叔华。其二,这只箱子于一九二八年凌叔华去武汉时留在北京，并由友人转交徐志摩。其三，一九三一年夏天，徐志摩又将这箱子给凌叔华看过，可能又在她那放过一段时间。其四，徐志摩死后，箱子到了胡适手中，并由他交给林徽因。

故事发展到这一阶段，尚未出现什么波折，各方之间也无冲突。然而，林徽因整理箱内遗稿时，得到一个消息：凌叔华处还有一本或两本徐志摩的英文日记，其中涉及徐志摩与林徽因在英国时的一些事。于是风波陡起，故事进入了高潮。

二

下面，我们来谈谈林徽因得到八宝箱之后发生的事情。

林徽因从胡适那里拿到八宝箱，是一九三一年十一月二十八日星期六晨。胡适为什么把这箱子给林徽因呢？因为志摩刚死不久，林徽因就跟他谈到过“康桥日记”，说徐志摩曾有意将那个时期的日记给她收藏。据林徽因致胡适信中说，徐志摩还对她说过有“雪池时代日记”，被陆小曼烧了。徐志摩初识林徽因，正是在康桥时期。当时徐志摩对林徽因颇为有意，并与张幼仪离婚。“康桥日记”所记录的，正是这一时期的事。林徽因回国后，与父亲住在雪池，并开始与梁思成交往。徐志摩回国，也常常到雪池去找林徽因。“雪池日记”，记录了他这一时期的情感。这两份日记都与林徽因有关，也就是凌叔华所谓“不宜给小曼看的”。徐志摩从凌家取回八宝箱后，可能带到上海家中去过。陆小曼读到“雪池日记”十分生气，将之烧掉，也是有可能的。这样才有徐志摩又把箱子带到北京，因为放在自己家中并不安全。

林徽因先开口要“康桥日记”，胡适则把整个箱子都给她了，理由是让她帮着看看，编个目录，以便日后出版。林徽因拿着箱子回家后，便一一做了清点：“由您处拿到一堆日记簿（有满的一本，有几行的数本，皆中文，有小曼的两本，一大一小，后交叔华由您负责取回的），有两本英文日记，即所谓 Cambridge 日记者一本，乃从一九二一年七月三十一日起。次本从同年十二月二日起始，至回国止者，又有一小本英文为志摩一九二五年在意大利写的。此外几包晨副原稿，两包晨副零张杂纸，空本子小相片，两把扇面，零零星星纸片，住址本。”箱内的东西比较杂乱，以至于林徽因觉得，里面装的不是志摩平日原来的那些东西，而是胡适将信件检出后，胡乱聚成这一箱的。这种怀疑是不对的，凌叔华说过：“内有小曼初恋时日记二本。”又说过：“那个‘八宝箱’中不止是日记，还有不少寄与晨报的文稿。”这与林徽因的记载大体吻合。可见，徐志摩的八宝箱中原本就是这些东西。

林徽因拿到箱子后三四日，从张奚若处得知，凌叔华那里还有徐志摩的康桥日记，曾给叶公超看过。于是林徽因有些放心不下，因为她手头的两本英文日记，一本从一九二一年七月三十一日起，一本从同年十二月二日至第二年八月回国，只有徐志摩在康桥的后半部分时间。而徐志摩结识林徽因是在一九二一年初,这一时段的日记正好没有。

徐志摩的追悼会上,胡适提到要将徐志摩的书信收集出版,那是很美的散文。这话凌叔华一定听到,并提醒了她。因为她自己手上有许多徐志摩的信,她想再收集一些,自己来编一本出版。第二天,她到林徽因家,让林拿出志摩的信,由她编辑“志摩信札”之类。林徽因当然不会给她,找些理由推脱了。林徽因又很想要她手上的康桥日记,便将八宝箱拿出来给凌叔华看,说胡适本想将这些东西交给孙大雨,自己不赞成,胡适就将这些全给了她,让她编个目录。然后,林徽因向凌叔华提出要看她手上那本日记。

林徽因没有拿出信件在先,又借助胡适,以名正言顺的遗稿整理人的身份,找凌叔华要日记,凌叔华当然不乐意给她。或许,凌叔华是想到日记内容与林徽因相关,日记一到她的手里自己就更不可能再见到了。凌叔华当时“神色极不高兴”地勉强答应,让林徽因后天(十二月九日)到她家去取。

或许是因为太想得到康桥日记,也考虑到凌叔华的心理平衡,林徽因让她带走了陆小曼的两册日记。凌叔华也有为徐志摩写传的想法,陆小曼的日记当然愿意细读,便不客气地拿去。这才有林徽因致胡适信中:“有小曼的两本,一大一小,后交叔华由您负责取回。”及:“又说小曼日记两本她拿去也不想还等等。”凌叔华十二月十日致胡适信中也提到过此事:“前天听说此箱已落徽因处,很是着急,因为内有小曼日记二本,牵涉是非不少(骂徽□最多),这正如从前不宜给小曼看一样不妥。我想到就要来看,果然不差!”凌叔华知道八宝箱落到林徽因处，正是十二月七日在林家看到的。“我就要来看”，说明她从林徽因处拿走了小曼日记。

十二月九日星期三上午十一点半，林徽因如约到了凌叔华家。凌叔华不在，留了一封信。这自然是有意躲着她，不愿将日记交出。这封信后来林徽因给胡适看过，一九三二年一月一日写信给胡适解说原委时，又抄与胡适看，内容大抵是不会错的：“昨日遍找志摩日记不得，后捡自己当年日记，乃知志摩交我乃三本：两小，一大，小者即在君处箱内，阅完放入的。大的一本（满写的）未阅完，想来在字画箱内（因友人物多，加意保全）。因三四年中四方奔走，家中书物皆堆叠成山，甚少机缘重为整理，日间得闲当细检一下，必可找出来阅。此两日内，人事烦扰，大约须此星期底才有空翻寻也。”林徽因当然看出这是在有意推脱，当即留下字条，说日记中有关于自己的部分，所以迫切想读到，望她能体谅。

第二天，也就是十二月十日，凌叔华写了那封给胡适的信，一再说八宝箱给林徽因是不妥的。信中说：“昨日起，知道说也太迟了，不过我想还是说了舒服些。”昨日正是十二月九日，林徽因来取徐志摩的康桥日记未得，并表示志在必得。既然如凌叔华自己说的“木已成舟”，说也太迟了，她为什么还要跟胡适说呢？很可能凌叔华是要试探一下胡适对此事的态度。胡适是怎么回答的，我们无从知晓，但他明显偏向林徽因。凌叔华没有得到胡适的支持，手上的日记又给人看过，不拿出来怕是说不过去。十二月十四日星期一，凌叔华便将徐志摩的日记送到林徽因家，恰好林不在家，她也留了个字条。

林徽因得到这本日记，仔细一读，发现与自己手上的衔接不上，中间缺了一段。这本日记自一九二〇年十一月十七日始，以“计划得很糟”一句终，“正巧断在刚要遇到我的前一两日”。林徽因当时一定气极了，但碍于面子，又不好再与凌叔华当面理论。她一定在朋友中说了些什么，有人把她的话传到凌叔华那儿，又有人把凌叔华的话传到她这里。两人的矛盾愈来愈深，传言也就愈来愈厉害。林徽因最终又去求助于胡适，这便是胡适十二月二十八日致凌叔华信的由来。

胡适说：“昨始知你送在徽因处的志摩日记只有半册，我想你一定是把那一册半留下作传记或小说材料了。但我细想，这个办法不很好。”接下来胡适列数了一二三四条理由，并提出解决问题的办法，最后，胡适写道：“请你给我一个回信。倘能把日记交来人带回，那就更好了。”胡适的话说得委婉而有力，处处都想到了，不好回绝，且凌叔华也不愿得罪胡适。但她当时并没有交出徐志摩的英文日记，这从胡适后来的日记可以看到。可能就是在这一次，也可能是在更早几天，凌叔华将从林徽因那里拿来的陆小曼日记交给了胡适，因为一九三二年一月一日林徽因致胡适信中有“小曼的两本，一大一小，后交叔华由您负责取回的”，说明一九三一年十二月底小曼日记已回到胡适手里，胡适很快将此事告诉了林徽因。凌叔华晚年也记得胡适等人从她手中拿走了小曼日记，但她把几次的事混在一起了。

胡适可能是从凌叔华那里得到了不同的说法，便向林徽因要求解释，于是，林徽因在一九三二年一月一日一连写了两封长信。《林徽因文集·文学卷》将其中致胡适的第四封信注为一九三一年农历正月一日，这是错误的，一九三一年初，徐志摩还没死呢，“农历”的说法也有问题。如果原件上真如信末所写是“二十年正月一日”，也系笔误。这封信写作的时间与后面第五封一九三二年元旦的那封应是同时，两信一说情由，一说事实，且此信开头有：“下午写了一信，今附上寄呈，想历史家必不以我这种信为怪，我为人直爽性急，最恨人家小气曲折说瞎话。”后一封信结尾又没有署名，可见两封是同时交予胡适的。

胡适从林徽因的信中了解事情原委，再次向凌叔华要求交出徐志摩的英文日记。之后，胡适到南方去了一段时间，回来后收到凌叔华送来的日记。当天胡适日记写道：“今天日记到了我的手中，我匆匆读了，才知道此中果有文章。”胡适这次拿到的，是徐志摩的半册日记，而不是陆小曼的两本。所以这里的“此中果有文章”，不会像有人推测的，是凌叔华所谓“牵涉歆海及你们的闲话”，而是关于林徽因和徐志摩在康桥的一段故事。这在各种传言中说得挺厉害，也是林徽因一定要看到日记的原因所在。

胡适在日记中还粘贴凌叔华的一封信：“适之：外本璧还，包纸及绳仍旧样，望查收。此事以后希望能如一朵乌云飞过清溪，彼此不留影子才好。否则怎样对得起那个爱和谐的长眠人！你说我记忆不好，我也承认，不过不是这一次。这一次明明是一个像平常毫不用准备的人，说出话，行出事，也如平常一样，却不知旁人是有心立意的观察指摘。这有备与未备分别大得狠呢。算了，只当我今年流年不利罢了。我永远未想到北京的风是这样刺脸，土是这样迷眼。你不留神，就许害一场病。这样也好，省得依恋北京。即问你们大家好。即日。”

事情到此，应该告一段落了，然而，胡适日记中又有这样的话：“我查此半册日记的后幅似有截去的四叶。我真有点生气了。勉强忍了下去，写信去讨这些脱叶，不知有效否…… 这位小姐到今天还不认错。”给林徽因的日记只有一半，剩下的一半给胡适时又截去四“叶”，凌叔华的所作所为，让胡适也很不满。胡适日记此后则没有关于此事的记载，凌叔华会交出那四“叶”日记吗？胡适将这半册英文日记也交给林徽因了吗？我们无从知晓，一场闹得满城风雨的事件，便这样没有结局地结束了。

还需要交代的是，林徽因手中的八宝箱是怎样处理的呢？林徽因在一封未注明日期的致胡适的信中说：“甚想在最近期间能够一晤谈，将志摩几本日记事总括筹个办法。…… 据我意见看来，此几本日记，英文原文并不算好，年轻得利害，将来与他‘整传’大有补助处固甚多，单印出来在英文文学上价值并不太多（至少在我看到那两本中文字比他后来的作品书札差得很远），并且关系人个个都活着，也极不便，一时只是收储保存问题。……‘传’不‘传’的，我相信志摩的可爱的人格永远会在人们记忆里发亮的，暂时也没有赶紧的必要。”这里说得很明白，徐志摩的日记不宜出版，也不必急着用这些材料作传，现在要做的“只是收储保存”。由谁来保存呢？赵家璧说：“但据陈从周说，后由林徽因保管。”卞之琳说：“我一九八二年为一卷本《徐志摩选集》写序，仅就听说林徽因当年争到的一部分而言，说过物随人非（她于一九五五年病逝），确知在‘文化大革命’时期终于消失了，倒并不是出于红卫兵的打、砸、抢。这是我当时特向金岳霖探听到的下落。”虽然是口口相传，两人的说法大体是不错的。那些日记并没有还给胡适，而是林徽因自己留下保存了。至于最后的下落，卞之琳说得很含蓄，但从“物随人非”一词看，大约是说林徽因死后，林的某位家人由于某种原因，将其销毁。

三

在这场所谓的争夺八宝箱的事件中，双方都有自己的理由和苦衷。林徽因的理由是徐志摩曾对她说过，要将康桥日记给她，与她保存的徐志摩那时写给她的信一起收藏。同时，由于康桥日记中有一段涉及她本人的私生活，不愿让这份日记落到别人手中，也是可以理解的。凌叔华的理由也是徐志摩曾嘱咐让她保管，并且，她也需要这些资料来做传记。由于林徽因得到胡适的支持，凌叔华节节败退，不得已一件一件地交出徐志摩的手稿。在她极不情愿地做这些事时，想到了陆小曼，这位未亡人，才是徐志摩遗稿的合法继承人。她向胡适表示，希望将这些日记交给陆小曼。

凌叔华晚年的几封信，由于事隔多年，回忆有误。最明显的，是她把交出八宝箱、交出志摩的剑桥日记、拿来又送回的小曼日记，三件先后发生的事当成一次发生的。可有些一再重复的话，还是有一定可信度的。她对赵家璧说过："我托公超转告胡，要交与小曼，不意他没照我话做，这是我想不到的。"对陈从周也说过："即写信胡适派人来取，且叮嘱要交与小曼。"

凌叔华对陆小曼还是比较关心的。一九二五年徐志摩出国，她曾到陆小曼那里深谈。徐志摩与陆小曼结婚后住在上海，她也去看过他们，并给小曼介绍画家为师。在一封约写于一九三二年的致胡适的信中，她还写道："你到上海时，我希望你能托一个像王文伯那样聪敏而有决断的人，好好的看看眉。如遇不像样事，打开一切直告她知道。她早不是孩子，又不是笨人，我想不至于辜负这一片好意。最好同时有几个她一向敬畏而不疑惑的朋友都向她警告，叫她醒悟不如此不足以生存才好。她的过去使大家不满的，我觉得不是罪恶，乃是习惯与环境。莲花叶梗上有一层薄刺，方不染污泥，若使梅菊放在泥塘里，包管亦变成泥猪，那些清雅的号，绝不会落到他们头上来。"能有这样的同情和理解，凌叔华建议把徐志摩的遗稿交与陆小曼，就不是没有可能。陆小曼致胡适的信中，有一段话也证明凌叔华确有此意："叔华来信想将她那里的信送我，我真是万分的感谢她，在此人情浅薄的时间，竟有她这样的热心，叫我无以相对。"

徐志摩去世后，陆小曼便计划编辑出版他的遗著。在给胡适的信里，她写道："志摩还有不少信、日记在京请你带下，不要随便与人家看，等我看过再发表。我想他的信、日记，以后由我自己编。"当她得知胡适等人也有意编辑徐志摩的诗文集，又去信说："他的全部著作当然不能由我一人编，一个没有经验的我也不敢负此重责，不过他的信同日记，我想由我编。（他的一切信件同我的他的日记都在北平，盼带来）我想在每信后加上小注，你看如何？"陆小曼做出一定的让步，却坚持由自己编辑书信和日记，应该是担心其中有不便公开的内容。

陆小曼虽然身在上海，对北平发生的事还是有所耳闻。徐志摩的书信和日记索还无望，她只能希望要回她自己的日记。她再次写信向胡适恳求："林先生前天去北平，我托了他许多事情，件件要你帮帮忙。日记千万叫他带回来，那是我现在最宝爱的一件东西，离开了已有半年多，实在是天天想他了。请无论抄了没有，先带来再说。文伯说叔华等因摩的日记闹得大家无趣，我因此很不放心我那一本。你为何老不带回我，岂也有另种原因么？这一次求你一定赏还了我罢，让我夜静时也好看看，见字如见人，也好自己骗骗自己，你不要再使我失望了。"

陆小曼的日记，凌叔华在徐志摩生前即见到过，后又从林徽因那里取来，再交给胡适。凌叔华晚年回忆道："小曼只收回她的二部日记（她未同志摩结婚前的日记，已印出来了！但许多人还以为另有日记）。"这里说的印出来的日记，当是收在《爱眉小札》里的《小曼日记》。该日记始于一九二五年三月十一日，终于同年七月十一日，正是徐志摩出国在外的一段时间，算是结婚前的日记。只是其中未见关于胡适、张歆海的闲话，也没有骂徽因的话。或许，陆小曼公开出版时做过技术处理？

陆小曼对《小曼日记》的来源，又有自己的说法："其实关于这本日记也有些天意在里边。说也奇怪，这两本日记本来是随时随刻他都带在身旁的，每次出门，都是先把它们放在小提包里带了走，惟有这一次他匆促间把它忘掉了。"这里说得明白，《小曼日记》是徐志摩丢在上海家中的，并非胡适或北方某位友人转交来的。如果陆小曼的话可信，胡适手中的两本小曼日记后来又到哪里去了呢？如果凌叔华的话可信，陆小曼又有什么理由撒谎呢？这是有关八宝箱中文件来龙去脉的一个疑点。

继《爱眉小札》之后，陆小曼又与赵家璧合作，计划编辑《志摩全集》。她又一次向胡适提到了徐志摩留在北京的日记及书信，但那已是一九三六年的事了。赵家璧回忆说："十月中，我知道他（胡适）到上海，就在北四川路味雅酒楼宴请他，并请陆小曼等作陪。席间，小曼就向胡适谈了她和我已把《志摩全集》初稿编订就绪，要求他把志摩给他的信以及给北方朋友的信由他收集后早日寄沪，也谈到留在别人手中的几本日记的事，最后还要求胡适为这套全集写一篇序。我看出胡适当时对小曼的请求不置可否，似乎毫无兴趣。"这次交涉，不仅未得到胡适的帮助取来书信和日记，反而由胡适支付了一笔版税，将《志摩全集》的版权从陆小曼那儿买断。十年之后，《志摩全集》仍未出版，而且稿子也不知弄到哪去了，陆小曼又是着急又是后悔。在纪念徐志摩五十诞辰的日子里，她又凑了些杂稿，编辑出版了《志摩日记》。在序中，她念念不忘别人手中的遗稿："其他日记倒还有几本，可惜不在我处，别人不肯拿出来，我也没有办法，不然倒可以比这几本精彩得多。"

陆小曼的这一腔怨气，似乎是冲着凌叔华发的。赵家璧文中有记："……他们二人都还各人写过几本，当时小曼曾告诉我，保留在凌叔华手中。她当时曾去信要求借来编入全集，却连一封信也不复。"

为了八宝箱一事，凌叔华与胡适也闹出许多不快，不过她很快便试图和解了。一九三三年一月三十一日的信中，在对待有关徐志摩的事上，她处处让着胡适，就是她主动讲和的一种姿态。但对于林徽因，她始终耿耿于怀。林徽因占了上风，是胜利者，她是失败者，这件事一直在她心里是个结。直到晚年，凌叔华在信中谈到八宝箱时，还是抑不住对林徽因表现出不满。

林徽因呢？我们只见到她当时在胡适面前发泄了一通对凌叔华的怒火。事情结束后，未见她旧事重提。一九三六年，她编辑《大公报文艺丛刊·小说选》时，似乎是摒弃前嫌了，她选了一篇凌叔华的小说——《无聊》。

二〇〇〇年三月

“雅舍”的由来

提起梁实秋的散文，立刻会想到《雅舍小品》。一九三九年，梁实秋在重庆北碚写小品文时，便取了这么一个总名，后来出集子时一直沿用。《雅舍小品》共出了四集，另有《雅舍杂文》《雅舍谈吃》《雅舍忆往》等。可见梁实秋对“雅舍”两字情有独钟。但和周作人的苦雨斋、丰子恺的缘缘堂不同，雅舍并非梁实秋私家所有。“雅”也并非我们望文生义的意思，而是取自一位女性的名字。

《雅舍小品》的第一篇，对雅舍的建筑格局、所处位置、室内陈设及周围景色有具体地描述，但对为何叫“雅舍”未曾交代，只是说“‘雅舍’非我所有，我仅是房客之一”，“‘雅舍’共有六间，我居其二”。当时，与梁实秋合住的是社会学家吴景超及其夫人龚业雅。后者即为《雅舍小品》作序的“业雅”，雅舍就是依她之名而取。

冰心《忆实秋》中说：“我们住在重庆郊外歌乐山，实秋因为季淑病居北平，就在北碚和吴景超、龚业雅夫妇同住在一所建在半山上的小屋，因为要走上几十层的台阶，才得到屋里，为送信的邮差方便起见，梁实秋建议在山下，立一块牌子曰‘雅舍’。实秋在雅舍里怀念季淑，独居无聊，便努力写作。”冰心的话说得节制，且有意为朋友避嫌。

关于当时写作的情形，梁实秋晚年则有一段自白：“每写一篇，业雅辄以先睹为快。我所写的文字，虽多调侃，并非虚拟。所以业雅看了特感兴趣，往往笑得前仰后合。经她不时的催促，我才逐期按时交稿。”他还说，“我生平不请人作序，但是这个小册子我却请业雅写了一篇短序。”

梁实秋当年离别妻儿，只身来到重庆，在教育部编译馆任编审，同时兼任中小学教科书编辑委员会主任。龚业雅也在这个委员会任职，专办总务行政。她为人热情豪放，颇得人缘。梁和龚不仅合购住宅，还常常举办聚餐会，一起下厨，招待友人。冰心记得初到重庆，是梁、龚二人前来接到雅舍欢聚的。同在编译馆的戴乃迭在自传中也提到，她和杨宪益曾去跟梁、龚二人打麻将。

有人将梁实秋和龚业雅，比作胡适和陈衡哲、金岳霖和林徽因。仅从既保持感情又无越轨之举看，是不错的；考虑到各自事业和相互影响，便不尽相同了。陈衡哲、林徽因本人也是作家、学者，龚业雅却不是。但是，没有陈衡哲，还会有胡适的《尝试集》；没有林徽因，还会有金岳霖的《论道》；没有龚业雅，自然没有“雅舍”，至于梁实秋的《雅舍小品》会不会有，会不会一直写下去，都很难说。

欧洲文化史上常见一种女性，即歌德所谓“引我们上升"的"永恒的女性"。她们热爱、支持也引导天才。她们是作家、艺术家乃至思想家恋爱的对象,也是他们灵感的源泉。这种缪斯型的女性,在中国却不多见。龚业雅或许可以算上一个?

二〇〇四年二月二十日

龚业雅二三事

我曾在一篇小文中写道:“欧洲文化史上常见一种女性……她们热爱、支持也引导天才。她们是作家、艺术家乃至思想家恋爱的对象,也是他们灵感的源泉。这种缪斯型的女性,在中国却不多见。龚业雅或许可以算上一个?”

我当时这样说,主要的依据是梁实秋的《雅舍小品》。抗战时期,梁实秋在重庆北碚,与吴景超、龚业雅夫妇合资购房,因为没有门牌,就以龚业雅的“雅”为名,在路口钉了块木牌,写上“雅舍”两个字。

梁实秋晚年坦言:“《雅舍小品》也是因业雅的名字来的。《雅舍小品》第一篇曾先给业雅看,她鼓励我写。《雅舍小品》三分之二的文章,都是业雅先读过再发表的。后来出书,序也是业雅写的。我与业雅的事,许多朋友不谅解,我也不解释,但是一直保留业雅的序作为纪念。”他还说,“这一生影响我最大的女人,一个是龚业雅,一个就是我太太程季淑。”

近日，翻阅解志熙《考文叙事录》，在书中辑录的刘梦苇《孤鸿集》自序里，又一次看到龚业雅的名字，证明我的断语，并非只有孤证。该文最后一句是："至于业雅的抄稿和旁的帮助，也在此志谢一个，虽则我应该谢她的多着。"

刘梦苇是前期新月派的杰出诗人，被朱湘称为"新诗形式运动的总先锋"，可惜因病早逝。他的代表作《铁路行》《最后的坚决》《示娴》等，艺术水准绝不在徐志摩、闻一多之下。解志熙在《晨报副刊》上找到刘梦苇的一首诗《爱与劫——呈 Y.Y.》。这 Y.Y.显然就是"业雅"的缩写。诗中写道："爱与劫本是同来！呵，我的亲爱！/你是我的欢快，也是我的悲哀。"解志熙还认为，《示娴》一诗也是为龚业雅所作，因为"娴雅"是汉语常用词汇。该诗全文如下：

> 请将你的心比一比我的心：/看到底谁的狠，谁的硬，谁的冷？/为你我已经憔悴不成人形。/啊娴！到如今你才问我一声：/你当真爱了我吗？人你当真？//但我终难相信爱人会爱成病，/你还在这般怀疑我的病深。/啊娴！你把世界看得太无情。/今后只有让我的墓草证明，/它们将一年一年为你发青。

关于龚业雅其人，资料很少。只知道她是湖南人，曾就读北京女子师范大学，与梁实秋的三妹梁亚紫同学。也是那个时候，她与弟弟龚业光的好友刘梦苇相识。龚业雅后来嫁给清华大学教授、社会学家吴景超。

朱自清有一首“录奉景超兄业雅嫂补壁并乞教正”的七律：

中年便易伤哀乐，老境何当计短长。
衰疾常防儿辈觉，童真岂识我生忙。
室人相敬水同味，亲友时看星坠光。
笔妙启予宵不寐，羡君行健尚南强。

诗前有小序云：“夜不成寐，忆业雅《老境》一文，感而有作。”朱正先生认为，这首诗的关键是第五句：“室人相敬水同味。”“相敬如宾”是说夫妻关系的，而“君子之交淡如水”是说朋友关系的。如果夫妻之间也只是一种“淡如水”的关系，恐怕就不正常了。他以朱自清日记为证，说明当时朱自清夫妇的关系并不是很理想，真可说是“水同味”了。龚业雅的《老境》一文，大约记录了老夫老妻互爱互助的一些情节。朱自清看了，对比自己，颇生感慨，于是在失眠中写了这首诗。诗中用了“老境”一词，与龚业雅的文章相照应；用了一个“羡”字，表示了对他们美满的夫妻关系的羡慕。

不过，金岳霖撰有一副谐联，打趣他们夫妇：“以雅为业，龚业雅非诚雅者；维超是景，吴景超岂真超哉。”

二〇一二年七月

海上花开花又落

刘心皇《抗战时期沦陷区文学史》有云："周炼霞，号称'炼师娘'，当时，与苏青、张爱玲、潘柳黛等齐名。炼师娘不能不说有些才气，书画诗词都有相当造诣，姿容也在女作家中最为艳丽。她在一首词中写出过'但使两心相照，无灯无月何妨'的名句。"文学史著作中评介到周炼霞，这恐怕是唯一的一次。

所谓"齐名"，仅就当时的知名度而言。其实，除了同在上海、同是女性作者，她们之间缺乏可比性。苏、张、潘是现代意义的作家，名声主要建立在文学创作上；周虽然也写一点新式小说散文，基本上还是属于古典意义的才女，诗词书画各方面的才华之外，也以美丽风流闻名于世。前三人只是由于投稿、编刊，与文艺界相关人士有所接触；后者则交游广泛，是上海文化名流圈内的活跃人物。

周炼霞，字紫宜，江西吉安人，九岁随父移居上海，十四岁正式拜名画家郑德凝为师，十七岁从晚清四大词人之一的朱孝臧学词，又从徐悲鸿外舅、蒋碧薇之父蒋梅笙学诗。其酬唱之作，为一时所传诵。人惊其才，誉称“金闺国士”。上个世纪三十年代，周炼霞任上海锡珍女校国画教师，并为王星记扇庄画扇面出售。一九三六年，她的画被选送加拿大第一届国际艺术展，获金奖。随即，英国及意大利出版的《世界名人大辞典》载入其画传，可谓蜚声海外。四十年代，她与冯文凤、李秋君、顾青瑶、吴青霞、陈小翠、庞左玉、陆小曼等发起组织中国女子书画会，为现代美术史留下靓丽的一页。一九五六年，上海中国画院成立，她是首批被聘为正高级职称的女画师之一。

周炼霞与陆小曼属于同一类型的人，漂亮聪明、多才多艺而热衷于社交。丈夫徐晚蘋曾供职于上海邮政局，抗战时去了重庆，一九四六年五月率队赴台湾接管邮政系统，不久出任台北邮政局长，退休移居美国洛杉矶。直到八十年代初，周炼霞去美国探亲治病，两人才团聚。其间整整四十年，她都独居上海。特别是四十年代，她频频出入于各种诗人画家的大小集会，左右逢源，应对自如，又生性洒脱，不拘小节，引得多方人士的追捧。上海各家小报，常刊登其绯闻逸事，一时艳称“炼师娘”，俨然一位交际明星。对于一些不实之词，她也不以为忤，一笑了之。

与周炼霞结交者鱼龙混杂，但像冒鹤亭、许效庳、吴湖帆、瞿兑之、张大千、郑昌午、江寒汀、唐云、谢稚柳等等，都是沪上艺坛的顶尖人物。他们不仅因其美貌而倾倒，更为其才华所折服。

冒鹤亭可谓近代诗坛大家，辈分甚高，其对周炼霞的诗词却推崇备至，屡屡向人推荐。许效庳是诗界一狂人，他能看上眼的没有几个，与周炼霞却十分投机，常去与之畅谈诗词，归来称“画院中人，论诗词，周炼霞第一，愧煞须眉”。有人说她的诗词“咳吐珠玉，可以乱漱玉之真”，也并非夸饰之辞。且看刘心皇所引那首小令《寒夜》的全篇：“几度声低语软，道是寒夜犹浅。早些归去早些眠，梦里和君相见。丁宁后约毋忘，星华滟滟生光。但使两心相照，无灯无月何妨。”的确是颇得婉约派的真传。

周炼霞才思敏捷，锦句脱口而出，更是令人叹服。一次，书画装裱大师刘定之做寿，绘像征题。冒鹤亭觉得难以下笔，装裱只是匠人手艺，无典可用。正在踌躇，周炼霞说道：白描为之，何必拘泥于典故，即成七律一首：“瘦骨长髯入画中，行人都道是刘翁。银毫并列排琼雪，宝轴双垂压玉虹。补得天衣无缝迹，装成云锦有神工。只今艺苑留真谱，先策君家第一功。”合座无不击节。另一次诗会，课题岁寒用具，周炼霞咏风帽，有佳句：“覆额恰齐眉黛秀，遮腮微露酒涡春。”又有：“莲花座上参禅女，杨柳关前出塞人。”因南海观音和塞北明妃均戴风帽，人皆赞其用典信手拈来、如有神助。在场的诗人杨怀白却不以为然，说昭君出塞乃在雁门关，而非“羌笛何须怨杨柳”的玉门关。周炼霞沉吟一下，提笔改为：“一龛法象参禅女，万里明驼出塞人。”依然是对仗工整、平仄合度，意象则更为鲜明。

据胡文楷《历代妇女著作考》记载，周炼霞早年有《小螺川诗稿》问世，是排印本，无出版社及时间，想是自费印出赠送的，今天已很难见到了。郑逸梅曾见过她晚年亲手录存的诗词集《螺川韵语》，作簪花格，不知此本现在何处。聊以欣慰的是，有爱好者将她的一些诗词过录，或相互间传阅，或撰文时引用，使我们得以窥见其吉光片羽。在所见的有限篇什中，最值得称道的，还要算她的咏物作品。许多不入诗的物品，在她的笔下却别有情趣，令人读来耳目一新。如咏咸鸭蛋的七绝："春江水暖未成胎，盐海泥涂去已回。剖出寸心颜色好，满山云为夕阳开。"再如咏过滤嘴香烟的《清平乐》："泥金镶裹，闪烁些儿个，引得神仙心可可，也爱人间烟火。多情香草谁裁，骈将玉指拈来，宠受胭脂一吻，不辞化骨成灰。"还有《消寒九咏》中的七律《手笼》，可称这一类作品的代表作："常共貂裘觅醉吟，相携不畏雪霜侵。浅深恰护柔荑玉，开合频牵细练金。密密囊中藏粉镜，依依袖底拥芳襟。旗亭酒冷人将别，一握难禁暖到心。"手笼是女式裘皮大衣配套的服饰，可暖手，也可作袋包用，作者以此为主题，拉链、粉镜尽入诗中，真所谓"诗有别才"。尾联犹其细腻体贴，也是传诵一时的名句。后任上海文史馆副馆长的江庸，曾不无戏谑地致函说："鄙人枉活几十年，尚未领会此等境界，希望赐予一握，如何？"

毋庸讳言，人们乐于同周炼霞交往，一定程度也因其容貌出众。爱美之心人皆有之，何况是那么一批诗人、艺术家?！郑逸梅说她"本身就是一幅仕女画"，可以想见她当年的风采。即使到了晚年，美人迟暮，周炼霞也不乏追星族。

前些年故去的华东师范大学教授、名诗人苏渊雷，有“七十犹倾城”之句来称誉她。一位曾经相识的外地词人，赠其赞词《虞美人》一首，并索其近照。周炼霞回寄了两首《卜算子》：“已是丑奴儿，那复罗敷媚，绿意红情得暮春，弄影全无谓。香冷少年心，酒暖千秋岁，帘卷东风第一枝，花与人同醉。”“淡画满庭芳，遥唱春云愁，不买胭脂点绛唇，本色何由褪。玉笛一丝风，吹过声声慢，似说无愁可解嘲，且斗樽前健。”两词一连嵌入十三个词牌名，依旧行云流水，丝毫没有生硬的感觉，令人叹为观止。难怪词学大师唐圭璋后来偶读其词作，相见恨晚，一再让友人将手头所有周炼霞的诗词抄寄予他。

周炼霞周旋于各色人等，且自抗战爆发起，即一直与丈夫分居两地，有关她红杏出墙的风言风语也最多，她本人只是听其自然。不过，“文革”期间交代“罪行”，她死活只承认与吴湖帆一人有过关系。吴湖帆是中国现代著名的画家、收藏家，当时在上海画坛与张大千平分秋色。经冒鹤亭的介绍，两人相识，一见生情，后常有约会。在两人亲密接触的那段时间，周炼霞的画技大增，吴湖帆也潜心词艺。吴湖帆《佞宋词痕》里收了不少两人的唱和之词，并附录周炼霞原作多首。《佞宋词痕》外编《和小山词》即由周炼霞手书墨迹影印，其中还有六首是她代为填写的。与周炼霞过从甚密的，还有瞿兑之。此人为一名教授，专治古典文学，熟悉文史掌故，著有《刘禹锡集笺注》《中国骈文概论》《人物风俗制度丛谈》等，并负责撰写《辞海》职官部。周炼霞曾与之合写过一册《学诗浅说》，由香港上海书局出版。

“文革”期间，周炼霞也逃不过遭批斗的命运。据说，她从不写任何人的大字报，从不揭发别人。每次挨斗时，只是口中念叨“我有罪我有罪”，其他一概不说。最后给她定罪的证据，谁会想到，居然正是刘心皇所引的“名句”：“但使两心相照，无灯无月何妨。”周炼霞被红卫兵殴打，一目受伤，几乎失明，她却不曾有轻生的念头，而是请人刻了两枚印章，一枚用楚辞句“目眇眇兮愁予”，一枚用成语“一目了然”，后来还将之钤在其书画作品上，可见其处世的态度与个性。

周炼霞的眼伤，历十余年未曾痊愈。直至改革开放之际，丈夫由美国回来探亲，将她接到洛杉矶治疗，方复明如初。其时，她已经是七十多岁的老人了。之后的日子，她大都是在美国度过的；和当年与她“齐名”的张爱玲一样，最终是客死他乡。

二〇〇五年三月

何人绘得萧红影

一

最近读到一本书《我的婶婶萧红》(时代文艺出版社二〇〇五年版),作者曹革成先生是端木蕻良的侄子。其间许多文字,显然是在为他叔叔申辩。此前还有一部《端木与萧红》,也有此动机。而该书的作者钟耀群,是端木蕻良的第二任妻子。作为端木的亲人,出来澄清一些事实,是在情理之中,可一厢情愿地要证明两人的婚姻多么美满,未免矫枉过正。

人们对端木蕻良印象不佳,是有事实依据的。端木的某些行为,的确让人看不过去。例如新婚不久,先行赶往重庆,将身怀有孕的萧红一个人留在战火纷飞的武汉。还有,在萧红生命垂危之际,将她托付给骆宾基,自己却很少去医院看望。这里面可能有一些具体的情况,但不管怎么说,他无疑是未尽到丈夫的责任。

关于他们婚后的生活，还有许多对端木蕻良不利的描述。绿川英子在《忆萧红》一文中写道：“我想到微雨蒙蒙的武昌码头上夹在濡湿的蚂蚁一般钻动着的逃难的人群中，大腹便便，两手撑着雨伞和笨重行李，步履为难的萧红。在她旁边的是轻装的端木蕻良，一只手捏着司的克，并不帮助她。她只得时不时地用嫌恶与轻蔑的眼光瞧了瞧自己那没有满月份的儿子寄宿其中的隆起的肚皮——她的悲剧的后半生中最悲剧的这一页，常常伴随着只有同性才能感到的同情与愤怒，浮上我的眼帘。”

类似的情形，也出现在对萧红与萧军共同生活的回忆中。据说，当时有人看见萧军和萧红一起在街上走的时候，萧军大踏步地走在前面，萧红在后面跟着，很少看见他们并排走。当我们为萧红和端木蕻良的结合而惋惜时，是否想到，她和萧军在一起的日子就是幸福的吗？

不错，是萧军将萧红从危难中拯救出来，是他们一起从东北逃亡到上海，一同见到鲁迅，加入了左翼文学阵营。可在日常生活中，萧军给萧红带来的是什么呢？虐待、蔑视、背叛，该犯的错误都犯了。萧红去世后，他居然还说：“作为一个六年文学上的伙伴和战友，我怀念她；作为一个有才华、有成绩、有影响的作家，不幸短命而死，我惋惜她；如果从‘妻子’意义来衡量，她离开我，我并没有什么‘遗憾’之情！……也许可以这样说：在文学事业上，她是个胜利者！在个人生活意志上，她是个软弱者、失败者、悲剧者！”殴打了妻子,却不许她在外人面前掩饰;让第三者珠胎暗结,还不许妻子难过、抱怨。否则,就是“个人生活意志上”的“软弱者、失败者、悲剧者”,这便是萧军“男子汉”的逻辑。

萧军和端木蕻良分属截然不同的类型,一个是所谓硬汉,一个是生性娇惯,他们却有一个共同的特点,就是具有悠久传统的大男子主义。男性的以自我为中心,使他们无视萧红作为女性的身心需求。像绿川英子所说的“只有同性才能感到的同情与愤怒”,他们是无从察觉的,更不要说做到许广平那样感同身受的体贴。

许广平在《追忆萧红》中写道:“她(萧红)同时还有一种宿疾,据说每个月经常有一次肚子痛,痛起来好几天不能起床,好像生大病一样,每次服‘中将汤’也不见好。……(我说)白凤丸对妇科不无效力,何妨试试?过了一些时候,她告诉我的确不错,肚子每个月都不痛了,后来应该痛的时候比平常不痛的日子还觉得身体康强,她快活到不得了。等到‘八一三’之后她撤退到内地,曾经收到她的来信,似埋怨似称谢的,说是依我的话服过药丸之后不但身体好起来,而且有孕了。战争时期生小孩是一种不容易的负担,是不是我害了她呢。后来果然听朋友说她生过一个孩子,不久又死去了。不晓得生孩子之后身体是否仍然康强,如果坏起来的话,那么,真是我害了她了。”

几乎所有的萧红传记,都没有认真对待以上这段叙述。现在看来,这里所体现的身体关怀,才是对一位女性真正的关爱。除了要承受战乱、饥饿、繁重的家务、感情的折磨,萧红还要承受妇科病、怀孕的负担、产后的虚弱。这一点,被人们忽略了。在大家眼中,萧红只是一位女作家,很少有人想到她也是一个有血有肉的女性。不是得了肺炎、得了癌症,才叫有病在身。身体的不适引起精神的忧郁,不能简单地归结为多愁善感、小资情调。萧红一生遇到的男性,无论是萧军、端木蕻良,还是早年的汪恩甲、临终前相伴的骆宾基,都从未想到这一层。在一个以男性为中心的社会里,萧红的悲剧是宿命的。面对根深蒂固的男性霸权,她只能是一个"软弱者"、一个"失败者"。弥留之际,萧红终于有所醒悟,感叹道:"我一生最大的痛苦和不幸却是因为我是一个女人。"

二

许多人还忽略了一点,萧红与萧军离异,并不在他们婚姻生活最危机的时候。肉体的和精神的伤痛都忍受过来了,萧红与萧军一同加入到抗日文艺队伍,崭新的道路在面前展开。可正值此际,他们分道扬镳了。

萧军在《从临汾到延安》中,记述了两人分手前的争吵:"你去打游击吗?那不会比一个真正的游击队员更价值大一些,万一牺牲了,以你的年龄,你的生活经验,文学上的才能……这损失,并不仅是你自己的呢。我也不仅是为了'爱人'的关系才这样劝阻你,……这是想到了我们的文学事业。""人总是一样的。……为了争取解放共同的奴隶的命运，谁是应该等待着发展他们的‘天才’，谁又该去死呢?”“你简直忘了‘各尽所能’的宝贵言语，也忘了自己的岗位，简直是胡来……”“我什么全没忘。我们还是各自走自己要走的路吧……”“好的。”

这以后，萧军真的一个人走了。等他再见到萧红，端木蕻良已经取代了他的位置，一切都无法挽回了。萧红在萧军和端木蕻良之间做出的选择，是深思熟虑的。端木虽然有这样那样的缺点，他至少不会有家庭暴力行为，也不会在感情上背叛她，而更重要的是，他欣赏、鼓励和支持萧红从事她视为生命的文学事业。这些，都是萧军所不能给予的。

然而，萧红的这一选择，遭到几乎所有朋友的非议。当她和端木蕻良到胡风家告知他们现在的关系时，胡风夫妇既不感到突然，也没有任何表示，连句祝贺的话都没有。胡风私下则对萧红说：“我们做朋友的为你能摆脱精神上的痛苦是感到高兴的。但又何必这样快？你冷静一下不更好吗?”这很伤萧红的自尊心，从此也就与胡风疏远了。老朋友高原从延安来到武汉，见到萧红，对她与萧军离异也表示不满，批评她处理自己生活问题上太草率，不注意政治影响，不考虑后果，犯了不可挽回的严重错误。萧红对此十分反感，说高原从延安回来，学了几句政治术语就训人。

萧红有过到延安的打算，而最终没有成行，这也令很多人感到遗憾和困惑。被普遍接受的解释是，因为不愿在那里遇到萧军。这的确是一个重要的理由，可仅仅为了躲着前夫，就放弃了原定的计划，也说明那个地方对她来说，并没有多大的吸引力。舒群曾试图劝她去，据说两人为此争吵了一整夜，也没有结果。他们争吵什么，没有记载，恐怕不会只是为遇到萧军怎么办这类问题。从萧红一贯的思想看，她更关心的应是坚守作家的"岗位"。随端木蕻良之后去了重庆，接下来双双飞往香港，后来还打算前往新加坡，这都是战争形势所迫。她只是想寻求一个安宁的写作环境，专心于她的文学事业。季红真《萧红传》里分析说："她宁肯离群索居，过着孤独的生活，这反映了她自由主义的政治立场。"在中国现代文学史上，萧红一直被看作左翼文学的代表作家之一，其实，她原是一位纯粹的自由主义作家。

萧红固执己见，未去顺应"时代的潮流"，自然会被排斥在"宏大叙事"之外。无论是生前还是死后，甚至事隔半个多世纪，来自主流意识形态的批评依然如影相随。最典型也最有影响的，是茅盾《〈呼兰河传〉序》里的"寂寞说"："萧红写《呼兰河传》的时候，心境是寂寞的。……一方面陈义太高，不满她这个阶层的知识分子们的各种活动，觉得那全是扯淡，是无聊；另一方面却又不能投身到工农劳苦大众的群中，把生活彻底改变一下，这又如何不感到苦闷而寂寞？"直到上个世纪八十年代，孙犁的意见仍然是这一思路。他在《读萧红作品记》中写道："她的道路，也可能有因为不太关心政治，缺少革命生活的实际和锻炼，在失去与广大人民共同吐纳的机会以后，就感到了孤寂，加深了忧郁，反映在作品中，甚至影响了她的生命。"

茅盾也好，孙犁也好，希望萧红所走的，无疑是萧军走的路。可试想，如果真的那样，萧红就真的不再“寂寞”了吗？看看丁玲的《风雨中忆萧红》，就不会有这样的想法了。

三

据骆宾基《萧红小传》记载，萧红临终前在一张纸片上写下：“半生尽遭白眼冷遇，……身先死，不甘，不甘。”有人说，这体现了她“不平和反抗”的性格。但她有什么“不平”，又在“反抗”什么呢？早年，家庭乃至家族的压迫，王恩甲家人的干预，都引起她过激的反抗。这自然可以说是反抗旧的封建势力。与萧军一起逃离东北，经鲁迅推荐蜚声文坛，她也一度备受青睐。虽然身在左翼阵营，由于没有参加党派斗争，尚未见有来自外部或内部的迫害发生。让她愤愤不平的，一在感情生活方面，一在文学创作方面。关于前一项，已经说得很多了；关于后一项，注意到的人却很少。事实上，萧红打破文学陈规的创作，一直受到各方面的批评。这使得萧红常常深陷在不被认同的苦恼中。

鲁迅去世后，萧红与胡风等人过从甚密，也可以说属于一个文学圈子。胡风要办一份刊物，取名《抗战文艺》，萧红不喜欢，建议改成《七月》，这才有后来文学史上“七月派”的称谓。然而，萧红与胡风的思想分歧很大。《七月》上刊登的一些座谈会发言记录，就有这方面的内容。

一九三八年一月的座谈会上，有人提出，留在后方写不出反映抗战生活的作品，萧红反驳说：“我看，我们并没有和生活隔离。比如躲警报，这也是战时的生活，不过我们抓不到罢了，即使我们上前线去……如果抓不住，也就写不出来。”胡风插话道：“恐怕你根本没有想到抓，所以只好飘来飘去。”萧红接着说：“譬如我们房东的姨娘，听见警报响就骇得打抖，担心她的儿子，这不就是战时生活的现象吗？”

同年四月的座谈会上，萧红尖锐地指出：“胡风对于他自己没有到战场上的解释，是不是矛盾的？你的《七月》编得很好，而且养育了曹白和东平这样的作家，并且还希望再接着更多地养育下去。你也丢下《七月》上战场，这样是不是说战场高于一切？还是在应付抗战以来所听惯了的普遍口号，不得不说也要上战场呢？”

萧红与胡风争论，实际上也是对当时主流话语的抵制。除了胡风，还有许多重要的左翼作家对萧红的文学创作不满。前面提到的，茅盾所写的《〈呼兰河传〉序》里，批评的篇幅就远远超过了赞扬的部分。序文中质疑道：“在这里我们看不见封建的剥削和压迫，也看不见日本帝国主义那种血腥的侵略。而这两重的铁枷，在呼兰河人民生活的比重上该也不会轻于他们自身的愚昧保守罢？”一九三八年四月座谈会上，萧红的发言，正好有一节与之相应：“作家不是属于某个阶级的，作家是属于人类的。现在或者过去，作家的写作的出发点是对着人类的愚昧。”看来，对别人可能有所指责的地方，她不是不晓得，而在她心目中那正是自己追求的。她的文学理念超越了救亡压倒启蒙的时代，因而也就不能被同时代人所理解。

当误解来自身边的人时，萧红的心里则受到更大的刺激。有一次，她躺在床上休息，萧军他们以为她睡着了，议论道："她的散文有什么好呢？""结构也并不坚实。"她为这背后的轻薄而伤心，竟然离家出走。端木蕻良对她的文学创作算是十分推崇了，可也有所不屑。据靳以回忆，萧红拿出《回忆鲁迅先生》的稿子给他看，端木蕻良抢过来瞧了几眼，便鄙夷地嘲笑起来："这也值得写，这有什么好写？"萧红难堪地红了脸，气愤地说："你管我做什么，你写得好你去写你的，我也害不着你的事，你何必这样笑呢？"后来，《回忆鲁迅先生》发表时，端木蕻良还强行代笔写了一段附记："右一章系记先师鲁迅先生日常生活的一面，其间关于治学之经略，接世之方法，或未涉及。将来如有机会，当能有所续记。"治学和接世固然应该写，但那恐怕不是萧红的所长。

萧红的作品不被普遍看好，也因其艺术形式的前卫性，即鲁迅当年敏锐指出的"越轨的笔致"。聂绀弩曾鼓励她说，鲁迅讲你比谁都更有前途，你一定会成为一个了不起的散文家。萧红立刻打断他的话："又来了，你是散文家，但你的小说却不行。……有一种小说学，小说有一定的写法，一定要具备某几种东西，一定写得像巴尔扎克或契诃夫的作品那样。我不信这一套，有各式各样的作者，有各式各样的小说。"后来，她对骆宾基也说过同样的话："一个有出息的作家，在创作上应该走自己的路。有的人认为小说就一定写得像托尔斯泰、巴尔扎克和契诃夫的作品那样。我不相信这一套，其实有各式各样的生活，有各式各样的作家，也有各式各样的小说。”

今天，萧红已被誉为“世界最优秀的当代女作家”（联合国教科文组织评语），不仅有像夏志清这样的文学史家为当初没有“发现”她而后悔不已，连正在进行“先锋写作”“女性写作”的新潮作家，也认她为先驱者。这一切，无疑是她独自承受男性霸权、主流话语、文学教条的三重压力而一意孤行所换来的。

二○○六年六月

杨绛与家务活

《我们仨》引钱锺书诗句，有两处原是题赠杨绛本人的。有意思的是，那两句均写到家务活。现根据《槐聚诗存》，将两首诗的全文抄录于下：

远行汗漫共乘槎，始识劳生未有涯。
从此翻书拈笔外，料量柴米学当家。

卷袖围裙为口忙，朝朝洗手作羹汤。
忧卿烟火熏颜色，欲觅仙人辟谷方。

这两首绝句写的都是他们年轻时留学期间的事。新婚不久，两人即远赴重洋。杨绛一面求学，一面还得料理家务。钱锺书见她辛劳，十分心痛，竟想学神仙辟谷，不食人间烟火，以免除忙碌。小夫妻间的恩爱，可见一斑。

杨绛接下来不无幽默地写道：“电炉并不冒烟，他也不想辟谷。”事实上，钱锺书也曾说过，神仙煮白石，吃了久远不饿，是省事了，可多没趣呀，他并不真的羡慕。只是杨绛自己心里有时想，假如他俩不用吃饭，就更轻松快活了。

饭是要吃的，家务活又太让人烦心，两者之间很难协调。回国之后，只要条件允许，他们家都会雇人帮忙。《我们仨》及杨绛的其他文章中，就多次写到先后在他们家干活的保姆。试想一下，如果没有这些保姆来从事家务活，杨绛在教学工作以外，还要从事文学创作和翻译，怕要艰难得多了。

尽管在戏剧、散文、小说、翻译等领域都有突出的成就，杨绛仍常常谦逊地说：“我不过是钱锺书夫人。”她为钱锺书而自豪。再繁重的家务活，她也从来没有抱怨过。当年钱锺书要写《围城》，不巧女佣又走了，杨绛便将全部家务自己承担了。她在《记钱锺书与〈围城〉》中说：“劈柴生火烧饭洗衣等等我是外行，经常给煤烟染成花脸，或熏得满眼是泪，或给滚油烫出泡来，或切破手指。可是我急切要看锺书写《围城》，做灶下婢也心甘情愿。”

但是，如果有人真的仅仅把她当作钱锺书的夫人，要她专门去做家务事，她会不高兴的。《我们仨》中就有这样一段记载。“文化大革命”时期，钱锺书参加毛泽东诗词的翻译工作。因环境简陋，有人反映上去，江青传来话说：“锺书同志可以住到钓鱼台去，杨绛同志也可以去住着，照顾锺书同志。”杨绛的第一反应便是不客气地回了句：“我不会照顾人，我还要阿姨照顾呢。”

知识女性中，有杨绛这样天资和成就的，并不多见。许多有天资的女性，为家务活拖累，自已不得不做出牺牲；许多有成就的女性，将家务事抛开，常常又牺牲了家庭。现代职业女性的苦恼和困惑，在杨绛这儿似乎被轻松地化解了。嫁了一个能互相体贴的丈夫，能请得起保姆，这些外在的条件除外，在家庭事务和个人事业间保持一种平衡的心态，是至关重要的。不要回避家务活，也不要身陷其中。既奉献，又独立。杨绛正是很好地把握了这其间的度，才能集贤妻良母和作家、翻译家于一身。她才是一位真正令人羡慕的成功女性。

二〇〇三年十月十七日

关于王莹

陈子善老师主持“海豚书馆”的“文艺拾遗”系列，最近推出王莹《衣羽》一书。这是王莹上个世纪三四十年代发表于国内报刊的文章结集。

王莹的作品是可以出“文集”的，至少是一个三卷本。第一、二卷收她的长篇小说《宝姑》《两种美国人》；第三卷收散落国内、南洋、美国各类报刊上的文章，以及书信、日记什么的。这最后一卷需要花功夫去搜集、整理，难度很大。

子善老师是新文学史料学专家，擅长辑佚。这本《衣羽》收录王莹撰写的抒情小品、表演札记、游记、通讯，共计二十八篇。数目已相当可观，可她当年发表的作品，肯定不止这些。由于缺少线索，找起来不大容易。例如，王莹《我的创作经验》一文里讲到一篇《轻愁的金蜨蝶》，要算是一篇“佚文”了。子善老师如果见到，是不会漏收的。

在《衣羽》一书的“出版说明”里，子善老师还提到王莹写给英子的信，由于某种原因，“未能编入”。这信原载于

《新文学史料》一九八六年第一期，不能称为“佚函”，只能称为“集外函”。此外，王莹生前好友王任之，曾将三十九封王莹的亲笔信捐赠“王莹资料陈列室”，不知后来是否整理发表过。

“王莹资料陈列室”设在安徽芜湖市烟雨墩名人馆内。烟雨墩是芜湖市中心镜湖西侧的一个小岛，一座小桥连着岸边。桥头有个大铁门，平日都是锁着的，一般情况下不对外开放。岛上，绿树掩映着一座红砖小楼，原为市图书馆旧址，现在是本地近代文化名人馆。里面最受外界关注的，有“阿英藏书陈列室”和“王莹资料陈列室”。楼的北边有一块阿英纪念碑，南边有一尊王莹的塑像。

说来也巧，这两位从芜湖走出去的近代文化名人原本相识。年轻的王莹从芜湖到上海，加入左翼文艺阵营，成为著名的话剧演员、电影演员和作家，最初的引路人便是她的同乡、老师、左翼文学家钱杏邨，即藏书家阿英。

作为一位左翼的明星作家，王莹的一生充满传奇。她主演的电影《铁板红泪录》《自由神》和话剧《赛金花》，都曾红极一时。后来成为毛泽东夫人的江青，当年也在上海当演员，艺名蓝苹，曾与王莹争演赛金花这一角色，未成。王莹最有影响的剧目，是抗战时期表演的街头剧《放下你的鞭子》。徐悲鸿以此为题材创作油画，题词“人人敬慕之女杰王莹”。美国总统罗斯福，还邀请她在白宫演出该剧。王莹的文学创作，起步也较早。最初的作品，发表在著名的文学期刊《现代》上。她的文学才华，备受施蛰存、夏衍、老舍等知名作家的赞赏。在美国时，她与诺贝尔文学奖获得者赛珍珠过从甚密。自传体小说《宝姑》，则是赛珍珠建议她写的。王莹与“潜伏”的地下工作者谢和庚的恋情，以及他们在美国的“统战工作”，更是扑朔迷离。其中的细节，只有等档案解密的那一天，才能知晓。

据说，“王莹资料陈列室”里收藏了她的手稿、剧照、戏装和生活用品三百余件，主要是由亲友捐赠的。其实，还可以征集一些出版物，如当年的报纸、杂志、海报，后来的相关传记、回忆录。至于公开出版的王莹作品单行本，更需要收罗齐全。《宝姑》《两种美国人》以及这本新编的《衣羽》，都应该收藏陈列。

二〇一二年二月二十四日

关于王莹之二

拙稿《关于王莹》在《文汇读书周报》刊出后，有位读者去信指出其中的一处错误（见该报三月二日），非常感谢。信中提到安徽人民出版社二〇〇五年出版的《英子文友书简·英子作品选》一书；我孤陋寡闻，此前并不知晓。周末逛街，路过一家旧书店，顺便转了进去，竟然在架上发现一册，当即拿下。

英子是王任之的笔名，其生平“读者来信”中已有叙述，恕不赘言。我感兴趣的是，这位当年的文学青年，曾在《水星》《文学季刊》《文饭小品》等名刊上发表过作品；而与他通信的，除王莹之外，还有作家巴金、卞之琳、方敬、黄源、靳以、丽尼、王淑明、萧军、臧克家，以及画家黄宾虹、赖少其。据该书后记里说，王莹书简的原件，已按照英子的意思，捐给了芜湖“王莹资料陈列室”；其他作家书简的原件，后来都捐给了上海鲁迅纪念馆。

从一些作家书简中可以看到，英子常与他们谈到王莹。

有些作家和王莹结识，还是英子介绍的。或许因为王莹是一位演艺明星，或许因为她的性别，这些作家与之结交的经历与心态，耐人寻味。

英子不仅自己喜欢交朋友，还热衷替别人牵线搭桥。通过投稿联系上卞之琳后，便介绍他与王莹通信。卞之琳回信说：“承你介绍王莹女士，很高兴，只是我懒写信的脾气你一定很清楚了，怕常有糊涂处，特先在你那边存一个歉意。”王莹得知这一讯息后，写信给英子说：“之琳君我不愿写信给他，因为他并未有诚意要认识我。关于丽尼，既然你觉得他如此地好，为什么不给我介绍呢？”

丽尼的态度与卞之琳不同，他的回信中写道：“王莹君，从她底文字上和舞台上的表演中，也知道是有深刻灵魂的人，绝不是一般的‘社会女人’。有你介绍，我当然是很愿意认识的。”丽尼与王莹之间通过信，彼此对见面却不热心。丽尼说：“王莹尚未见过。我有一个可笑的习惯，便是见了陌生人一句话也说不出，这窘状时常使自己难受，尤其使对方难受，所以至今还没有到电通去过。”王莹也说：“关于见丽尼的事，觉得不大方便，我常常见了生人一句话也不能说呢。”他们后来有过一次见面的机遇，丽尼在信里提及此事：“王莹，在业余剧人演剧的时候见过面，然而，彼此都很匆忙，而我又是拙于言辞的，所以并不曾谈什么话。”

靳以与王莹最初的通信，也较为勉强和拘谨。不过，他们初次见面，便相谈甚欢。靳以在信里写道：“王莹最近到北平来了，我和她见过几次面，想不到的为人是十分朴直豪爽。我们谈得很高兴，也陪她玩过了一点地方。”后来的信里，也常有这样的话：“王莹的爽直为我所喜。”“王莹人很好。”王莹对靳以的印象极佳，她写信给英子说：“北方的人都素朴得使人敬爱，靳以也是一个具有伟大性格的好人。”不久，靳以迁往上海，两人通信和见面的次数多了些。但由于王莹的秘密身份，她的态度有所变化：“靳以是一个十分好的好人，然而为了自己走的路和他隔离得太远，虽然喜欢他这样的一个友人，也以为少接近的好。”靳以对王莹的另一面毫不知情，因而对她与“军阀的亲戚”谢和庚的来往，强烈不满。他对英子说：“王莹我没有接到她的信，不过我对她已经绝望了，我不把她算做一个朋友了。”一个月后，他再次重申：“王莹我许久没有通信了，自从有一次她不听我的话，我就不再和她来往了。”

臧克家与王莹相识的时间较早，诗集《烙印》的“再版后志”里，便有“友人王莹就近代为校订”一句。然而，他与英子的第一封信里，竟有这样的话：“在你的信里可以不提到王莹友的名字，女监察员盯着我呵（我的灵魂不能自由的呵）。”旁边还有一个附注：“王莹信祈即寄去。”后来的信中提到王莹，均称“克洵”。他一再让英子代为转寄信件给王莹，同时又一再提醒英子：“来信勿提克洵事。”“如没关克洵的话即直寄我（勿提上次来信及我这封回信的话，怕她起疑）。如有关克洵事可写‘山东临清中学李香亭收’，内称号可署一 K 字，你的名字也不要写真的。”“来信提克洵事可代以王淑明，真王淑明以淑明代，至要！”臧克家如此这般的遮掩，让人觉得他比王莹更像一名地下工作者。

以上这些“英子文友书简”，可以给王莹传记提供有趣的素材，也可以帮助我们了解当年文艺界的交游风尚。

二〇一二年四月

赵清阁与老舍

一

一九三八年二月，武汉《文艺战线》主编胡绍轩宴请赶来前线、参加抗战的文艺界人士，老舍和赵清阁都在被邀之列。三月十五日，赵清阁主编的文艺杂志《弹花》创刊，头条即是老舍的专稿《我们携起手来》。后因武汉战事紧张，赵清阁决定将刊物迁到重庆发行。七月十日，老舍在“同春酒馆”为之饯行。

七月三十日，老舍也撤离武汉。不久，两人在重庆相逢。老舍继续为《弹花》撰稿，并应赵清阁之约，加盟“弹花文艺丛书”，撰写话剧《张自忠》。后又与赵清阁合作了两个剧本：《虎啸》和《桃李春风》。前一个没有什么反响；后一个公开上演，轰动一时，曾获国民政府教育部的文艺大奖。

合写《桃李春风》时，两人交往非常密切。同住北碚，比邻而居;又先后得了盲肠炎,可谓同病相怜。老舍《割盲肠记》中写道:“十月四日,我去找赵清阁先生。她得过此病,一定能确切的指示我。她说,顶好去看看医生,她领我上了江苏医院的附设医院。”动手术时,赵清阁和老向等人一直在外等候,后来也是轮流看护。

老舍住院期间,《桃李春风》公开上演,同时出版了单行本。赵清阁在序文中交代了两人合作的经过,并且说:“当然老舍约我同他合作本剧的时候,我不大赞成。”她为什么这样说呢?同年九月十一日致阳翰笙的信中,赵清阁写道:“人与人之间既无‘了解’,而又有‘批评’。这些批评是什么?即恶意的毁谤,因为他不了解你,所以他误会你,甚而猜疑你,至于冤诬你。尤其是对于女性,做人更难。他会给你造出许多难以容忍的想入非非的谣言。天知道我们(像我同老舍)这种人,刻苦好学,只凭劳力生活,为的是保持淡泊宁静,而孰料仍不免是非之论。苟果知媚上,则何至如此清贫?”这里所谓“媚上”,可能是指有人诽谤《桃李春风》一剧谄媚当局。而信中关于“女性做人更难”的感慨,又意欲何指?“难以容忍的想入非非的谣言”,应该不止“媚上”一条。

刘以鬯《记赵清阁》一文说:“在抗战时期的重庆,赵清阁的名字常与老舍联在一起。”一个是年轻的单身女性,一个是妻儿不在身边,自然要让人“想入非非”。而“难以容忍”的,恐怕是将两人的邻居关系,传为“同居”关系。一直到今天,还有这种说法。例如《林斤澜说》中说:“他们一段时间是同居关系。”《我仍在苦苦跋涉：牛汉自述》中也说：“她在重庆时期和老舍在北碚公开同居，一起从事创作，共同署名。”然而，林斤澜也好，牛汉也好，都是道听途说，并非亲眼所见。

梁实秋《关于老舍》中说：“后来老舍搬到马路边的一排平房中的一间，我记得那排平房中赵清阁住过其中的另一间，李辰冬夫妇也住过另一间。”这里讲得很明白，老舍与赵清阁是左右邻居，各居一室。说他们过于亲密，或者互有爱意，都不为过；说他们“公开同居”，显然没有任何依据。

二

然而，正值此际，老舍的夫人胡絜青带着三个孩子，千里迢迢从北平赶来。二〇〇三年一月二十三日的《北京娱乐信报》上，有一篇题为《老舍与胡絜青的生死婚恋》的文章。文中记载，一九四三年秋天，在老向的帮助下，胡絜青从北平到了重庆。老向事先没有跟老舍商量，到了重庆后，找人到北碚去问老舍，要不要跟妻子儿女马上团聚。当时，老舍正在吃馄饨，听到这一消息，手中正夹着馄饨的筷子微微抖颤了一下，但马上恢复了平静，略微沉思了一会儿，说：“既然来了，就让他们过来吧。”这一段故事，不知有何依据？老向为什么“事先没有跟老舍商量”？老舍得知家人前来团聚，为什么是那种态度？

胡絜青到重庆的确切时间，是十月二十八日。十一月十七日，也就是整整二十天后，才携子女到北碚与老舍团聚。而正是此时，赵清阁由北碚迁居重庆城内。这二十天里发生了些什么，未见亲历者的文字记录。林斤澜说："一九四二年十月，胡絜青携子女三个辗转抵渝，他们一家在北碚住下，赵清阁只得退让。"牛汉说："胡絜青得到消息，万里迢迢，辗转三个月到重庆冲散鸳鸯。"这些说法，虽然时间上与事实有出入，大致情节却应该不错。

赵清阁对自己与老舍的亲密交往，原本很坦然。而此时不得不离开北碚，无疑给此前的谣言提供了口实。她的处境十分尴尬，内心非常郁闷。于是，她接受了冰心的建议，把心思转移到改编《红楼梦》上。《红楼梦话剧集》序里说："一九四三年秋，我从北碚迁居重庆。当时身体、心情都很坏，是逃避现实又像是在迷雾里找精神出路；总之，我是在百无聊赖中开始了《红楼梦》的研究和改编。"鉴于她当时的心境，对《红楼梦》人物的解读，不可避免地带有强烈的个人情感和好恶。例如，她为晴雯辩护，特别强调："她和贾宝玉亲密相处不分尊卑，但她心地坦荡无私，行动光明磊落。她可以抱病彻夜为贾宝玉补缀孔雀裘，绝不肯做那些替贾宝玉'洗澡''换衣'的下作事！她更不会干袭人那种'鬼鬼祟祟勾当'。"联系到赵清阁自己的感情遭遇，不难看出，这些都是有感而发。

至于老舍在突发事件的处理上无所作为，也是性格使然。老舍本不擅于结交异性，与赵清阁的来往属于例外。刘以鬯说："赵清阁刚强豪爽，也许是这种略带阳刚的性格，使'见着女人也老觉得拘束'的老舍有勇气跟她合写《桃李春风》。老舍一向'怕女人',与女作家合写剧本,需要极大的勇气。"老舍当年与胡絜青来往,也是被动的,是胡絜青的母亲相中他,并一手促成了这桩婚事。一九三七年十一月,老舍将胡絜青和三个孩子丢在济南,只身赶赴武汉。分居六年之后,胡絜青在他完全不知情的情况下突然赶来,老舍又一次被动地接受了既成的事实。梁实秋《忆老舍》中说:"那时候他的夫人已自北平赶来四川,但是他的生活更陷于苦闷。"这显然是话中有话。

三

赵清阁搬离北碚不久,老舍一家搬到附近的乡下居住。可两人的来往,似乎并没有中断。一九四四年,老舍为赵清阁写扇面,落款是:"录白香山秋居应清阁作家之嘱,甲申夏,老舍。"一九四五年,老舍在傅抱石赠赵清阁画上题词,落款是:"乙酉夏初,读抱石《清阁著书图》,敬志数言,老舍。"

抗战胜利后,赵清阁为了筹备出川路费,摆地摊处理家产。一天中午,老舍和郭沫若出现在地摊前。据赵清阁回忆:"忽然有人从顾客手里拿过口琴说了一句:'让我看看。'接着又说,'两元,我买了!'我被这熟稔的四川口音怔了怔,举目一看,原来地摊前面站的是作家郭沫若和老舍。他们从天官府郭老家出来,经过这里发现了我。"郭沫若住在天官府，离赵清阁住的神仙洞街不远。老舍是先到郭宅，然后与郭一起过来的。看到赵清阁当街摆摊，老舍幽默地说："依我，干脆把地摊摆到那些外国使馆门前去，我给你写块招牌，就叫'作家地摊'，也让洋大人们见识见识咱们中国作家的体面！"

一九四五年十月二十二日，赵清阁得到方令孺的资助，凑齐路费。二十三日，老舍与傅抱石到赵清阁家送行。傅抱石赠《红枫扁舟》册页一帧，老舍在上面题写五绝一首："风雨八年晦，霜江万叶明。扁舟载酒去，河山无限情。"

种种迹象表明，在赵清阁离开四川的前夕，两人有过感情交流。两人的关系，出现了新的转机。赵清阁到了上海，主编《神州日报》副刊《原野》，首期于一九四六年一月一日推出，显著位置上刊载的七绝《新年吟》，是老舍写于北碚时期的旧作。一月十五日，又刊出老舍《旧诗与贫血》一文。一月十九日，"文化新闻"栏中发布老舍和曹禺即将赴美参观讲学的消息。这一回，与当年编《弹花》的情况不同。关于两人的传闻，早已是"公开的秘密"。如此一点也不避嫌，只能理解为双方私下已有默契。

一九四六年二月十八日，"中华全国文艺界协会"上海分会在金城银行七楼餐厅举行酒会，欢送途经上海的老舍和曹禺，到场名单里有赵清阁的名字。三月三日，郑振铎与许广平共同做东，宴请老舍等人，赵清阁也出席了。三月四日下午，老舍等人乘"史格脱将军号"轮船赴美，赵清阁一直将老舍送到船上。冰心三月十六日致赵清阁信中有："我的

兒童不知春
問草何故綠
子愷畫

学而时习之，经年累月，闭目几可背诵十之八九。

——董桥

侄子那天送他表妹上船，说看见你送老舍。老舍一定高兴得很，去换一换空气。”

冰心的婚恋观很传统，比如对徐志摩的风流韵事就不以为然，但对老舍与赵清阁的交往，始终持同情和认可的态度。一九四七年三月四日，冰心在日本写信给赵清阁，也谈到老舍：“大妹（冰心之女吴冰）看了许多书，最欣赏老舍，还和老舍通了两次信（老舍说也许三月中回国，大妹就请他过日本来住些时）。她请你代她买些老舍的一切作品（除了《四世同堂》，她已有了）。”

四

一九四六年五月一日，《文潮》创刊，赵清阁任编委。该刊主编张契渠，是赵清阁表姐杨郁文的丈夫。《文潮》创刊号开始连载《桃李春风》一剧，编辑后记写道：“老舍先生在出国前，曾允为本刊撰稿。不过因为旅程无定，恐怕赶不上，所以先将《金声玉振》一剧交本刊发表。该剧一名《桃李春风》，系和赵清阁先生合作，曾在陪都上演月余，经教育部评选为三十二年度最优良剧本之一。”老舍与张契渠素无来往，他“允为本刊撰稿”，必是应赵清阁之约。后来，该刊“文坛一月讯”栏目里，常有老舍和曹禺在美动态，而且非常及时。消息主要来源，据称是“老舍致函其国内友人”，这自然是通过赵清阁的渠道。

老舍在美期间，给赵清阁写了许多信，可惜后来全被销毁了。现在能看到的，只有一张照片背面的文字。照片是老舍和一位美国女孩的合影，背面写道："华盛顿大本营（美国独立战争之时）的外边。小女孩只有十岁，却能大大方方的领导外方的朋友参观一切，讲说一切。天晚了，她还给我雇了车来。可惜我忘了她的姓名。克，一九四七年初。"署名"克"，是有典故的。在北碚时，赵清阁根据梁实秋翻译小说《咆哮山庄》（今译《呼啸山庄》）改编话剧《此恨绵绵》，男女主角译名是安克夫和安苡珊。老舍与赵清阁通信时，便互以"克""珊"相称。

曹禺回国，老舍没有同行，他有自己的打算。陈子善《赵清阁先生两题》中说："据赵清阁和老舍共同的好友赵家璧先生生前见告，老舍和曹禺一九四六年初应美国国务院美中文化合作计划之请联袂访美，因《骆驼祥子》英译本的成功，老舍留在了美国，设想今后专事英文著述，并把赵清阁也接到美国。"《我仍在苦苦跋涉：牛汉自述》中也说："赵清阁向我展示老舍一九四八年从美国写给她的一封信（原件）：我在马尼拉买好房子，为了重逢，我们到那儿定居吧。赵清阁一辈子没有结婚，她写的回忆录给'史料'（牛汉时为《新文学史料》主编）发过。这封信没有发。"

赵清阁为什么没有去找老舍呢？从她写于一九四七年的小说《落叶无限愁》中，可以略窥心迹：抗战胜利，滞留大后方的中年教授邵环，满以为能够与相恋的年轻女画家灿终成眷属。不料，灿不愿毁坏邵教授已有的家室，悄然离开。邵教授赶往上海寻到灿，两人又双双漫步街头。可是，得知邵妻明日将追到上海，灿再次毅然消失。“邵环倒在泥泞中，落叶寂寞地埋葬了他的灵魂！”小说自然是虚构的，但故事中的感情冲突，与作者的亲身经历不能说没有联系。

一九四八年初，赵清阁计划将老舍的小说改编为电影剧本。她不像后人那样选择《骆驼祥子》或《月牙儿》，而是选择了《离婚》，这是否是一种暗示？而此时在大洋彼岸，继《骆驼祥子》英译本出版之后，老舍又推出了《离婚》的英文版，书名改译为“The Quest for Love of Lao Lee”（老李的爱的追求）。两人是巧合，还是有过交流？不得而知。但有一点可以肯定，老舍希望赵清阁能到国外来，如《落叶无限愁》里邵环所言：“让我们想法子逃到遥远的地方去，找一个清静的住处，我著书，你作画，与清风为友，与明月为伴，任天塌地陷，我们的爱情永生。”但老舍没有决心和勇气，与留在国内的胡絜青正式离婚。对于心高气傲的赵清阁，这是无法逾越的鸿沟。

五

正当两人感情徘徊不定之际，中国发生了天翻地覆的变化。新政府需要老舍这样的人为之服务，赵清阁也根据组织上的要求，给老舍去信，动员他回国。一九四九年十二月十二日，老舍抵达北京。四个多月后，即一九五〇年四月，胡絜青带着孩子由四川北碚返回北京。老舍购置了一所四合院（所谓“丹柿小院”），全家入住。

老舍当年出国，把胡絜青留在四川，在国外时，也没有想到接她出去，而是惦记着赵清阁。这次回国，接来的却是胡絜青，而不是赵清阁。有一个因素不可忽视，即他回国的路线是组织上安排的，一到北京便去拜会周恩来。据史承钧说，老舍曾写信给周恩来，专门讲到他和赵清阁的“友情”。老舍归国，如果一回来就发生婚变事件，会有负面的社会影响。接胡絜青回京，一家团聚，应该是权衡各方利弊之后的决定。

老舍定居北京后，与在上海的赵清阁仍有通信联系。现存最早的一封信，写于一九五五年四月二十五日，全文如下：“珊：快到你的寿日了：我祝你健康，快活！许久无信，或系故意不写。我猜：也许是为我那篇小文的缘故。我也猜得出，你愿我忘了此事，全心去服务。你总是为别人想，连通信的一点权益也愿牺牲。这就是你，自己甘于吃亏，绝不拖拉别人！我感谢你的深厚友谊！不管你吧，我到时候即写信给你，但不再乱说，你若以为这样作可以，就请也暇中写几行来，好吧？我忙极，腿又很坏。匆匆，祝，长寿！克，二十五。果来信，不必辩论什么，告诉我些生活上的事吧，我极盼知道!”从信中可知，此前两人有通信，老舍还写过一篇“小文”，内容大概是不忘旧情之类，赵清阁没有回应。于是，老舍希望能继续保持联系，并许诺“不再乱说”，也即不再试图逾越界线。

此后，两人的关系趋于稳定。现存的另外三封信，分别写于一九五六年、一九五七年和一九六四年。称呼不再是

“珊”和“克”，而是“清弟”和“舍”。内容都是具体的生活和工作之事，有关心身体健康的，有讨论艺术的，而没有半点涉及男女私情。

除通信以外，两人因工作多次来往京沪之间，也有过见面的机会。能够确定的，至少有两次。一次在一九六〇年四月，赵清阁在北京戏剧学校体验生活，老舍当时手书《忆蜀中小景二绝》相赠。所谓“蜀中小景”，即两人在北碚共度的那段时光，是老舍难以忘怀的。还有一次在一九六三年四月，是两人最后一次见面。经赵清阁本人亲自核订的《赵清阁文艺生涯年谱》记载：“四月，阳翰笙、老舍出席广州文艺会议后来沪。老舍留三日即返京，从此永诀。”从句式看，这一条很像赵清阁本人的口气，应该是她自己添上去以寄哀思的。

六

赵清阁的内心很矛盾，也很复杂。一方面，对老舍有深厚的感情，并且终身未嫁；另一方面，又爱惜羽毛，不愿卷入是非，招来流言蜚语。在老舍生前，两人的交往中，她一直恪守自己的底线；在老舍去世后，甚至在垂垂暮年，她仍然是如履薄冰。

在今天许多人看来，这段感情无可厚非，不会有损两位当事人的形象。对于他们那一代人而言，境况却完全不同。孔海珠《清流笛韵微添醉，翠阁花香勤著书——为赵清阁先生送行》一文中讲到，一九七九年，与赵清阁在上海社会科学院同事时，因研究于伶戏剧发生的一件事："在于伶的记忆中，不仅有他这剧本(《杏花春雨江南》)得奖，还有老舍和赵清阁合作的一部剧本同时也得了奖，建议我不妨在赵上班时请教她一下。于是，有一天，正巧在单位的走廊里，看到她在吴嫂的陪同下要离去，我心急慌忙上前，开口说了请教，她不但不回答，翻了我一眼，和别人说了几句，理也不理地走路了。搞得我目瞪口呆，心想涉及老舍大约不能问，我太冒失。"

孔海珠只说对了一半，不仅老舍的事不能问，当年《桃李春风》得奖的事也不能问。要知道，赵清阁正是因此被扣上"反动文人""国防戏剧的追随者"等帽子，遭批斗、抄家，以致偏瘫多年。直到一九七八年，这一"历史问题"才得到平反。与老舍的关系，当然不属于"历史问题"。那时有个专用词汇，叫作"作风问题"，由此也可以剥夺一个人的政治权利。对于赵清阁这样洁身自好的人，更是避之不及。

一九八五年七月二十六日，邓颖超致赵清阁信中说："最近，你来信提到秦德君，此人，我深知她的底细。你提到她最近在香港发表过去的情况，我认为不仅无聊，而且也很无耻，能够相信她的人可能不会多的。"秦德君的《我与茅盾的一段情》，发表在香港《广角镜》一九八五年四月号上。邓颖超对此十分反感，而且话说得很重。赵清阁本来就对谈论自己与老舍的关系心存顾虑，此时更感到无形的压力。

赵清阁晚年出版的五部回忆性的散文集中，没有一篇是回忆老舍的。她把老舍的一封信给牛汉看过，也向史承钧出示多封老舍写给她的信，但临终前，还是把这些信给销毁了。只是在所编的《中国作家书信集锦》里，保留了四封没有实质内容的短简，而且排在并不显著的位置。她几度欲言又止，终于没有敞开心扉。一九九九年十一月二十七日，这段如影随形的隐情，被她带到了另一个世界。

二〇〇八年十二月

梅花香自苦寒来

我是在北京朝阳区文化馆举办的一次研讨会上见到梅娘的。她在来宾签名册上写下“孙嘉瑞”三个字时，我就站在旁边，心里犯嘀咕：这位衣着朴实、满脸沧桑的老太太，不知是京城哪路高人？轮到她发言，主持人介绍说：今天大家有幸见到在文坛沉寂了半个多世纪的梅娘先生……不仅是我，在场所有人的目光都被吸引了过来：原来默默坐在一边的孙嘉瑞，竟是沦陷区文学史上赫赫有名的作家梅娘。

梅娘说，她已经八十五岁了，平时很少出门，之所以来参加这个会议，是因为主办单位的一份刊物最近出了专辑，收录了纪念她的老朋友、同为沦陷时期女作家雷妍的十篇文章。这组文字曾投给多家报刊，均未被采用，在此却一次全部刊出，她很感动，特意前来表示感谢。梅娘还说了一句耐人寻味的话：“觉得容易反倒不容易，觉得不容易反倒容易了。”不了解梅娘身世背景的人，也许觉得有点玄乎；而知道她坎坷一生的人，都能体会到这句话里包含的辛酸与彻悟。

梅娘早年丧母，笔名即是“没娘”的谐音。她的家境还算富裕，从小接受了良好的教育，十六岁就出版了习作《小姐集》，随后赴日本留学。其间，与在东京半工半读的北京青年柳龙光产生了爱情，遭到家庭反对，断绝了经济关系。后来，两人回国结婚，在报界谋生。梅娘一直坚持文学创作，二十世纪四十年代初期，先后出版了《第二代》《鱼》《蟹》等小说集。由于在特定的时间和地点，这些风靡一时的小说，给她带来的，不是应得的荣誉，而是意想不到的灾难。日本侵略者当局，为营造“大东亚共荣”的景象，授予她“大东亚文学奖”。尽管获奖作品并无政治色彩，她却是永远无法脱掉干系了。

与梅娘一同获奖的，其实还有袁犀，即后来创作电影剧本《归心似箭》的李克异。不久，李克异被捕，还是梅娘的丈夫柳龙光出面担保，他从日军监狱脱身后，投奔了八路军。柳龙光利用自己记者身份掩护抗日志士，不止这一例。中华人民共和国成立前夕，他受北平地下党派遣，去台湾策反。后来，柳龙光遇海难亡故，梅娘则带着孩子返回大陆。

“肃反”开始，厄运随即降临。与日本人关系密切，自然是汉奸文人；柳龙光不知所终，也许是当了国民党特务，梅娘潜返，定是与之内外呼应。汉奸特嫌的罪名，算是背上了。到了一九五七年，她又被打为右派。紧接着是“文革”，遭遇可想而知。开除公职，劳动改造，长达十六年之久。贫困交加，二女儿和小儿子都因无钱医病，不治而亡。相依为命的大女儿，也一度表示与之划清界限。而这一切，梅娘都忍受过来了。替人家当保姆，还干各种各样的零工粗活，如，在车站当过装卸工，在建筑工地当过泥瓦匠。有一段时间，她每天天没亮就到街道居委会等活干，接到一份活，便高兴得不得了，因为那是她唯一的生活来源。

遇罗克的父亲与梅娘是难友，两家有来往。小罗克听过梅娘讲解《楚辞》，也喜欢和她“争论”。一次，问起为什么要回祖国，梅娘在他的笔记本上写下屈原的诗句：“亦余心之所善兮，虽九死其犹未悔。”史铁生初遭不幸时，朋友跟他谈到“孙姨”。一个特棒的老太太，一九五七年被打成右派，只能在外面偷偷地找点活儿干，养这个家，还得给儿子治病，从没见她愁眉苦脸、唉声叹气。要是愁了，她就一个人在屋里唱歌。朋友说：“保证你没见过那么乐观的人。那老太太比你可难多了。”后来，史铁生见到了“孙姨”，可当时并不知道她笔名叫“梅娘”，曾是一位著名作家。梅娘得知史铁生在学写小说，对他说：“写作这东西最是不能急的，有时候要等待。”

事实上，梅娘早就被迫中断了文学创作。中华人民共和国成立后，偶尔奉命翻译和编著的一些书，都不能署自己的名字。直到八年前，她的一些旧作才得以用梅娘的名字结集出版。当她把新出的书送给已是文坛重镇的史铁生时，不无伤感地说：“现在可是得让你给我指点指点了。”

梅娘的复出，在海内外掀起一股不小的热潮。这与通常的媒体炒作无关。她作品自身的价值，以及其中体现的殖民主义和女性主义的张力，引起当今文学研究界浓厚的兴趣。北美、日本和中国大陆，以梅娘小说为选题的硕博论文和论著不断涌现。几部通行的现代文学史上，也都给了她一席之地。中国现代文学馆里，她的照片和生平简介，与张爱玲、杨绛的并排挂在一起。她还入选了中国现代文学百家，《梅娘代表作》甚至列入中学生必读文库。不久前出版的《梅娘近作及书简》，一上市，便引起广泛的关注。

面对迟到了半个世纪的荣誉，梅娘的心情自然十分激动。得知自己被写进文学史并有正面评价时，她忍不住“仰面向天，喃喃自语”。然而，对于自己的名声地位，她似乎没有太多的关心，更多的注意力却是集中在与自己有着相同遭遇的女作家身上。她写了《两个女人和一份妇女杂志》，为关露澄清一些事实真相；她得知新文学大系选录了为避难隐姓埋名的吴瑛的作品，便千方百计寻找她的家人；她还为英年早逝的雷妍写下一篇感人的《往事依依》……替那些“被冷落的缪斯”鸣不平，是她晚年最上心的事。

现在，梅娘独自住在退休前所在单位的老宿舍里，默默无闻地过着柴米油盐的家常日子。周围的人，至今还没几个知道她就是大名鼎鼎的作家梅娘。寄来的信件，如果只是写着“梅娘收”，一定会因“查无此人”而被退回。女儿在加拿大，为她提供了优越的生活条件。她去住了一段时间，又回来了。她说，在那儿住不惯，还是喜欢北京。可就是在这座各处书店都热卖着她的书的城市里，她与外界也没有什么联系，基本上不出来参加任何活动。只是偶尔有一两位记者或研究者短暂的拜访，打搅了她生活的宁静。

在那次研讨会中间休息的时候，许多人慕名上前，请她签字留念，梅娘都是一笔一画、工工整整地写下“孙嘉瑞”三个字。只有一回，经再三恳求，她才题写了一句“梅花香自苦寒来”。这是一句被人说滥了的格言，用在这里，却有着惊人的契合。“梅花”，不就是梅娘的隐喻吗？“苦寒”，是她多灾多难的人生境遇；而“香”，正是她饱经沧桑的一生所散发出的人格魅力。

二〇〇六年一月二日

待读《龙套集》

友人看到网上贴出的“开卷书坊”第二辑书目，对我说：“作者都是当下读书界熟悉的面孔，只有吕恩一人比较陌生。”我应声答道：“这套丛书里最值得期待的，恐怕就是吕恩的这本《龙套集》了。”

吕恩是一位著名的表演艺术家。她在人艺舞台上扮演的《雷雨》中的繁漪，堪称话剧史上的经典。她还有一个特殊的身份，吴祖光的前妻。一九三八年，吕恩就读于国立剧专，吴祖光是那里的教员，两人当时就有接触。一九四四年，同居结婚。一九四九年，据说是友好的分手。吕恩买了一部莱卡照相机，送给吴祖光做纪念。那部莱卡照相机的价格，当年相当于一辆小汽车。后来，吴祖光与新凤霞结婚，没钱请客，便把照相机卖了，筹办婚宴。吕恩送了贺礼，但没有到场，得知这件事，心里很不舒服。郁风开导她说，心眼不要太小了，送给别人的东西就是别人的了，别人爱怎么着就怎么着。吕恩想想，正是这个理，气也就消了。

吴祖光新婚不久，找机会去看过一次吕恩。吕恩提出，两人关系既已结束，今后就不要单独见面了。自那以后，他们再也没有私下交往。新凤霞去世后，吴祖光的身体也每况愈下，患老年痴呆症，语言有障碍。一次老朋友聚会，吴、吕同席。餐桌上，吴祖光只知道埋头吃菜，一言不发。餐毕，女主人走过来，与吕恩耳语："吴祖光要和你照张相。"吕恩先是一愣，随即爽快地答应了。这张合影，我曾在某本书里见过，吴祖光脸部肌肉歪斜，目光呆滞；吕恩则满面笑容，神采奕奕。

与吴祖光离婚后，吕恩与胡蝶的堂弟、原国民党空军飞行员胡业祥结成连理。一九九八年，胡业祥去世，吕恩极度悲伤。远在澳大利亚的郁风和黄苗子写信开导她，希望她振作起来，用笔写点回忆录，以作排解。吕恩试着照做，果然走出了情绪的低谷。二〇〇六年，还出版了一部《回首：我的艺术人生》。可惜，这部书我一直无缘读到。

我是近年在一些期刊上，零星读到几篇吕恩的文章。印象深刻的有两点：一是她的交游很广，笔下的人物有舒绣文、王人美、周璇、胡蝶，有曹禺、夏衍、张骏祥，有徐悲鸿、张大千，等等；二是她擅长捕捉体现人物特征的细节，叙述有声有色。这大概与她是一位出色的话剧演员有关吧。在给《开卷》执行主编董宁文的信中，我写道："第八期吕恩的《快乐的唐老人》，写得真好。以前也在《开卷》上看过她的短文，都是写自己的亲身经历，有史料价值，叙述又很精彩。好像她以前出过一本回忆录，市面上不容易见到。您编的丛书中，如果能收入她的一种，相信会受到读者的欢迎。”这段文字，被转录在“开卷闲话”里。不久，宁文告知，上海有位出版社编辑看到这段话，说若能收集吕恩的文章，编一本书，他们出版社愿意出。其实，宁文早就有此意向，遂与吕恩联系，着手操办此事。

几天前，与宁文通电话，谈到他策划的“开卷书坊”第二辑。从他那里得知，吕恩一个月前去世了。九十一岁，也算是寿终正寝；只是《龙套集》尚未最后定稿。已发表的文章字数不够，增补的手稿比较零乱，需要整理。编校工作十分琐碎，又得宁文忙上一阵了。

网上的消息说，“开卷书坊”第二辑将于明年五月问世，我期待着——尤其期待吕恩的这本《龙套集》。

二〇一二年十月

新凤霞的戏外戏

《新凤霞回忆录》早年见过，大概只是翻了翻，内容已记不清了。近读《我有两个祖国——戴乃迭和她的世界》，见其中有戴乃迭撰写的《〈新凤霞回忆录〉前言》。原文是为该书英译本写的，首次译为中文。戴乃迭夫妇与新凤霞夫妇是至交，文章叙述的一些细节较为真切、生动，如写新凤霞与吴祖光相爱的那些片段。

据称，是新凤霞主动追求吴祖光的。他们最初相识，是因为吴祖光受《新观察》杂志的委派前来采访。新凤霞正忙着排戏，吴祖光便借请她吃饭之际，一边进餐一边采访。这第一次接触，两人都留下很好的印象。新凤霞后来对戴乃迭说："他很欣赏我的坦率和天真。我喜欢他长得好，为人实在，有学问。跟我过去认识的那些粗人相比，他真好，真和气。"

新凤霞唱戏，一向受到母亲的呵护。她母亲曾经指望自己天才的女儿能嫁给有钱人做妾，那是旧时代女艺人最好的出路。中华人民共和国成立后，又有人想将新凤霞介绍给一位颇有地位的人。但新凤霞的心中自有主张，戏文里“才子佳人”的婚恋模式，一直是她的梦想。她想嫁的，是一位文化人，一位亦师亦友的先生，吴祖光正是最佳的人选。于是她主动去找吴祖光，请他帮助写会议发言稿。一来一往，终于有一天，新凤霞对吴祖光说：“我嫁你好不好？”吴祖光一时惊讶得说不出话来：“我得想想。”“想什么？”“我得对你负责任，对生活负责任。”

吴祖光写过一出有名的话剧《风雪夜归人》，内容是一段梨园爱情。男主人公是位名角，他一开始便被告诫：“你得回家去好好想想……想明白了。”吴祖光现在自己也身陷梨园之恋，尽管身份颠倒了，这回女主人公是位名角，但他一定与自己笔下的人物有同感：“想一想从来没有想过的事情。成人，成鬼，变佛，变妖，就在你一念之转。”

新凤霞与吴祖光，一个是演戏的，一个是写戏的，他们不觉之中也仿佛成了戏中的角色。新凤霞一心要演一出“才子佳人”的好戏，吴祖光则面临自己剧中所写的“灵魂的追问”。这正应验了王尔德的那句名言：“不是艺术模仿人生，而是人生模仿艺术。”

新凤霞夫妇在戏剧的领域里有突出的表现，在人生的舞台上也能发挥得淋漓尽致。他们像戏里唱的“有情人终成眷属”之后，也历经磨难。一九五七年，吴祖光被打成右派，有人催新凤霞跟他离婚，不然后果严重。新凤霞拒绝了。她对吴祖光说：“我决不离开你，决不辜负你。王宝钏守了十八年，我要等你二十八年，等你一辈子。”

人生本来就是一场戏，只是我们许多人仅仅视演戏为作假、为作秀，或视人生如同儿戏。像新凤霞那样认真地去演绎人生的，却不多；而像她那样将人生演绎得如此精彩的，就更少了。

二〇〇三年十二月十八日

第二辑

乱翻书

书话中的鲁迅传统

林贤治先生编注的《鲁迅：刀边书话》是一本鲁迅书话选，书名取自鲁迅的诗句“怒向刀边（一作丛）觅小诗”。“编选说明”中说：“本书以‘刀边’命名，乃为凸显作者‘立意在反抗’的本意，而有别坊间惟以知识见长的书话。”

鲁迅的书话类文章，其实也以知识见长。不过，这知识不是为了“雅”或“有趣”，而是为了“清醒”。针对当年有人推崇明清小品、语录，鲁迅建议多去翻一翻野史笔记，了解一些文祸书厄，明白“遗留至今的奴性的由来”，不至于“由聋而哑”。《买〈小学大全〉记》《隔膜》《病后杂谈》《读书忌》《随便翻翻》等名篇，无论在内容还是在形式上，都堪称书话写作的范本，值得悉心揣摩。而《从帮忙到扯淡》中的一段话，尤其令人警醒：“……乱点古书，重抄笑话，吹拍名士，拉扯趣闻，而居然不顾脸皮，大摆架子，反自以为得意，——自然也还有人以为有趣，——但按其实，却不过‘扯淡’而已。”

在当今读书界，鲁迅的名位尽管很高，真正能领会和传承其精义的人却极少。鲁迅所深恶痛绝的“扯淡”文章，反而充斥着各类出版物。林贤治编注这册书名寒气逼人的选本，想来正是希望弘扬鲁迅书话的传统，匡正当下的文风，乃至世风。

二〇〇七年十二月二十一日

写话与作文

林文月翻译过日本文学两大名著《源氏物语》和《枕草子》。她觉得，贯穿《源氏物语》中一个极难把握言传的词，勉强可直译为“物之哀”。而《枕草子》中也有一个具有多重含义、十分捉摸不定的词，频频出现。她没有给出译文，只是指出这个词在字典上有两义：一是“可笑的”，二是“可爱的”。她根据不同的语境，有时译作“可赏爱的”“有趣味的”“赏心悦目的”“引人入胜的”，有时译作“滑稽可笑的”“奇妙透顶的”，等等。后来，她看到周作人的译本，该词都译作“有意思”或“非常有意思”。她在《枕草子》修订本序言里说：“周氏译法，似较偏向直译，执着于原文，……虽有周氏的译本可资参考，我还是并没有舍己旧译而追随其法。”

这让我想起多年前在《傅雷家书》里读到的一段话。傅雷告诫傅聪，不要毫无变化地说“多妙”或“多了不起”，应该选用更能表现感情、感觉、感受及思想各种层次的字眼，如“宏伟”“堂皇”“神奇”“超凡”“至高”“圣洁”“辉煌”“卓越”

“灿烂”“精妙”“令人赞赏”“好”“佳”“美”，等等。

我手头没有周作人翻译的《枕草子》，无法比较周林二人的译文；但有一段周译帕斯卡尔《思想录》里的名言，可与傅雷的译文做个比较。周译“人只是一根芦苇”，傅译“人不过是一株芦苇”；周译“只须一阵风，一滴水，便足以弄死他了”，傅译“一缕水汽，一滴水，就能致人于死”；周译“宇宙却一点不知道这些”，傅译“世界万物却一无所知”。很明显，周译近乎口语，傅译偏向书面语。换句话说，周作人是在“写话”，傅雷是在“作文”。

其实，周作人的译文也有文白相间，甚或全用文言的；可比较而言，还是他的白话更地道。如他早年翻译希腊女诗人萨福的诗句，一个译本是：“正如甘棠在树顶上发红，/在树顶的顶上，所以采果的人忘记了，/不，不是忘记，只是够不着。”一个译本是：“甘棠色赪于枝头，为采者所忘，/——非敢忘也，但不能及耳。”前者浅白，后者古奥，各有千秋。然而，田晓菲在《“萨福”：一个欧美文学传统的生成》一书里说：“前一种较胜，因为更忠实，一如原文之有三行；强调‘在树顶上……在树顶的顶上’，表面看来似乎语句重复，但原文如此，而且恰恰是其好处：以文字的安排暗示苹果之高高在上，高不可攀，好像观望者不断仰视，目光不断上移，而苹果终于不能企及。”

回过头来看，周作人把《枕草子》中那个一再出现的关键词统统译作“有意思”或“非常有意思”，虽然是“较偏向直译，执着于原文”，但不能因此断定这个翻译不够好。

“有意思”是汉语中常见的“口头禅”，周氏以此译之，是在“写话”；林氏根据上下文选择不同词汇，反复推敲，则是有意“作文”。此一也。尽管“有意思”一词较为普通，其含义却极为丰富，其不同义项包括“可赏爱的”“有趣味的”“赏心悦目的”“引人入胜的”，也包括“滑稽可笑的”“奇妙透顶的”，等等。此二也。既然“有意思”与林氏对《枕草子》原文的理解大致“等值”“等效”，为何弃之不用，仍要坚持改译为不同词汇，让读者阅读汉译全本时无法“再认”呢？此三也。

在此，可借用田晓菲的说法，周译“有意思”，也是“表面看来似乎语句重复，但原文如此，而且恰恰是其好处”。单看这个词的译法，周译应该比林译“较胜，因为更忠实”。

二〇一三年九月

世乱佳人还作贼

王蒙《门外谈诗词》一文中对陈寅恪《丁亥春日阅花随人圣庵笔记深赏其游旸台山看杏花诗因题一律》的解读，令人颇感意外。抄录原诗后，王蒙写道："这里能看到什么？我说不好，因为我对陈寅恪不太熟悉。但从诗里如'世乱''闻祸''断句'这些词中明显感觉到，面对新中国的建立，中国的动荡，他有一种生不逢时、正逢乱世之感，这和后面要说的革命家完全不一样。再如'荒山'，还流露出荒芜感；'死后哀'(按，应为"后死哀")，又流露出悲剧感。此诗所表现的正是陈寅恪在大变动中的那种六神无主和悲哀。"尽管这些话里留有余地，尽管人们常说"诗无达诂"，如此的"过度诠释"，无疑超出了阅读理解的底线。

该诗标题明示，作于"丁亥春日"，也即一九四七年春天。抗战胜利后，陈寅恪因治疗眼疾，奔波一段时间后，于一九四七年春回到已迁返北平的清华大学，继续授课。所谓"花随人圣庵笔记"，指黄濬(字秋岳)的《花随人圣庵摭忆》一书。在吴宓抄本中，此诗标题即为《题〈花随人圣庵摭忆〉后》，诗后有注："书中极言旸台山花事之胜。"所谓"游旸台山看杏花诗"，应是该书"旸台山之花事"条中，黄濬自录的断句："绝艳似怜前度意，繁枝犹待后游人。"这句诗正合陈寅恪当时心境，因而有所共鸣。套用孟子的话讲，陈寅恪是读其书、颂其诗、念及其人，所以赋诗一首。

黄濬其人，现今知之者甚少，可在近代诗坛上，却是赫赫有名。他著有《聆风簃诗》，是宋诗派领袖陈衍最得意的高足。钱锺书记录的《石语》，开篇第一则，便是陈衍夸奖黄濬的话。当时人们普遍认为，他是继陈三立（陈寅恪之父）、郑孝胥之后最有实力的诗人之一。黄濬虽为文人，却一直从政。早年自京师大学堂译学馆毕业，授七品京官，后留学日本早稻田大学。民国以来，历任北京政府陆军、交通、财政等阁部的参事、佥事、秘书及国务院参议。北洋集团覆灭，他蛰居数年，后应召往南京任行政院秘书，以文才备受蒋介石、汪精卫等人赏识，遂提拔为仅次于秘书长的简任级机要秘书。一九三七年，以汉奸通敌罪被正法。

这桩头号的间谍大案，当年震惊朝野。其中细节，至今疑云重重。但黄濬因挥霍无度、入不敷出、最终出卖情报给日本侵略者的罪行，应属事实。据有关记载，当时日军舰队停泊内江，国民政府军方打算以若干船只沉入江口，堵塞航道，然后大炮、飞机并用，将敌舰一举歼灭。不想计划泄密，一夜之间，日舰全部撤走。蒋介石闻讯大怒，秘密派人对政府要员逐一排查，最后发现黄濬银行账单有巨款由日本汇入，将其捕获。黄濬供认，他和日本间谍是在南京某大饭店接头的。他将机密藏于礼帽内，进饭店挂在衣帽架上；日本间谍来了，也将礼帽挂在一处。彼此各自入席，从不交谈。饭后，各自则换戴礼帽而去。黄濬招供后，即被斩首示众，据说是蒋介石亲自下的命令。

《花随人圣庵摭忆》是一部分量不轻的掌故笔记，以记述晚清和民初的史事与人物为主，兼发议论或考证，不仅内容丰富多彩，议论颇有见地，行文也委婉流畅。郑逸梅《民国笔记概观》中，对此书的文史价值评估较高。具有反讽意味的是，书中竟然有“奸细考”一条。有感于华北时局危急，黄濬专门论列自元朝以来日本“早惯于勾买无耻施技刺探”中国情报的事实，并且指出：“可知吾国与外族战争，恒为奸细败事，今日当先为炯鉴。”夏承焘《天风阁学词日记》一九三七年八月二十九日有记：“于报纸见秋岳死前半月所为《花随人圣庵摭忆》，有一条论日本在元时已用汉奸探敌情，我人当以为炯戒云云，文人言行相背至此，真堪咬牙切齿也。”

《花随人圣庵摭忆》一书最初连载于《中央周报》，补编续刊于《学海》。黄濬死后，由友人瞿兑之出资印行于北平。黄裳《谈掌故》一文中称，此书当时印数不多，市价奇昂。陈寅恪于战后重返北平得见，读后有所感触，发而为诗。其中“世乱”“闻祸”“断句”等词，都有具体所指，显然不是王蒙先生说的，与“新中国的建立”有关。原诗流露的情感虽较为复杂，表达的意思却极为明白，并无晦涩难懂之处。

当年闻祸费疑猜，今日开编惜此才。
世乱佳人还作贼，劫终残帙幸余灰。
荒山久绝前游盛，断句犹牵后死哀。
见说旸台花又发，诗魂应悔不多来。

首联的“闻祸”指当年听到黄濬因汉奸罪被处决之事，“开编”即翻阅《花随人圣庵摭忆》一书。颔联的“世乱”，当然是“动荡”，是“大变动”，但这里指的是抗日战争，而非解放战争。“佳人还作贼”，用的是《晋书》上的典故：“卿本佳人，何为随之也？天下宁有白头贼乎？”此处感慨黄濬本是佳人，奈何作贼。“残帙”仍是指那部掌故笔记，陈寅恪视之为劫后余灰。颈联的“荒山”即旸台山，“前游盛”指战前的盛况，“断句”即黄濬的“游旸台山看杏花诗”，“后死”是陈寅恪的自称。王蒙先生的引文中将“后死”误为“死后”，是疏忽，可也能看出他没有弄清具体的指涉。尾联的“旸台花又发”，是再次点题，赏其诗而叹其人。

蒋天枢《陈寅恪先生编年事辑》录此诗，有按语：“诗稿上师母注‘删’和‘不钞’字样。”有人以为，唐筼此举是顾虑到这首诗有同情汉奸之嫌。其实，陈寅恪的立场和态度十分鲜明：“世乱佳人还作贼。”“佳人”是因其诗文才华，“作贼”是指其卖国行为，褒贬没有半点含糊。只是“佳人作贼”，令诗人惋惜不已。

钱锺书写于一九四三年的《题新刊聆风簃诗集》一律，

对黄濬也表达了同样的复杂情感：

良家十郡鬼犹雄，颈血难偿竟试锋。
失足真遗千古恨，低头应愧九原逢。
能高踪迹常嫌近，性毒文章不掩工。
细与论诗一樽酒，荒阡何处酹无从。

钱诗比陈诗使用了更多的“古典”，理解起来有障碍；而两首诗中的“今典”及作者对黄濬的态度基本一致，却是可以“明显感觉到”的。

二〇〇六年十月

陈寅恪《阜昌》诗及其改动

谢泳先生在一家旧书店购得一册诗词抄本，其中录有陈寅恪的作品。据说，《陈寅恪诗集》中的《阜昌》一诗，见于抄本的标题为《题双照楼集》。谢泳认为，这应该是“原题”，而“标题的改动有复杂的原因”。

陈寅恪《阜昌》诗作于一九四四年十二月，题下有小序：“甲申冬作时卧病成都存仁医院。”据《吴宓日记》，陈寅恪于十二月十四日因眼疾住进存仁医院，十七日，“寅恪口授其所作挽汪精卫（兆铭）诗，命宓录之，以示公权。”日记随后抄录了全诗。

这应是《阜昌》的第一个抄本，因为该诗作于住院期间，如果陈寅恪有手写稿，大可直接拿给吴宓看。他似乎只是打好了腹稿，听说吴宓将赴招待萧公权的晚宴，便“口授”出来，让其代为转达。一九四四年十一月十日，汪精卫客死日本，一时议论纷纷。作为历史学家，陈寅恪对一位已“盖棺”的政治人物应该怎样“定论”，自然会有自己的看法。他急于让吴宓将诗抄示萧公权，却很是耐人寻味。萧公权是专治中国政治思想史的，陈寅恪是要用他的见解，去影响一位政治学家对汪精卫的评判吗？

《阜昌》到底写了些什么呢？先来看看吴宓的抄本：

阜昌天子颇能诗，集选中州未肯遗。
阮瑀多才原不忝，褚渊迟死更堪悲。
千秋读史心难论，一局收枰胜属谁。
事变无穷东海涸，冤禽公案有传疑。

首联有两个夹注，“阜昌”后是：“刘豫为齐帝年号。”“集选中州未肯遗”后是：“元遗山选《中州集》，列入齐曹王刘豫诗。按豫曾为进士。”显然，这是将汪精卫比作配合金兵入侵宋境、受金人册封为齐帝的刘豫了。说元好问不因刘豫的政治行为，而抹杀他诗界的地位，表明了陈寅恪对待汪精卫的态度。

颔联中的阮瑀和褚渊，也是指汪精卫。阮瑀即阮籍之父，建安七子之一。据说他才思敏捷，落笔成章。为曹操谋士时，起草文书呈上，曹操提笔欲有改订，竟发现不能增损一字。汪精卫为孙中山草拟“总理遗嘱”，孙中山也完全赞同，没有一字添改。褚渊是南朝人，曾在宋、齐两朝为官，他与汪精卫的可比之处较多。其一，那个有“面首三十”的山阴公主，得知褚渊貌美，让皇帝将他赐给自己，百般引诱，褚渊却能坐怀不乱；汪精卫也有“民国美男子”之誉，且从未有滥情的表现。其二，宋明帝临终，封褚渊为中书令，托他与袁粲一同协理国事，袁粲死节于宋，褚渊却助萧道成篡宋建齐，因此受世人唾弃；汪精卫的情形颇为类似。其三，褚渊任南齐司徒时，一次乘车外出，阁道断裂，掉入水中，有人嘲笑他为"落水三公"，"褚渊落水"便成了典故；汪精卫与日本人合作，当然是"落水"了。在这一联中，陈寅恪一面肯定汪精卫的才华，一面又为他未能早成"烈士"而最终"落水"感到可悲。

颈联没有用典。尾联是借"精卫填海"的神话，暗喻现实。"东海"即东瀛，指日本；"冤禽"即精卫鸟，指汪精卫；"有传疑"指当时关于汪精卫之死有种种传闻。后两联的意思比较明显，陈寅恪本着知人论世的史识，充分考虑到时局的复杂性。他对汪精卫不是简单的谴责，更没有一味地去"妖魔化"，而是在讽喻的同时，又因怜惜其才而表示惋惜。在《陈寅恪诗集》里，这后四句文字略有差异：

千秋读史心难问，一局收枰胜属谁。
世变无穷东海涸，冤禽公案总传疑。

"心难论"改成"心难问"，"事变"改成"世变"，"有传疑"改成"总传疑"，意思都更进一层，复杂的心态愈加明显。由此也可以肯定，吴宓抄录的是初稿，后来，陈寅恪又作推敲，修订成诗集中保留的样子。

《吴宓日记》中的这首诗，原本没有标题。《陈寅恪诗集》中题为“阜昌”，实际上是取首二字为题，相当于“无题”。两相对照，前后是一致的。陈寅恪会不会一度将此诗的标题拟定为“题双照楼集”呢？可能性不大。首先，汪精卫生前出版的只有《双照楼诗词稿》，并没有什么《双照楼集》，写成“题双照楼集”，至少有悖历史学家的严谨。再说，此诗写作的动机是“挽汪精卫”，并非是在几乎双目失明的状态下，看了什么书有感而作。也许，是传抄者怕人读不懂诗的内容，又不便直书汪精卫的名字，才像钱锺书《题某氏集》那样，给它安上这样一个隐讳的标题吧？

二〇一〇年三月十二日

吴宓致林语堂的一封信

民国《万象》杂志的老板平襟亚出过一册《作家书简》，全部手迹影印。因正值天翻地覆之际，虽然印数不少，却未能广泛流传。近日有位张泽贤先生以此书为母本，略作增删，加上些文字，编了一本《现代作家手迹经眼录》。其价值在于复制原书图影，使一般读者能一睹这些难得一见的手札；不足的是，无论是点校排印，还是解释评析，都存在大量硬伤。例如，其中所收吴宓的一封信，仅过录一遍，错误就不下五六处。现对照图影，重新校订如下：

> 《徐志摩与雪莱》一文，本嫌过于自赞，引诗句太多，乃承登出，而尊作按语尤极通妥，甚感甚感。前函言正在撰作评尊作 *my country & my people* 一文云云，乃以近日清华校潮鼓荡，居处不宁（弟向住校内），兼以他故，致未作出，然意思已完具，不久定必写出就正也。其他拟作之文，题材均有，

当照日前××先生复示所指示者，一一依序作出，随时寄上。至《人生问题大纲》，已二次刊登，退回不登，弟决无微憾。钱锺书君由牛津函言，曾作《吴宓诗集》介绍短文，系广告式，寄交尊处，求刊布云云。按十二期文前，登有中华书局广告半面。中以《吴宓诗集》居首，读者已尽知。倘再介绍，反成蛇足。况拙作能于中，与世之读者相见，已引为大幸，而弟所希望与兄之文学的合作，最好无形迹（不见之于文字，不使一般人注意及之）、无勉强（即弟作文之立意遣词完全由我，不稍事揣摩，而兄对于吾稿之去取增删，亦完全由自己，不稍事迁就。如此方好）。今诗集在他处亦不乏介绍之文矣，故私意钱君锺书之介绍广告，直以不登为是。弟昔在《学衡》中，于同人之私的方面，亦限制极严，中国老话"公事公办"，即谓"应客观之事，当以客观办之"也。弟朋友中，有以下诸君，平日甚佩服其人，似可请其为投稿。（一）梁宗岱（北平），（二）陈逵（杭州），（三）周煦良（暨南）、孙大雨（暨南），（四）景昌极（南京中央大学）。外若铢庵，亦契友，已屡见其稿矣。

此候　日安　宓顿首

一

《现代作家手迹经眼录》中称，此信“不知写于何年何月何日，更不知写给何人”，又猜测是写给陶亢德的。这一猜测还不算太离谱，陶亢德当时正和林语堂一起办《宇宙风》杂志，信中的“××先生”，极有可能是他。但信无疑是写给林语堂本人的，因为里面明确写有“尊作 *my country & my people*”（《吾国吾民》）。

吴宓《徐志摩与雪莱》一文，于一九三六年三月一日发表在《宇宙风》第十二期上。所谓“尊作按语”，即指文前六百余字的“语堂案”。按语开头说：“雨僧此篇悼志摩亦所以自悼，过于坦白，吾知其必为刻薄者所诟病。然吾深知雨僧，宁可使其真坦白，不可使其为假雨僧。”结尾又说，“雨僧以白璧德信徒而侃谈恋爱，城中刻薄鬼，乡下闲谈婆闻之，自必如拾至宝，搬嘴弄舌诟谇之以为乐。雨僧自知不懂世故，嘱我看看此稿，有无于己不利；我仍把他发表，不怕乡下婆闲谈也。惟我近日已‘学乖’，作文战战兢兢，雨僧亦能稍懂世故，与我‘学乖’乎？”吴宓一向“过于坦白”，关于自己的恋爱和苦恼逢人便说，又写诗撰文，公之于世。这不仅没有赢得多少同情，反而招来刻薄的批评和闲话。看到林语堂这样的按语，他自然觉得“尤极通妥”。

吴宓与林语堂早在留学美国时，就已相识。《吴宓日记》一九一九年九月十九日写道：“林君人极聪敏，惟沉溺于白话文学一流，未能成为同志也。”虽然道不同、志不合，从日记上看，两人当时还是有一定的“社交”来往。只是回国之后，各自忙碌，好多年都没有接触。吴宓的文章是怎么交给林语堂，发在《宇宙风》上的？这封信又是何时写的？《吴宓日记》一九三四年一月一日至一九三六年七月一日的部分遗失了，现在能看到的，只有一九三六年八月四日的记载：“晨，函（英文）林语堂，送其出国。以评文未能作成，深致歉忱。”这里的“评文”，当是信中提及“正在撰作评尊作 *my country & my people* 一文”。此文后来似乎是不了了之。

这封信里还提到另一篇投给林语堂的稿件：“至《人生问题大纲》，已二次刊登，退回不登，弟决无微憾。”查该文一九三八年八月曾刊于《清华周刊》第十卷第六号，一九三六年五月十五日又刊于《人物月刊》创刊号。所谓“已二次刊登”，说明写信的时间应该在第二次发表之后。与日记合而观之，大致可以确定，这封信是写于一九三六年五月十五日至一九三六年七月一日之间。

二

吴宓信中还谈到钱锺书为《吴宓诗集》写的一篇书评。李洪岩、范旭仑《为钱锺书声辩》一书，曾提供一条线索。钱锺书于一九三五年《吴宓诗集》出版之际，即收到出版者中华书局的赠书，并有复函：“敬启者：奉到惠寄吴雨僧先生诗集，感谢无既。已为《人间世》作文介绍。专此复谢，即颂大安。此上中华书局编译所，钱锺书顿首，七月三十一日。”《人间世》也是林语堂编的，曾于一九三五年六月五日的第二十九期上刊登钱锺书的《不够知己》书评，此后并无《吴宓诗集》书评。有人怀疑这篇书评是否真的写了，因为钱锺书给中华书局回信时，正忙于结婚、出国等事宜。吴宓致林语堂的信说得明白：“钱锺书君由牛津函言，曾作《吴宓诗集》介绍短文，系广告式，寄交尊处，求刊布云云。”可见，他当时的确写过一篇书评投寄林语堂处，一直没有消息，到牛津后还惦记此事，写信给吴宓谈起。吴宓致林语堂信中，对于这篇书评的态度却耐人寻味。

吴宓对钱锺书的学识与才华极为欣赏，《吴宓诗集》中就附录了好几首钱锺书的诗。但两人性格不同，处世作风迥异，属于“尊而不亲”一类。钱锺书在清华外文系读书时，较亲近的老师是温源宁和叶公超，而吴宓与温、叶二人的关系并不好。特别是温源宁一九三四年在 *The China Critic* 七卷四号上发表 *Mr. Wu Mi, A Scholar and a Gentleman* 一文，吴宓一直耿耿于怀。得知有人以为他会认同该文，并引为知己，吴宓十分反感，在一九三七年二月二十八日的日记里写道：“呜呼，温源宁一刻薄小人耳，纵多读书，少为正论。”有意思的是，该文初刊时未署名，许多读者疑为钱锺书所作。这使他不得不写下一首七绝来辩白：“褚先生莫误司迁，大作家原在那边。文苑儒林公分有，淋漓难得笔如椽。”诗后有自注：“或有谓余为雨僧师作英文传者，师知其非，聊引卢氏杂记王维语解嘲。”温源宁的这篇文章后来收入他的人物速写集 *Imperfect Understanding*，钱锺书撰写书评，在林语堂主编的《人间世》上发表。据说，林语堂对其将书名译为“不够知己”，大加赞赏。而将《吴宓诗集》书评寄给林语堂，正是紧随其后的事。

吴宓当然不至于由温源宁迁怒到钱锺书，他也没有看过那篇书评，可他并没有按钱锺书的意思去“求刊布”，反而说“直以不登为是”。吴宓申明的理由虽然冠冕堂皇，却总让人觉得有些不近情理。他是否有什么预感，觉得这篇书评会像温源宁一样“谬托知己”？

三

钱锺书的书评投寄林语堂后，便出国了。不久，温源宁为*T'ien Hsia Monthly* 约稿，将《吴宓诗集》寄到牛津，让钱锺书撰写英文书评。于是，一九三七年三月七日，钱锺书以通信的形式写了篇英文书评寄回。他很快觉得意犹未尽，又以英文重写一篇正式的评论，并直接寄给了吴宓本人。

《吴宓日记》一九三七年三月三十日写道：“下午，接钱锺书君自牛津来三函，又其所撰文一篇，题目 *Mr. Wu Mi & His Poetry*，系为温源宁所编辑之英文《天下》月刊而作。乃先寄宓一阅，以免宓责怒，故来函要挟宓以速将全文寄温刊登，勿改一字。如不愿该文公布，则当寄还钱君，留藏百年后质诸世人云云。至该文内容，对宓备致讥诋，极尖酸刻薄之致，而引经据典，自诩渊博。前半略同温源宁昔年 *China Critic* 一文，谓宓生性浪漫，而中白璧德师人文道德学说之毒，致束缚拘牵，左右不知所可云云。按此言宓最恨……又按钱锺书君，功成名就，得意欢乐，而如此对宓，犹复谬托恭敬，自称赞扬宓之优点，使宓尤深痛愤。乃即以原件悉寄温君刊登，又复钱君短函（来函云候复），告以稿已照寄。”四月十一日又写道：“日昨接温源宁寄回宓三月三十日所寄去之钱锺书撰《论吴宓之诗》一文。附函，谓半月前钱君曾致温君一函，中论宓诗，命刊登《天下》，业已登入。今此文更详，碍难重登。应由钱君负其责也云云。宓即又以原稿，并温函，寄回牛津钱君收，以了此公案云。”

钱锺书何以想到将 *Mr. Wu Mi and His Poetry* 一文寄给吴宓，是不是因为听说他曾阻止林语堂刊发中文书评，不得而知。评《吴宓诗集》的英文信刊于一九三七年第四期 *T'ien Hsia Monthly* 上，吴宓寄回的那篇正式评论则没有下文。近年，杨绛整理钱锺书遗稿，找到该文的一份不完全的草稿，上面有多处修改。她将其与那篇书信体的书评一并收入《钱锺书英文文集》。两相对照，除了内容的前后秩序有所调整，基本观点和句子都没有什么变动。

还有一件事值得注意，即温源宁的 *Mr. Wu Mi, A Scholar and a Gentleman* 一文，曾由林语堂译成中文，广为流传，吴宓却只“痛愤”温源宁、钱锺书，而不“痛愤”林语堂。读《徐志摩与雪莱》按语中的“雨僧以白璧德信徒而侃谈恋爱，城中刻薄鬼，乡下闲谈婆闻之，自必如拾至宝，搬嘴弄舌诟谇之以为乐”，就会明白，吴宓信中对林语堂示以友好，甚至推心置腹，并非仅仅是“尽社交之道而已”。吴宓与林语堂本不亲密，对他的评论却表示“尤极通妥”；与钱锺书本应师生情重，私下却颇多微词。人事关系，原来如此微妙。

二〇〇七年八月

再谈吴宓晚年

好几年前，有一本名为《心香泪酒祭吴宓》的书，曾引起激烈的争论。双方都没有直接的证据，只凭着自己以往对吴宓的印象与想象。有人期待吴宓日记的公开，会有助于澄清事实。可《吴宓日记》已先后出版了十册，内容到一九四九年前为止，接下来却始终不见下文。

最近，新编的《吴宓诗集》悄然问世。这部集子沿用一九三五年中华书局本的体例，续补了此后诗作六百余首。据编者称，吴宓后来所作，尤其是一九四九年后的，远不止这些。然而，对于希望了解吴宓晚年表现与心态的读者，这本收罗并不齐全的诗集，已提供了十分珍贵的第一手资料。

《祭吴宓》一书转录了吴宓一九五二年思想改造时的一份检讨。该文以《改造思想，站稳立场，勉为人民教师》之题，刊于当时尚在重庆的《新华日报》上，足见颇受重视。校方以为政绩，同事或有羡慕，本不奇怪，只是书中说吴宓“不会掩饰内心的激动而时常喜形于色”，就纯属臆测了。诗集中收他当年写的一组五律《壬辰中秋》，第一首前四句："心死身为赘，名残节已亏。逼来诅楚状，巧作绝秦资。"即使不知典故的出处，"诅楚状""绝秦资"所指为何，读者应当能够猜到。吴宓却觉得意犹未尽，又加了一个注释："首三四句乃昨日上午李耀先告宓，闻当局已将宓之思想改造文译成英文，对美国广播宣传，以作招降胡适等之用。此事使宓极不快，宓今愧若人矣。"

《祭吴宓》还录有吴宓一九五六年参加国庆活动后写的《观且感》，但没有提供资料来源。有人以不符合吴宓一贯的思想和文风，而否定其真实性。反方的这一理由，其实也不充分。诗集一九五九年编目中未见有关国庆之作，倒是一九五九年有一首《国庆十年礼赞》："一年跃进百成功，炼得钢红我亦红。兵学工农人竞奋，棉粮煤铁产同丰。已铺长轨连云栈，待驾飞船指月宫。日落崦嵫余返照，扶摇直上看东风。"除第七句略显不协调外，全诗无疑是"大跃进民歌"的风格，与吴宓一贯的诗风根本不一致。如果在别处看到这首诗，告诉是吴宓的作品，有多少人会相信呢？不过，诗下的自注不应忽略："一九五九年九月十九日奉西南师院中文系领导之命，为国庆十周年向党献礼而作。"原来是奉命之作！而更令人惊异的是，紧接其后的一首《感时》，也注明为"一九五九年九月十九日作"。两者形成强烈的反差，乃至完全对立。"旱荒水涝见天心，暴雨终风喻政淫。长夏禾枯人渴病，平原堤溃水漫深。急耕密植怜枵腹，芒履敝衣劝积金。强说民康兼物阜，有谁思古敢非今？"这简直就是彭德怀那首《我为人民鼓与呼》的翻版。一天之内，写了两首截然不同的诗，公开表态是一套话语，私下沉吟又是一套话语，用“一以贯之”来判别真伪，恐怕无效了。

举以上二例，并不是要重新挑起论争。我想说的是，没有可资利用的材料便下判断，是一件冒险的事。人是复杂的，尤其在更为复杂的环境之中。说他应该是怎样的，显然不行。必须明确他到底是怎样说的、怎样做的，还要知道他为什么这样说、这样做，他的所说所做，是他内心真实的表达，还是因环境关系有所扭曲？诸如此类的问题不弄清楚，就根本谈不上“同情的了解”。新编《吴宓诗集》虽然提供了不少难得的材料，但他的“最后二十八年”仍留有大量空白。他一九五九年以后的日记尚未公开，其中还会有什么令人读来惊心的东西，也很难说。现在要重现晚年吴宓，条件远不成熟。我们只是离真相近了一小步，尘埃落定尚有待来时。

二〇〇五年六月二十四日

“我当时并不理解他”

巴金与郑振铎的关系，应该不同一般。他的处女作，是郑振铎经手发表的；他的绝笔，又是一篇未完稿《怀念振铎》。然而两人之间，却有过一次不大不小的摩擦。

上个世纪三十年代中期，两人合编《文学季刊》。刊物的宗旨之一，是“旧文学的重新估价和整理”。这显然是郑振铎的意思，巴金不能苟同。由于某种原因，杂志停刊，巴金撰写《告别的话》，其中写道：“文化的招牌如今还高高地挂在商店的门榜上，而我们这文坛也被操纵在商人的手里，在商店的周围再聚集着一群无文的文人。读者的需要是从来被忽视了的。在文坛上活动的就只有那少数为商人豢养的无文的文人。于是虫蛀的古籍和腐儒的呓语大批地被翻印而流布了，才子佳人的传奇故事之类，也一再地被介绍到青年中间。”停刊号在上海印刷时，郑振铎把这段话删去了。

巴金立即在《作家》创刊号上发表了一篇杂感《大度与宽容》，表示抗议。所谓“大度与宽容”，是反讽的说法，大意是有人宣扬大度与宽容，可对待别人的文章一点也不大度与宽容。巴金将那段删去的话补写出来，不点名地公开了两人的矛盾。紧接着，他又在《作家》一卷二号上刊出一封署名“白燕”的公开信《关于“大度与宽容”》，与之呼应。信中还直接引用“源先生”（郑振铎）的《再论翻印古书》一文，予以反驳。不久，《文学季刊》复刊，巴金在复刊词中再次抄录了那段被删的话，并进一步说明：“我们这民族正站在一个可怕的深渊的边沿上，所以我们依旧没有余裕跟在商人后面高谈文化，或者搬出一些虫蛀的古籍和腐儒的呓语来粉饰这民族的光荣。”

巴金这样做，并不完全是意气用事，而是在重申自己的一贯主张。一年以前，他写过一篇题名为《书》的文章，表达过类似的观点：“……如今北平图书馆却以‘为国家搜集善本书的责任’自豪了。事实上像那用一千八百元的代价买来的《金瓶梅词话》对于现今在生死关头挣扎着的中国人民会有什么影响呢？难道果如那些文化膏药式的学者所说——民族的存亡全系于文化，而文化的精华就在于这般‘古董’么？”

郑振铎《再论翻印古书》里有一段话，似乎就是对此而发的：“如果觉得《吉诃德先生传》和《死魂灵》是值得翻译而《金瓶梅词话》和《指南录》之类则绝对的不值得翻印，则未免太藐视了在中国所产生的一切真实的伟大的名著了。……这样的不分好歹，绝对排斥古书者的心理，和那些提倡读经而绝对排斥‘禽兽能言’的白话文教科书者的心理是恰好相映成趣。”——这也就是“白燕”在公开信中反驳的那段话。

两人的分歧，是显而易见的。但对于删节一事，郑振铎并没有解释，也没有回应巴金一而再、再而三的批评。这与个人的性格有关，也与那个时代的氛围有关。试想，在当时的历史环境下，要说服“激流”中的巴金，几乎没有可能。

六十多年之后，巴金才终于回过神来。他在《怀念振铎》一文里写道：“我批评他‘抢救’古书，批评他保存国宝，我当时并不理解他，直到后来我看见他保存下来的一本本珍贵图书，我听见关于他过着类似小商人生活，在最艰难、最黑暗的日子里，用种种办法保存善本图书的故事，我才了解他那番苦心。我承认我不会做他那种事情，但是我把他花费苦心收集起来、翻印出来的一套一套的线装书送给欧洲国家文化机构时，我又带着自豪的感情想起了振铎。”

二〇一二年四月

关于《骆驼祥子》初版本

黄开发、李今《新文学初版本寻访记》(《中国图书评论》二〇〇九年第一期)一文,原为即将问世的《中国现代文学初版本图鉴》一书的后记。文中提到寻找老舍《骆驼祥子》初版本的经历:

> 《骆驼祥子》是现代文学的经典名著,初版本却极其难觅。这本书一九三九年三月由上海人间书屋初版,当时正值"孤岛"时期,流传稀少,不但在后方的作者本人未见,甚至到一九七八年十一月,人民文学出版社印行《骆驼祥子》第二版第六印次时,在《出版说明》中,仍误以为它是一九四一年十一月由文化生活出版社作为"现代长篇小说丛书"出版的。今年元月,黄开发到上海访书,拜访了八十八岁高龄的前辈丁景唐先生。丁先生介绍说,厦门大学的庄钟庆先生无意中在厦门旧书

店购得《骆驼祥子》的初版本。由他商请庄先生，把书送赠了老舍之女舒济女士。得了这条线索，李今给舒女士打电话求助。舒女士说前些年她把书借给国家图书馆展览，展览后丢失了。后来托在安徽师大工作的友人去芜湖图书馆阿英藏书室中查找图书，阿英是最早关注新文学版本学术价值的学者、作家，希望在他的藏书中能有意外之喜。但那里多有近代图书，我们所需要的一本也没有。顺便请友人在安师大图书馆看看，本来并没有抱什么希望，结果却在该馆的特藏室中找到了《骆驼祥子》和《缀网劳蛛》的初版本。当晚，黄开发就给李今打电话报告消息，兴奋之情溢于言表。

我注意到这段文字，是因为自己就在安徽师范大学工作，也偶尔去图书馆特藏部查资料，外人竟在这里有惊喜发现，真是很有意思。我当时并不知晓这一发现的意义，仅在心里嘀咕，那位“在安徽师大工作的友人”会是谁呢？

不久，读到陈思广《不可错过的十部新文学长篇小说》（《藏书报》二〇〇九年六月一日）一文，才知道《骆驼祥子》初版本原来十分难得。该文将其列为榜首：

《骆驼祥子》初版于一九三九年三月，时值战乱，连老舍自己也是后来才知人间书屋已出版发行。小说至一九四九年二月共印十五版，具体的版次关系，可参见笔者刊于二〇〇八年十二月二十二日《藏书报》上的小文《〈骆驼祥子〉的版次及意义》。今年是老舍诞辰一百一十周年和《骆驼祥子》发表七十周年，若能有机会淘得《骆驼祥子》的初版本，真可谓三喜临门了！日前所知安徽师范大学特藏室有《骆驼祥子》初版本，坊间谁是幸福的持有人，不得而知。综上，笔者对《骆驼祥子》收藏的总体评定是：艺术指数十，收藏指数十，难度指数十——综合指数十。

没想到收藏界对这个版本如此追捧，让我动了一睹为快的念头。一次下课后，我去了图书馆特藏部，见到负责人周老师，说明来意。周老师说，确实有人查阅过，是一位老师让研究生来的，带了一个书单，查到后还拍了图片。她在网上也看到黄开发的文章，知道这件事，并将那几本书另外单独存放了。她从一个小房间拿出一本《骆驼祥子》、三本《缀网劳蛛》。《骆驼祥子》没有封面，贴上一层牛皮纸，版权页上印着"康德八年出版"，显然是伪满时期的海盗版。《缀网劳蛛》有一本确实是初版书，不过那属于"文学研究会丛书"，应该不是特别难找。正说着，馆里有人来谈工作，我便先行离开了。

回来查找了一些资料，对《骆驼祥子》的版本问题有了进一步了解。可以肯定，我那天见到的，绝不是被拍照传到北京去做《中国现代文学初版本图鉴》的那本书。过了几天，我特地带上数码相机，再次来到图书馆特藏部。一进门，周老师便迎上前说，上次给我看的《骆驼祥子》不是我要找的，我走后她就找出来了，是一九三九年人间书屋的初版本。接着，她从抽屉里拿出来一本封面封底完整无缺的《骆驼祥子》。我接过一看，果然是上海人间书屋发行的，版权页上清楚地印着“民国廿八年三月初版”。——这就是传说中的《骆驼祥子》初版本了！

我取出相机，拍下封面和版权页，留个纪念。周老师则将我带去的资料复印了一份，说要给馆里的领导看看，虽然现在还不能肯定是孤本，但至少也算得上珍本了，特藏部能有这样一件藏品，是值得庆幸的事。

二〇〇九年七月二十日

读曹聚仁书话二题

三联书店新出的“曹聚仁书话系列”，共三册：《书林新话》《书林又话》和《书林三话》。买回家后，一直未读。近日抽空，翻阅一过。偶有联想，遂作札记二题。

一

一九三一年八月，曹聚仁在《涛声》周刊连续两期上发表了《书话（一）》和《书话（二）》。就目前掌握的资料看，这是首次标明“书话”的文章。并且，曹聚仁在使用这个新名词时，已经有意要创立一种新文体了。

《书话（一）》中写道：“我现在开始来写一种可有可无的闲文，所谓‘书话’者，颇想找些话来作自己的辩解。从前文人喜作诗话，其后有词话、曲话。谈谈掌故，发发议论，本属酒后茶余的闲事，但积意经营，要想成为不朽的未始没有；

而开卷即有一缕酸腐之气袭来,使人不耐久读的,亦未始没有。我是一个不中用的人,'不朽'不敢望,'酸腐'不愿近,其意不过酒后茶余助助兴而已。长沙叶德辉曾写过《书林清话》,那是一部字斟句酌极精审的中国书籍体制史,我决不敢望其项背,至多亦不过'清话'而已。"

唐弢在一九六二年出版的《书话》序里,也写过这样一段话:"中国古代有以评论为主的诗话、词话、曲话,也有以文献为主,专谈藏家与版本的如《书林清话》。《书话》综合了上面这些特点,本来可以海阔天空,无所不谈。不过我目前还是着眼在'书'的本身上,偏重知识,因此材料的记录多于内容的评论,掌故的追忆多于作品的介绍。至于以后会写成什么样子,那是将来的事,不必在这里预告。说句老实话,我并没有把《书话》当作'大事业',只是在工作余暇,抽一支烟,喝一盅茶,随手写点什么,作为调剂精神、消除疲劳的一种方式。因此我也希望读者只把它看做是一本'闲书'。"

两人关于书话的表述,惊人的相似。一个说是"闲文",一个说是"闲书";一个说"酒后茶余",一个说"在工作余暇,抽一支烟,喝一盅茶"。两人都提到诗话、词话、曲话,都提到掌故,都提到叶德辉的《书林清话》。只是两人书话写作的起步,有早晚之分。曹聚仁的两则《书话》初刊于一九三一年;唐弢第一组题名《书话》的短文,首发于一九四五年六月的《万象》杂志。曹聚仁的第一部书话集《书林新话》,一九五四年由香港远东图书公司出版;唐弢第一次结集的《书话》,一九六二年由北京出版社印行。由此可见,说曹聚仁是书话写作的先行者,当之无愧。

二

书话写作,大概怎么也绕不过鲁迅和知堂。而书话作者中,与兄弟二人交往最为密切的,莫过于曹聚仁。他们之间的往来,已有专文记叙,在此不赘。在曹聚仁的书话里,也常常可见谈论周氏兄弟的文字,见解颇为中肯,如:“鲁迅与知堂,正代表着两种风格,即载道与言志。他们同出于魏晋文章,而鲁迅的文章,近于阮籍、嵇康的讽世、淑世,知堂近于陶潜的忘世与遗世。”

他还说:“周氏兄弟之中,和我交谊较深的是鲁迅,但在文艺观点上,我和知堂老人最接近。”这是一个有意思的现象。书话作者大多徘徊于周氏兄弟之间,而且大多是仰慕鲁迅而师承知堂。不仅曹聚仁、唐弢如此,孙犁、黄裳也不例外。尽管后两位自己主观上未必承认,其文风更接近知堂,却是客观存在的。

曹聚仁又说:“我对启明先生的敬意,不自今日始;他的每一种散文集必比前一种更醇厚深切,更合我个人的口味,愈益增加我的敬慕之情。”这段话点明,知堂的写作有一个递进的过程。这是知堂与鲁迅不同的地方。鲁迅前后变化不明显,知堂则是“每一种”与“前一种”有别。

至于后一种比前一种“更醇厚深切”,似乎不只是曹聚仁一个人的感觉。舒芜评介刘绪源《解读周作人》时，说过欣赏周作人的五个层次："一是只能欣赏梁实秋、林语堂等等，而不能欣赏周作人者。较高一层是能欣赏周作人，而实际上是以欣赏梁实秋、林语堂等等的水平来欣赏周作人，将他们等列齐观者。再高一层是能知周作人高出于梁实秋、林语堂之上，但在周文中只欣赏其早年名作，不能欣赏其中年以后更成熟之作者。再高一层是能知周作人中年以后那些'文抄公'之文的价值，而对于那些不大抄书的完全本色文章的价值未能充分看重者。最高一层是能明确推重他晚年那些完全本色文章的成就超越早年名作之上者。"其中后三层，依次推进，与曹聚仁的意思颇为相合。

舒芜接着说："对照一下，我自己的位置，大概刚刚够得上第四个层次。"曹聚仁是读了《夜读抄》，才说上面那段话的。那么，他当时也算是在第四个层次上了。

二〇一〇年八月

《小说闲谈》购藏记

在万卷书屋看到阿英《小说闲谈》一套四种，品相甚佳，当即拿下。这套书曾经读过前两册，那已是三十多年前的事了。那是在一位前辈家，见到这样有两册朴素的小书，纯白色的封面，没有任何装饰图案。书名和作者名，都是手写钢笔字影印的。借回家来细读一遍，内容也非常喜欢。想自购收藏，怎奈当年图书发行渠道有限，一直无缘相遇。这一回，当然不能放过。

初读《小说闲谈》及《二谈》，正值心仪书话之际。《晦庵书话》《西谛书话》《知堂书话》，大约都是同时读到的。私下常想，阿英此类文章也应该编一部《XX书话》才好。可等了这么多年，也未见集阿英书话大成之书出版。现在，要向读者推荐阿英书话经典，这套《小说闲谈》似乎是最佳的选择。

书名《小说闲谈》，其实并非专谈小说的书。翻开第一册目录就可看到，文章谈及的，除小说之外，尚有弹词、杂剧，还有几篇“买书记”。其中有三组短文，总标题为“小说闲谈”。阿英或许也像有些人汇编文集出版时一样，取书中某篇的标题作为书名。这样做是方便，但也有缺点，就是容易引起读者以偏概全的误会。

据《小说闲谈》小引所记，此书系一九三六年初版的改订本。删掉一些篇目，又从《弹词小说评考》《夜航集》《海市集》里移来一些。“一九三三年至一九三五年前期所写，感到还足供通俗文学研究者参考的，大体都收在这里了。”显然，这本书可以视为作者“阶段性成果”的自选集。《二谈》所收文章系一九三五年到一九三六年两年间所写，因为性质类同，当为续编。至于《三谈》，作者只是初拟了若干篇目，不久便去世了。《三谈》和《四谈》都是吴泰昌、钱小云辑集整理的；是否继承了阿英既定的编辑理念，很难说。

《小说二谈》一书，原题为《中国俗文学研究》。这里的“俗文学”，即通俗文学，当时指的是所有古代小说和戏曲。按传统的标准，这类文体不登大雅之堂，藏书家大多弃之如敝屣。直到阿英和郑振铎开始倾囊收购，才成为一项专门的藏书类别。两位大家不仅收藏颇为可观，还利用藏书从事学术研究，成果丰硕。专题研究论文之外，两人都写有大量叙录、题跋和书话。并且，即使是论文，由于饱含文人情趣的笔调，也仿佛是加长版的书话。

阿英书话中，我最爱读的是那些“买书记”。《小说闲谈》里的《城隍庙的书市》《西门买书记》《海上买书记》均为名篇；《二谈》里的《浙东访小说记》《苏常买书记》和《四谈》里的《津门觅书小记》也属于此类。这些文章记叙作者买书的亲身经历，既有趣味，又可作为史料；在书话写作中，有别于读书记、藏书记、贩书记而独树一帜。可惜就这么几篇，加上《平津日记》里可以摘录的相应文字，合在一起也够不上一百页的小册子。现在的出版社考虑经济效益，不大可能会印这样一册小书。要是当年没有那么多战争和运动，阿英能有一个安静的环境写作，将买书时有趣的见闻一一写下来，出一本专书或合集，那该多好。

阿英书话里有一篇《陵汴卖书记》，容易与“买书记”混淆。其实，这是一篇“正宗”的书话，内容是介绍自己所藏旧书《金陵卖书记》和《汴梁卖书记》。此文还引起了唐弢、姜德明的兴趣，二人也先后收藏了这两种书，且都撰写了书话。将三人的文章对读，极有意思。学术界有“学术共同体”一说，书话界也有一个“书话共同体”呢。

最近，有位肖毛先生撰写《〈小说闲谈〉系列的前世今生》一文，比较不同版本选目的差异。文中对《阿英全集》的编辑表示不解，即全集里完整保留了《小说闲谈》和《二谈》，而《三谈》和《四谈》汇集的文章被拆开作为“散篇”，好像不愿意承认它们的合法地位似的。对此，我所了解的情况是，编者确实是有意这样做的。原来阿英的小女婿是位作家，利用岳父的人脉，广交文艺界名流，出版过一册《艺文轶话》，有了一点名气。不想此公晚年与妻子离婚，从此闭口不谈阿英。而当阿英后人根据遗嘱将其所有藏书捐赠家乡图书馆时，发现许多珍本、善本不知去向；清点出的一万两千多册赠书，文献价值都不是很高。这当然引起公愤。当初此公染指编辑出版的各种阿英文选，都必须从全集里清除痕迹。这原是公开的秘密，可毕竟是别人家事，本不该在此饶舌；但这又关系到阿英著作版本的来龙去脉，就顾不得冒犯写在这里，免得阿英的研究者（如肖毛先生等人）再有什么疑惑。

顺便补说一句。鉴于上述原因，《小说闲谈》和《二谈》还有再版的可能，而《三谈》和《四谈》以及四种合刊本，应该是永远的绝版书了。

二〇一八年十月

校园里有条朱湘路

我上班的学校，前些年兴建新校区。校园不小，一些主干道都取了路名。有以校史上的文化名人命名的，例如朱湘路。

朱湘是与徐志摩、闻一多齐名的新月派诗人，安徽太湖县人，早年就读于清华大学，后赴美留学，回国后受聘于成立不久的国立安徽大学。当时的校址在安庆，但据说那就是安徽师范大学的前身。现在的安徽大学在合肥，也将他们的校史追溯到那里。关于校制的沿革，我没有什么兴趣。之所以在此提及，是因为日前在同事办公室的书橱里，见到一本《朱湘年谱》。

这是一册自印本。作者是朱湘老家太湖县政府的文职人员，有意撰写《朱湘传》，先弄了这本年谱，以“朱湘研究会”的名义筹款印出。朱湘英年早逝，文学生涯不长，文学活动的史实也较为清楚。我将年谱借回一阅，只是想看看朱湘在国立安徽大学的事迹。

时值乱世，国立安徽大学却办得很有气象。政府拨款较多，学校也不惜花高薪聘请教员。当时各县教育部门公务员月薪十元，国立安徽大学一般职员月薪五十至六十元，讲师两百至两百四十元，教授两百六十至三百四十元。根据校方记录，郁达夫是三百四十元，朱湘是三百元。罗念生《忆诗人朱湘》里也有相应的记载："朱湘回国后，在安徽大学教书，起初一段时间，生活似乎很优裕，每月薪金三百元，有闲钱买古董，如新出土的陶马、郑板桥的墨迹。"这件墨迹后来被鉴定为赝品，而那只陶马则在夫妻吵架时砸了。

朱湘生性过于敏感，不善与人相处。夫妻、朋友之间常常闹得不可开交，同事间的关系更加紧张。别说那些原本就看不惯他的旧派人物，同为新文学阵营者对他也印象不佳。苏雪林《我所见于诗人朱湘者》里说："记得有一次学校想派教职员四名到省政府请求拨发积欠经费。已经举出了两个人，有人偶然提到冯沅君和我的名字，忽然我听见同席上有人嬉笑着大声说：'请女同事去当代表，我极赞成。这样经费一定下来得快些。'这人便是诗人朱湘。沅君和我气得面面相觑。我想起来质问他这话怎样解说，但生来口才笨拙的我终于没有立起来的勇气。后来我问沅君为什么也不响，她说这人是个疯子，我们犯不着同他去呕气。"苏雪林即当年与冰心女士齐名的绿漪女士；冯沅君是陆侃如的妻子、冯友兰的妹妹、以小说集《卷葹》为鲁迅称道的淦女士。

以往的传记都说，朱湘前往国立安徽大学，意欲创建中国第一流的外国文学系，后因校方不予支持，又遭同僚排挤，才离开那里。年谱收集的校史资料表明，学校一开始还是很重视朱湘的。他虽有清华及留美的求学经历，却都没有毕业，连个学士学位也没有。学校不仅高薪礼聘，还委任他为文学院外国语文系主任。朱湘对系名不满，觉得应改为“英文文学系”。他的设想是，以英语讲授世界各国的文学。他多次向校方建议，未果。后来换了新校长，将外国语文系更名“英文学系”，将朱湘的建议删掉一个“文”字，变成只能教英国文学的了。朱湘觉得校委会的那班人水平太低，非常生气。几个月后，新学期开学，他没有接到聘书，失业了。这以后，他一直没有经济来源，生活窘迫，穷愁潦倒，乃至精神失常，投江自尽，年仅二十九岁。

校园里有条朱湘路，自然是以朱湘为荣。但想一想朱湘当年的经历和遭遇，又不禁令人唏嘘。天才的命运大概都是如此。生前遭冷落，是缺少“同情的理解”；死后被纪念，又何尝得到“同情的理解”呢？读了《朱湘年谱》，知道他在校的境况，再走上那条朱湘路，一定会有某种异样的感觉。

二〇一三年一月

“未晚斋”前传

吕叔湘是一位鼎鼎大名的语言学家，现代汉语研究的奠基者。但他年轻时的理想并非献身于汉语研究；后来走上这条学术之路，可以说是被动的。

吕叔湘早年就读于东南大学外国文学系，毕业后从事中学英语教学。一九三五年考取江苏省公费留学英国，翌年成行。先后在牛津大学人类学系、伦敦大学图书馆学科学习。抗战开始，吕叔湘提前回国，应聘于云南大学，教授英语，与施蛰存合住一屋。沈从文编《今日评论》，常约施蛰存写稿；施蛰存则劝吕叔湘也写点东西。一次，《今日评论》上刊登了朱自清的一篇《新的语言》，吕叔湘有不同的看法，施蛰存便逼他写出来。这就是他第一篇汉语语法论文《中国话里的主词及其他》。当时有谣言，说该文是云南大学某些人有意跟西南联大过不去，集体写的；因为吕叔湘是个生面孔，所以用他的名字发表。校方了解情况后，对吕叔湘更加重视，还给他加了一门中国文法课程。朱自清的文章收

好花時節不閒身
子愷畫

你问我的欢乐何在？窗头明月枕边书。

——戴望舒

进集子时，根据吕叔湘的意见做了修改，并予以说明。两人后经浦江清介绍结识，有过来往。

一九四一年，教育部门策划一套供中学教师使用的参考书，其中有叶圣陶和朱自清合著的《精读指导举隅》《略读指导举隅》等。计划里有一本讲文法的书，没有人写。由于顾颉刚的推荐，叶圣陶邀请吕叔湘加盟。这便有了奠定吕叔湘学术地位的名著《中国文法要略》。此后，吕叔湘常给叶圣陶主编的《中学生》《国文杂志》撰稿。一九五一年，在出版总署任职的叶圣陶又来找受聘清华大学的吕叔湘，说胡乔木要求《人民日报》搞一个讲语法的连载，供报刊编辑和一般干部参考；语言研究所不愿承担，所以要吕叔湘试试。于是，就有了吕叔湘、朱德熙合著的《语法修辞讲话》。《人民日报》还为此发表了社论。一时间，在全国范围掀起了学语法、教语法、研究语法的热潮。这在中国历史上是空前绝后的。吕叔湘也因此调到语言研究所工作。

再往后，吕叔湘的经历与那个时代的知识分子一样，几经磨难。直到改革开放，重新回到工作岗位上，环境和心情已完全不同。吕叔湘说："业务，有时候让干，有时候不让干；不管让不让，自己不想干，知道将来还用不用得上呢！"他又说："回想年轻的时候念过几年外国书，正在想在教书的空隙学着写些介绍外国作家和作品的时候，忽然改了行，钻起本国语言来。从此顺流而下，要回也回不来了。直到年过八十，本职工作已经放下，又遇到《读书》的编者来约稿，这才有重拾旧欢的妄想。"他在《读书》杂志上开了个专栏，发表了七篇读书札记，介绍外国的书人书事。栏目叫作“未晚斋杂览”；结集出书，收在“读书文丛”里，也用的这个名字。

其实，吕叔湘年轻时，曾经写过几篇杂览性质的文章。当时，有位教授说，此人不务正业，写些不三不四的文章。吕叔湘遂给这类文章加了个副标题“彡斋杂览”。“彡”就是“不三不四”。吕叔湘晚年说，现在无须跟人赌气了，“彡斋”改作“未晚斋”。

何谓“未晚”呢？吕叔湘在《未晚斋杂览》一书的序里解释道：“未晚者，已晚也。旧时训诂学里有反训这么一个项目，现在也还有训诂学家热心研究。我这算不算反训，我不知道，反正我是怀着‘已经晚了’的心情选择‘未晚’作为斋名的。正如一个人黑夜独行，嘴里说‘不怕！不怕！’其实心里是害怕的。”

二〇一三年三月

补说“爱书家”

台湾读书界的情况，我不了解，只知道那边有几位作者的书在大陆颇受欢迎。例如，吴兴文谈藏书票收藏的，钟芳玲介绍书店风景的，以及陈建铭翻译的书话（book chat）。前两者都是图文书，印刷精美，令人惊艳；我却更看好后者。西方书话类著作，大陆也有零星的译介，可大多不尽如人意。陈建铭翻译的《查令十字路 84 号》《藏书之爱》《嗜书瘾君子》，都称得上书话精品，译文流畅，注释详尽，特别是人名、书名和术语附有原文，很难得，也很有用。

我曾写过一篇题为《爱书家》的小文，说近来常听人讲什么“书爱家”，疑心是“爱书家”的变体；而中国最早使用爱书家一词的，应该是叶灵凤。早在写作于一九三六年的《读书随笔》中，他就谈到“真正的爱书家”，后来还写过《爱书家谢澹如》《爱书家的小说》等文。何谓爱书家呢？按叶灵凤的说法：“他必定是一个在广阔的人生道上尝遍了哀乐，而后才走入这种狭隘的嗜好以求慰藉的人。他固然重视版本，但不是为了市价；他固然手不释卷，但不是为了学问。他是将书当作了友人，将读书当作了和朋友谈话一样的一件乐事。”

我当时怀疑爱书家这一称谓，并非叶灵凤的原创，应该是从外文翻译过来的。因为他还提到两本今天难得一见的英文书：一是威廉·塔尔格选辑的《爱书家的游乐轮》，一是兹魏格（今译茨威格）作品的英译本《旧书贩及其他，给爱书家的故事》。叶灵凤没有注出原文，书名中的爱书家一词到底是 Bibliophile，还是 booklover，不得而知。我在那篇小文里说，如果是 booklover，望文生义，倒是可以直译为“书爱家”的。

陈建铭翻译《嗜书瘾君子》一书的注释里，提到威廉·塔格编的《爱书人狂欢宴》，即叶灵凤所谓《爱书家的游乐轮》，此处注出的书名原文是 Carrousel for Bibliophiles 。原来叶灵凤说的爱书家不是 booklover，而是 Bibliophile。这个单词，按字典的解释是“爱书者，藏书家”（A lover of books；A collector of books）。至于 carrousel 一词，字典的解释是“（游艺场中的）旋转木马”，所以叶灵凤译为“游乐轮”。然而，carrousel 也可能是 carousel 的变体，意思是“狂欢宴会”，陈建铭大概据此译为“狂欢宴”的吧。不知两人的译文，哪个更符合原作的意思？

不管怎样，叶灵凤所谓爱书家的英文即 Bibliophile，是确定无疑的。这个单词，原来也有藏书家的意思。但在叶灵凤心目中，爱书家有别于藏书家，也有别于读书家（张之洞《书目答问》卷二有云："乃藏书家所贵，非读书家所亟。"）。他曾经说："读书家必然就是爱书家，而坐拥万卷的藏书家却未必一定是一位读书家，更未必是懂得爱书三昧的爱书家。"他还说，"所谓'佞宋'，实在是最狭义的讲求版本，够不上称为一个爱书家，更谈不上读书家了。"将爱书家与藏书家以及读书家区别开来，应该是叶灵凤自己的发明了。

二〇〇九年五月八日

作为美术批评家的傅雷

傅雷以翻译家著称，可他的自我期许却是美术批评家。杨绛《〈傅译传记五种〉代序》里曾写道："从前在上海的时候，我们曾经陪傅雷招待一个法国朋友，锺书注意到傅雷名片背面的一行法文 Critique d'art（美术批评家）。他对美术批评始终很有兴趣。"

一

傅雷对于美术批评的"兴趣"，其实非同寻常。他早年在法国留学时就选修过美术史课程，常去参观美术馆、沙龙画展，拜访知名画家。刘海粟在巴黎时，两人过从甚密。一九三一年回国，傅雷所从事的第一份工作，便是担任上海美专教授，主讲美术史。《世界美术名作二十讲》一书，即是当时编译的讲义。

这本书自傅雷译著进入公共版权以来，两年间竟然出版了近二十个版本，其知名度直追当年的《傅雷家书》。但我一直有一个疑惑，即书里有多少是傅雷本人的研究心得？按当时外在和内在的学术条件，几乎可以肯定，该书绝大部分内容来自二手资料。后来看到该书原手稿的影印本，发现署名为“傅雷编”，后面还涂掉一个字，那显然是“译”字。自序中“是编参考书，有法国博尔德（Bordes）氏之美术史讲话及晚近诸家之美术史”一句，在手稿中也有涂改，隐约可见“是编蓝本……以 Bordes 氏为主……”等字样。我找不到博尔德的原著，又不懂法文，两者的相似度也就无从探究。

前些年，学者吕作用托人在法国国家图书馆查到博尔德的书，书名原来就是《美术史二十讲》（*vingt lecons d'histoire de l'art*）。除第十七讲与十八讲的位置颠倒，各讲标题和所选作品与傅雷《世界美术名作二十讲》高度一致。对照具体文本，吕作用的结论是：傅雷讲稿的前十一讲有不小的补充和改动，后九讲几乎就是博尔德讲稿的中译本。这一现象很好解释，因为傅雷的前十一讲曾在《艺术旬刊》上发表，经过加工；后九讲应该是初稿，未及修订。《世界美术名作二十讲》是一部编译之书，毋庸置疑。吕作用的研究论文已经公诸报刊，可惜未能引起读书界和出版界的响应，这本书至今仍被当作傅雷的原创作品流传于世。

二

傅雷在上海美专期间，还翻译了《罗丹艺术论》，油印发给学生作课外读物;此书与《世界美术名作二十讲》一样,也未在他生前出版。在其公开发行的翻译作品中,另有两部美术史著作:一本是一九四八年出版的《英国绘画》,一本是一九六三年出版的《艺术哲学》。前者是“英国文化丛书”中的一种,译文臻于完美,可读性极强;大概因为属于普及读物吧,关注这本书的人不多。后者是汉译经典名著,在美学和文艺学领域影响深远,但在美术界似乎没有引起足够的重视。

傅雷译介西洋美术史论的成果,主要就是这些。他的职业志向,则是通过教学传授美术理论和美术史知识,以促进美术创作。由于主客观多方面的原因,他的教学生涯几度中断。首先是看不惯刘海粟的办学作风,辞去上海美专的教职。一九三七年,北平艺专与杭州艺专合并为国立艺专。受校长滕固之请,傅雷就任国立艺专教务主任。但他到任不久,与滕固意见不合,又辞职离去。一九四九年,吴晗想要傅雷到清华大学教授法语,他却只愿教美术史,而学校没有这门课,只好作罢。傅雷的美术教育实践未能展开,他内心是很在意的。《傅雷家书》里有这样一句话:“解放以前,上海、杭州、北京的三个美术学校的教学各有特殊缺点,一个都没有把艺术教育用心想过、研究过。”

傅雷美术教育的理想无从实现,他的抱负在另一个领域却得以施展。他在该领域的所作所为,正是今天所谓独立策展人(independent curator)的工作。这在当时可谓绝无仅有,而且从世界艺术史上看也是超前的。

所谓独立策展人不同于在美术馆、博物馆等机构的常设策展人，也不同于组织商业性展览的画廊经纪人。作为合格的独立策展人，既要具备美术史、美术批评的专业知识，又要掌握项目策划、组织以及经费管理的能力。所有这些，傅雷完全具备。如果说一九三六年为亡友画家张弦举办的“遗作展览会”只是他初涉策展，那么，一九四四年为黄宾虹举办的“八秩纪念书画展览会”则是中国策展史上最成功的范例。关于画家黄宾虹与美术批评家傅雷的交往以及这次展览会，已有多篇论文，甚至还有一本专著予以论述。一九四六年，他还为友人庞薰琹举办绘画展览会。庞薰琹后来回忆道：“关于我的展览会的一切，傅雷全包了……展览会结束后，他给我一份清单，写得端端正正，清清楚楚，简直胜过银行的账册。”

有一点需要特别指出，即无论是“综合前人”的黄宾虹，还是“融合中西”的庞薰琹，当年展出的画作都可与傅雷本人的美术理念相互印证。

三

傅雷零星发表的几篇美术评论，包括一些早年不成熟时期所写的，尚不足以代表他的学术水准。倒是他写给刘抗、黄宾虹、傅聪等人书信中的相关文字，大致能够体现他的批评观。其中关于同时代画家的点评，更是爱憎分明、直言不讳。

傅雷推崇的现代画家是黄宾虹和齐白石，尤其是黄宾虹。致刘抗的长信中写道：“以我数十年看画的水平来说，近代名家除白石、宾虹二公外，余者皆欺世盗名；而白石尚嫌读书太少，接触传统不够(他只崇拜到金冬心为止)。宾虹则是广收博取，不宗一家一派，浸淫唐宋，集历代各家之精华之大成，而构成自己面目。我认为在综合前人方面，石涛以后，宾翁一人而已。”

关于张大千，傅雷不以为然：“大千是另一路投机分子，一生最大本领是造假石涛，那却是顶尖儿的第一流高手。他自己创作时充其量只能窃取道济的一鳞半爪，或者从陈白阳、徐青藤、八大(尤其八大)那儿搬一些花卉来迷人唬人。往往俗不可耐，趣味低级，仕女尤其如此。与他同辈的溥心畬，山水画虽然单薄，松散，荒率，花鸟的 taste 却是高出大千多多!”致黄宾虹的信中也说：“大千画会售款得一亿余，亦上海多金而附庸风雅之辈盲捧。鄙见于大千素不钦佩，观其所临敦煌古迹多以外形为重，至唐人精神全未梦见，而竟标价至五百万元(一幅之价)，仿佛巨额定价即可抬高艺术品本身价值者，江湖习气可慨可憎。”

至于吴湖帆，更是不入傅雷的法眼：“又吴湖帆君近方率门人一二十辈大开画会，作品类多，甜熟趋时，上焉者整齐精工，模仿形似；下焉者五色杂陈，难免恶俗矣。如此教授为生徒鬻画，计固良得，但去艺术远矣。”

傅雷早年对刘海粟抱有希望，可后来的评价十分严苛。《傅雷家书》有云：“伦伦(按：刘海粟长女刘英伦)的爸爸在黄宾虹画展中见到我，大为亲热。这次在华东出品全国的展览中，他有二张油画，二张国画。国画仍是野狐禅，徒有其貌，毫无精神，一味取巧，骗人眼目；画的黄山峭壁，千千万万的线条，不过二三寸长的，也是败笔，而且是琐琐碎碎连接起来的，毫无生命可言。那天看了他的作品，我就断定他这一辈子的艺术前途完全没有希望了。我几十年不见他的作品，原希望他多少有些进步，不料仍是老调。而且他的油画比以前还退步，笔触谈不到，色彩也俗不可耐，而且俗到出乎意外：可见一个人弄艺术非真实、忠诚不可。他一生就缺少这两点，可以嘴里说得天花乱坠，实际上从无虚怀若谷的谦德，更不肯下苦功研究。”致刘抗的信中，也有类似的评语：“来书以大师（按：刘海粟。下同）气魄豪迈为言，鄙见只觉其满纸浮夸（如其为人），虚张声势而已。他的用笔没一笔经得起磨勘，用墨也全未懂得墨分五彩。”又：“老辈中大师依然如此自满，他这人在二十几岁时就流产了。以后只是偶尔凭着本能有几幅成功的作品。解放以来的三五幅好画，用国际水平衡量，只能说平平稳稳无毛病而已。近年来陆续看了他收藏的国画，中下之品也奉作妙品；可见他对国画的眼光太差。我总觉得他一辈子未懂得（真正懂得）线条之美。”又：“至于从未下过真功夫而但凭秃笔横扫，以剑拔弩张为雄浑有力者，直是自欺欺人，如大师即是。还有同样未入国画之门而闭目乱来的，例如徐悲鸿。最可笑的，此辈不论国内国外，都有市场，欺世盗名红极一时，但亦只能欺文化艺术水平不高之群众而已。”

傅雷对庞薰琹的艺术发展也颇为失望:“庞薰琹在抗战期间在人物与风景方面走出了一条新路,融合中西艺术的成功的路,可惜没有继续走下去,十二年来完全抛荒了。”

傅雷晚年唯一看好的画家是林风眠:“现在只剩下一个林风眠仍不断从事创作。诗意浓郁,自成一家,也是另一种融合中西的风格。以人品及良心与努力而论,他是老辈中绝无仅有的人了。”

四

以上批评文字摘自傅雷的书信,挂一漏万;但他对现代画坛的意见,可见一斑。

或许有人以为这些都是私下的评论,不足为凭。然而,傅雷生性严谨,从不信口开河;他写下这些文字,自然经过深思熟虑。致刘抗的信中有言:“你读了以上几段可能大吃一惊。平时我也不与人谈,一则不愿对牛弹琴;二则得罪了人于事无补;三则真有艺术良心、艺术头脑、艺术感受的寥若晨星,要谈也无对象。不过我的狂论自信确有根据,但恨无精力无时间写成文章(不是为目前发表,只是整理自己思想)。”可见,傅雷知道别人看到他的“狂论”会有怎样的反应。而且,对于这些“狂论”,他自认有理有据,因而底气十足。

或许有人以为这些评论带着强烈的个人情感色彩,过于偏激,充满偏见。其实,任何批评都是一己之见,四平八稳、不痛不痒的文字就谈不上批评了。关键在于这种一己之见，是出自私心杂念还是出自对艺术的真诚。傅雷与黄宾虹的关系当然包含私人感情，但他的评价并非感情用事。当他发现黄宾虹晚年的某些尝试有悖于他的艺术理想，也曾直言相告："惟小册纯用粗线，不见物象，似近于欧西立体、野兽二派，不知吾公意想中又在追求何等境界。鄙见中外艺术巨匠毕生均在精益求精，不甘自限，先生自亦不在例外，狂妄之见，不知高明以为然否？"他与刘海粟的私人关系比较复杂。所谓"决裂"以致"绝交二十年之久"，只是傅雷单方面的行为。究其原因，《傅雷自述》中有言："刘海粟待我个人极好，但待别人刻薄，办学是商店作风，我非常看不惯。"但这些现实生活中的好恶，并不影响他对刘海粟艺术成就的评价。致刘抗的信中说得很清楚："以私交而论，他（按：刘海粟）生平待人，从无像待我这样真诚热心、始终如一的；可是提到学术、艺术，我只认识真理，心目中从来没有朋友或家人亲属的地位。所以我只是感激他对我友谊之厚，同时仍不能不一五一十就事论事批评他的作品。"

像这样坚持艺术至上、丝毫不徇私情的批评家，扪心自问，当今文艺界有几人能够真正做到这一点！

二〇一八年四月

傅雷的理财之道

我没有收集版本的癖好，但见到辽宁教育出版社新出的《傅雷家书》，还是买了一本。这一方面是因为此书较我原有三联书店版的增加了八万多字，并穿插了大量照片；另一方面也是想借机重温一下这部曾令我感动的书。

尽管书中许多关于艺术和人生的阐述，今天看来仍是至理名言，却让我有了恍若隔世的感觉。现在吸引我的，已不是人生哲理、艺术经验、中西文化比较之类，而是以前从未留意过的日常琐事，例如“安排收支等等的理财之道”。

在一九六四年三月一日的信中，傅雷写道：“‘理财’，若作为‘生财’解，固是一件难事，作为‘不亏空而略有储蓄’解，却也容易做到。”他所谓理财，不是指发财，也不是指守财，而是指生活有条理，收支相抵而略有剩余。他对傅聪说，古往今来的艺术家，多半不会生活，不是他们的光荣，而是他们的失败。失败的原因并非真的对现实生活太笨拙，而是不去注意理财之道。其实，只消把对付艺术的注意力拿出一小部分来应付一下，就绰绰有余了。在傅雷看来，要保持艺术的尊严、人格的独立，控制物质更成为最迫切、最需要的先决条件。光是瞧不起金钱不解决问题，相反，正因为瞧不起金钱而不加控制，不会处理，临了竟会吃金钱的亏，做物质的奴役。

傅雷是这么对儿子说的，自己也是这么做的。他家衣食住行的固定开支，每月要多少，零用钱要多少，都以量入为出的原则做出计划，然后严格执行。在最困难的时候，曾经把每月的每一笔开支，分别装在信封内，写明“伙食”“水电”“图书”等。一个信封内的钱用完了，决不挪用别的信封内的钱，更不提前用下个月的钱。

这些家用的账目，现在当然看不到了。不过，去读傅雷给黄宾虹的信，还是可以见识他理财方面一贯的严谨。一九四三年，傅雷在沦陷区上海为黄宾虹操办了首次个人画展。展出的作品都是黄宾虹从北平寄来的，由傅雷全权处理所有事务，包括确定画的售价。傅雷在通信中将来往账目一笔一笔算得清清楚楚，俨然一位精细的艺术经纪人。

最触目惊心的一份账单，应是新版《傅雷家书》最后影印的那封遗书。傅雷在决定结束生命之际，所交代的竟然都是些钱财之事：“一、代付九月房租五十五点二九元（附现款）。……三、故老母余剩遗款，由人秀处理。……五、六百元存单一纸给周菊娣（保姆），作过渡时期生活费。……六、姑母傅仪寄存我们家存单一纸六百元，请交还。……八、姑母傅仪寄存我们家之饰物，与我们自有的同时被红卫兵取去没收，只能以存单三纸（共三百七十元）又小额储蓄三张，作为赔偿。……十一、现钞五十三点三元，作为我们火葬费。”

连火葬费都预付了，古今中外如此“理财”的，能有几个？

二〇〇四年一月八日

是《狂人日记》还是《猎人日记》

《想像张爱玲》是一部论述张爱玲研究史的力作，本文意旨不在评价该书，只是试图澄清其中的一处细节。

该书第一章转引傅雷《论张爱玲的小说》中称《金锁记》“颇有《狂人日记》中某些故事的风味”一句，下有注释云：“我认同《猎人日记》应为《狂人日记》之误印的说法。当时论张，将其与鲁迅相联系，已有胡兰成。只因后来的流行意识形态排斥一切，才在过分纯洁化的过程中压抑了张爱玲与鲁迅关系这类话语。邵迎建认为《猎人日记》非《狂人日记》（《传奇文学与流言人生》二〇一页）。我不取此说。”那么，傅雷原文中到底是《狂人日记》还是《猎人日记》呢？

在已出版的傅雷著作及相关资料中，一律作《猎人日记》；在关于张爱玲的数十种研究论著和资料集中，则多为《狂人日记》。有研究者还由此立论，比较《金锁记》与《狂人日记》，进而比较张爱玲与鲁迅。对于“狂人日记”一说，除了上述邵迎建书中有不同的看法，仅见余斌《张爱玲传》中表示过疑惑。其脚注称“此处《狂人日记》不知是指鲁迅的还是果戈里的”,这是隐约地感觉到用鲁迅的那篇小说作比不太合适。

仔细揣摩傅雷的原文便可发现,若是《狂人日记》,整个句子似乎不太通顺。鲁迅的《狂人日记》虽为小说,故事性却并非其优势。用其中的“某些故事”作为评估艺术价值的参照系,于理不通。而“风味”一词虽与“风格”的意思相近,可说《狂人日记》有“风味”,有一定语感的读者,不免会觉得别扭。屠格涅夫的《猎人日记》(又译《猎人笔记》)是一部小说集,其中自然有“某些故事”。屠氏小说具备诗的情调和特色,与《金锁记》的抒情风格正相吻合,均可用“风味”来形容。

再说,傅雷是一位独具个性的艺术评论家,有着不同于主流意识形态的见解,特别在当时。中国现代作家中,张爱玲之外,傅雷所推崇的唯有老舍。这篇《论张爱玲的小说》原稿中就有一段批评巴金的话,当年在《万象》上发表时,被主编柯灵擅自删去,为此,他还大发雷霆。至于鲁迅,现存所有傅雷的文字都未见提及,不好妄加猜测。除了早年译过屠格涅夫的散文诗,傅雷也没有译过他的小说。但包括屠格涅夫在内的十九世纪欧洲小说,像古希腊的雕塑、文艺复兴的绘画一样,是傅雷心目中艺术境界的最高典范。因此,了解傅雷艺术趣味的人,便从没有怀疑过用《猎人日记》作比附有什么不妥。

然而,张爱玲的研究者和爱好者,绝大部分都认为应该是或宁愿相信是《狂人日记》。究其原因主要有二：其一，张爱玲长期受到文学史的冷落，欲为其争得与鲁迅齐名的地位，便有意将两人并列比较。其二，将《金锁记》与《狂人日记》对照阅读，的确能够发现二者之间有一些“可比性”。但这些理由都是“后设”的，凭此只能说我们认为张爱玲的《金锁记》可比鲁迅的《狂人日记》，不足以证明傅雷本意就是如此。

要知道傅雷的原文究竟如何，其实无须作繁琐的考辨，翻一下《万象》原刊即可。《万象》一九四四年五月号第五十三页上，赫然印着的是《猎人日记》，而且“猎”字是繁体，与“狂”字的字形相去甚远。如果傅雷本人未作订正，无论如何也不能想当然地认为《猎人日记》是《狂人日记》之误印。剩下的可能性是，从《万象》上转录《论张爱玲的小说》一文时，有人不慎将“猎”字误植为“狂”字，后人不察，以讹传讹，才会出现《狂人日记》一说。

综上所述，是《狂人日记》还是《猎人日记》的问题，既关系到对张爱玲《金锁记》的评价，也关系到对傅雷文艺批评标准的理解，更关系到当今文学研究中的某种学风。据赵元任《忆寅恪》一文所记，陈寅恪当年在清华国学院常对人说：“你不把基本的材料弄清楚了，就急着要微言大义，所得的结论还是不可靠的。”针对今天的学术界，这样的告诫仍然是切中要害的。

二〇〇五年十二月二十三日

电话和信：写在《围城》边上

《围城》第三章写方鸿渐邀请苏文纨、唐晓芙二位小姐到“峨嵋春”吃饭，结果只有唐晓芙一人赴约。进餐时，方要唐的住址：

他看她写了电话号数，便说：“我最恨朋友间通电话，宁可写信。”

唐小姐：“对了，我也有这一样感觉。做了朋友应当彼此爱见面；通个电话算接触过了，可是面没有见，所说的话又不能像信那样反复看几遍。电话是偷懒人的拜访，吝啬人的通信，最不够朋友！并且，你注意到么？一个人的声音往往在电话里变得认不出，变得难听。”

“唐小姐，你说得痛快。我住在周家，房门口就是一架电话，每天吵得头痛。常常最不合理的时候，像半夜清早，还有电话来，真讨厌！亏得‘电视’没普遍利用，否则更不得了，你在澡盆里、被窝里都有人来窥看了。教育愈普遍，而写信的人愈少；并非商业上的要务，大家还是怕写信，宁可打电话。我想这因为写信容易出丑，地位很高，讲话很体面的人往往笔动不来。可是电话可以省掉面目可憎者的拜访，文理不通者的写信，也算是个功德无量的发明。”

一

方鸿渐关于电话和信的议论不能看作脱口而出的即兴表演，他不只是说说而已。而第三章中，他确实从没有主动拨过一次电话。他对电话的最初印象是厌烦：“这电话就装在他卧室外面，他在家时休想耳根清净。他常听到心烦，以为他那未婚妻就给这电话的‘盗魂铃’送了性命。”这是小说第一次提到电话，方鸿渐的感觉在与唐小姐的对侃中又有重申。方鸿渐也动过几次打电话的念头，如苏文纨来电话告诉不能践约后，他想再与苏通个电话问唐晓芙是否去。再如后来，唐晓芙唇枪舌剑数落他一通，打电话以图和解，他却以为是苏文纨打的，对着话筒厉声臭骂，发现对方挂了，他又想再打，逼对方听完。可是，不论出于怎样的考虑，两次他都没去拨。还有，那天与唐小姐欢宴结束，要汽车行放辆车来送她回家，电话非打不可了吧，但小说中写的是方鸿渐“分付跑堂打电话”。他可真是做到“言行一致”了。

方鸿渐对信的偏爱却有些过分，近于“恋信癖”。第三章中就全文照录了他好几封信，有文言的，有白话的，他甚至还想用英文写信。在与唐晓芙的交往中，写信是方鸿渐激情的最佳寄托，那次饭后的一个多月里，他与唐见面七八次，写信给她竟有十几封。“他写的信变成一天天的随感杂记，随身带到银行里，碰见一桩趣事，想起一句话，他就拿笔在纸上跟唐小姐切切私语，有时无话可说，他还要写信的时候总觉得这是慰情聊胜于无，比不上见面；到了见面，许多话倒讲不出来，想还不如写信。”和苏文纨撕破脸皮后，他写信给唐晓芙，把自己的未来命运交付对方。等了四五天，没有回信，他“把自己的信背了十几遍，字字推敲，自觉并无开罪之处”，又写了一封信。在与苏文纨相处时也是这样。由于方鸿渐暧昧的态度与冒失的举动，常常弄出尴尬的局面。这时，他总是试图用信来解决。一次关于扇上的题诗，他不知是苏所作，信口揭露作者的剽窃行为，闹得大家不欢而散。为挽回局面，更为在唐晓芙面前显山露水，他写了一封谎话连篇的信。另一次是他魂不守舍地吻了苏后，回到家中赶紧去信表明态度，后竟可笑地以为苏会失意而自杀，又追写一封信去安慰——他对信的迷恋简直可称“迷信”了。

方鸿渐宁可写信，不愿打电话，这与他的生性有关。他是一个思想大于行动的人，擅长纸上谈“情”。独自一个或事后，思维很清楚；正面接触，甚至通电话时，便常常处于被动，忙着应付，手足无措，要么词不达意，要么信口开河。骗得周经理的资助，骗得博士文凭，都是通过信，若要当面交涉，怕一件也办不成。他自觉或不自觉地偏好通信的习惯，正是潜意识地对直接交往缺乏信心。

二

唐晓芙讨厌电话，有一个特别的理由，就是“一个人的声音往往在电话里变得认不出，变得难听”。说“变得认不出”是事出有因。她刚刚打电话给方鸿渐，被周太太误认为苏文纨。这也为后来至关重要的误会埋下伏笔。说“变得难听”是别有一种潜意识作祟。她出身名门，聪明漂亮，“脾气高傲”，但在苏文纨的交际圈里，她只能是那位留洋女博士的陪衬人。她却不甘成为别人的附庸。说“变得难听”正是在被误认是苏的前提之下，这多少流露出她内心的不满。那次赴宴前有些细节可作旁证，苏电话通知她不去了，唐晓芙自己也不想去了；但苏一再打电话催她回了方鸿渐，她却决定非去不可。她对苏的态度可见一斑。

唐晓芙不喜欢打电话，但她还是先后两次主动打给方鸿渐。一次没有打通，给她赴宴留下回旋余地，这是两人关系发展的开始；一次打通了，却被误认为是苏文纨，遭到莫名其妙的辱骂，这是两人关系决裂的关键。尽管她后来对电话中的误会已有察觉，终因心高气傲，没有再做努力。在唐晓芙与方鸿渐之间，电话不仅没有能够为他们沟通情感提供方便，反而造成更深的误解，葬送了一段姻缘。

唐晓芙总共给方鸿渐写过七封信，内容是什么，文笔如何，我们无从知晓，可至少在方鸿渐的眼里，这些信无疑是异常精彩、异常珍贵的。他用唐“送给他吃的夹心朱古力糖金纸匣子”装着。匣子本是装糖的，现在用来装信，这两者品味起来，不是甜在嘴上就是甜在心里，况且“糖”与“唐”谐音，不知这是巧合还是有意安排？唐晓芙对方鸿渐的来信也很看重，大概也曾“反复看几遍”。最后一次见面，她出来时手里拿个大纸包，是准备退还的方的来信，当时又没让带走。凭着唐的精明，怕不是一时遗忘。没有给，似乎有藕断丝连的不舍之意。之后在电话里遭到莫名其妙的辱骂，才让包车夫送去，并要“回件”，即收回自己写去的信。信者，信物也，各自交还信件，自然情断义绝，连挽回的可能性都没有了。

对待信的态度，唐晓芙与方鸿渐基本上一致，而与苏文纨相左。苏是不太看重信的作用的，方给她的三封信，第一封看了，却还要方在电话里作补充；第二封连信封都未拆，就要听方亲口说；第三封更如泥牛入海了。仅从这一点看，方鸿渐与唐晓芙要算是“志同道合”，而与苏文纨可谓“道不同不相为谋”。方鸿渐的亲疏有别，决非心血来潮的选择了。

三

说苏文纨完全排斥通信，是不够准确的。她先拿赵辛楣的信在方鸿渐面前卖弄，后拿曹元朗的信在唐晓芙面前炫耀，只是她自己从没有写过一封信。个人兴趣，性情慵懒，都不是充分的托词，这里实有难言之隐。让我们回顾一下方鸿渐说过的话："我想这因为写信容易出丑，地位很高，讲话很体面的人往往笔动不来。可是电话可以省掉面目可憎者的拜访，文理不通者的写信，也算是个功德无量的发明。"这当然是泛泛而谈，可将它放在苏文纨身上，却也十分贴切。苏是留洋的博士，可谓"地位很高"，至于讲话的"体面"，方鸿渐初到苏府就"诚心佩服"了。她的文字功夫如何呢？据小说交代，她写有博士论文《十八家白话诗人》，到底写得怎样，没人见过。可读她偷外国民歌而作的诗，说"文理不通"不算冤枉。既然是被誉为"苏东坡的妹妹"的大才女，写出的信让人无法卒读，那可真是"出丑"了。最明智的做法只有一个：不写。

和方鸿渐"宁可写信"截然相反，苏文纨是"宁可打电话"。在第三章中，她有案可查的打过十二次电话。如果留意一下苏在该章节的地位及表现，就会察觉到她很像欧洲上流社会沙龙里的女主人。方鸿渐、唐晓芙、赵辛楣、曹元朗、沈先生、沈太太，还有未出场的王尔恺都是围着她转的行星或卫星，至于褚慎明、董斜川与她疏远些，也因为他们不在圈子里，引力未能发挥作用。这样一个人物，自然习惯指使或干涉别人。她要把别人都捏在自己手中，随时"叫来唤去"，而决不会将自己的命运交付别人。在这种情况下，电话无疑是往来周旋的最佳工具，既可达到传情达意的目的，事情过后又没有任何留痕，不像信，说不定就成了把柄或笑柄。

苏文纨所打的电话,达到预期目的的并不多,但它们对小说情节的发展起着推波助澜的作用。她的第一个电话是打给方鸿渐的,说是不能去峨嵋春赴宴了,然后接连打了三个电话给唐晓芙,让她也辞掉方的邀请。不甘听人调遣的唐晓芙偏偏与之拧上劲,只身赴约,宴罢归来,又听说苏来电话,“唐小姐气愤地想,这准是表姐来查探自己是否在家。她太欺负人了!方鸿渐又不是她的,要她这样管着?表姐愈这样干预,自己偏让亲近”。苏文纨一次次电话把唐晓芙推到方鸿渐那边去了。后来打破三人之间明来暗往的平衡局面的,也是苏文纨的三次电话。赵辛楣宴请、方鸿渐大醉的第二天,苏文纨上午一个电话、下午一个电话去方处问病,晚上又来电话约方夜谈,这才有方鸿渐鬼使神差的月下一吻。整章故事急转直下,苏文纨翻脸,唐晓芙反目,一场云里雾里的恋爱游戏,顿时烟消云散。

四

我们已经看到,《围城》第三章里的电话和信,与方鸿渐、唐晓芙、苏文纨三人的个性、处世原则以及故事情节的起承转合,存在着种种天衣无缝的机缘巧合。此外,关于电话和信的选择,还蕴藏着某些颇具典型的心理。

通信是有着悠久历史的传递方式,而电话是近代工业文明的产物。在当今社会,两种通讯工具并用,各有各的存在理由。一般人似乎并不深入地追究，但对于一些敏感的人，天平总是倾向于信的一边。他们当然知道电话传送信息时的方便与快捷，但是他们总是念念不忘信在交流情感时的优势。余光中有《催魂铃》一文，专说电话和信的比较。所谓“催魂铃”就是方鸿渐说的“盗魂铃”。该文有一段文字与方、唐对侃的内容如出一辙：“比起电话来，书信的好处太多了。首先，写信阅信都安安静静，不像电话那么吵人。其次，书信有耐性和长性，收到时不必即拆即读，以后也可以随时展阅，从容观赏，不像电话那样即呼即应，一问一答，咄咄逼人而来。”董桥散文《一室皆春气矣》主旨也是电话的薄情、信的多情。标题出自梁鼎芬致缪荃孙信中的一句：“寒天奉书，一室皆春气矣。”文中说：“上一辈的人好像都比较体贴，也比较含蓄，又懂得写信比打电话、面谈都要有分寸的道理。”还说，“书信因为是书信，不是面对面聊天，写信的人读信的人都处于心灵上的孤寂境界里，联想和想象的能力于是格外机敏。”今天，我们在一些时新的杂志和报纸副刊上，仍能常常读到类似的言论，诸如宁愿写信不愿打电话，宁愿用笔写不愿用电脑写，等等。

如此联系起来看，电话和信的问题，实际上是一个文化心态的问题。

一九九八年一月

《围城》中董斜川的诗

《记钱锺书与〈围城〉》中说:“有两个不甚重要的人物有真人的影子,作者信手拈来,未加融化,因此那两位都‘对号入座’了。一个满不在乎,另一位听说很生气。锺书夸张了董斜川的一个方面,未及其他。但董斜川的谈吐和诗句,并没有一言半语抄袭了现成,全都是捏造的。褚慎明和他的影子并不对号。那个影子的真身比褚慎明更夸张些呢。”杨绛先生点到为止,未曾道出两人的真实姓名。“钱学家”们却早已考证,褚慎明系影射许思园,董斜川的原型则是冒孝鲁,即《谈艺录》小引中提到的“吾党言诗有癖者”冒景璠。

冒孝鲁字景璠,别号叔子,著有《叔子诗稿》(安徽文艺出版社一九九二年二月版,封面有钱锺书题签)。一九三八年,冒孝鲁由欧洲回国,与钱锺书同船,遂定诗交。《叔子诗稿》与《槐聚诗存》中均收有两人大量唱和之作。说小说“夸张了董斜川的一个方面”,自然没有问题;说“董斜川的谈吐和诗句,并没有一言半语抄袭了现成”,语气似乎过于肯定了。

董斜川的谈吐颇为可笑,可细想一下,话说的还是很内行的。冒孝鲁“言诗有癖”却未留下文字，董斜川谈诗的话有多少与之观点接近，已无从核实了。但董斜川的诗句有些是确有“现成”来源的。

例如第一句：“好赋归来看妇靥，大惭名字止儿啼。”此句曾引起在座几位的一番谈论。《叔子诗稿》收有冒孝鲁一九二八年写的《还家作》，首句即为：“妇靥犹堪看，儿啼那忍嗔。”钱锺书是熟悉此句的，他在《得孝鲁书却寄》诗题记中还写道：“余在昆明，孝鲁寄示还家诗云：‘妇靥犹堪看，儿啼那忍嗔。’余复书谓君诗甚辣，此则似蜜渍姜，别是风味。”

再如“秋气身轻一雁过，鬓丝摇影万鸦窥”一句，曾引起方鸿渐的疑惑：“一万只乌鸦看中诗人几根白头发，难道‘乱发如鸦窠’，要宿在他头上？”一九三九年冒孝鲁作《暑中怀客岁渡红海时情景追纪以诗并怀同舟诸子》，诗中有：“凭栏钱子睨我笑，有句不吐意则那。顾妻抱女渠自乐，从从乱发攒鸦窠。”钱子即钱锺书，其时钱媛刚满周岁，随父母一同回国，故有“顾妻抱女”。而“攒鸦窠”的自然是钱锺书的“从从乱发”了。钱锺书读到这首诗时的感觉一定颇微妙，并留下很深的印象，才会有借方鸿渐之口，重提“乱发如鸦窠”，算是对冒孝鲁诗句的一个幽默的回应吧。

董斜川的诗句除了有从冒孝鲁诗中借用改造的，也还有脱胎于钱锺书本人诗作的。如“直疑天尚醉，欲以日偕亡”，就是出自钱锺书《欧洲休战纪念十七周年赋》诗中“人犹喜乱疑天醉，予与偕亡到日残”一句。

二〇〇四年七月

《七缀集》中的一个讹字

《七缀集》里《读〈拉奥孔〉》一文中有:“从那简单一句话里,我们看出他已悟到时间艺术只限于一刹那内的景象了。”(上海古籍出版社一九八五年版三十一页)“那简单一句话”指的是《梦溪笔谈》中所谓“凡画奏乐,止能画一声”。沈括谈的是画而非乐,画是空间艺术,乐是时间艺术,且是画而非乐只限于一刹那内的景象,故句中“时间艺术”应为“空间艺术”之误。

查《旧文四篇》知该句已作修改,原为:“从那简单一句话里,可见他对一刹那景象的一面观的道理已稍微觉察。”(上海古籍出版社一九七九年版二十九页)文中曾谈及,莱辛认为“绘画更是这一刹那景物的一面观”。沈括觉察的显然是空间艺术即绘画的特征,而非时间艺术的规律。

《管锥编》第二册里有一段内容几乎一样的话:“‘止能画一声’,可参观徐凝《观钓台画图》:‘画人心到啼猿破,欲作三声出树难’,正莱辛‘空间艺术’所谓于全事止能示某一片刻之某一面。”（中华书局一九七九年版七百一十九页）其间，“空间艺术”四字赫然在目。

将“空间艺术”中的“空”误写为“时”，不是作者修改旧文时的笔误，便是印刷排版时的误植。可后来出版的《七缀集（修订本）》（上海古籍出版社一九九四年版三十六页）以及《钱锺书集·七缀集》（三联书店二〇〇〇年版四十二页）中这个讹字仍未被校订过来。

二〇〇一年七月二十一日

钱锺书用过的室名

古代的文人喜欢给自己的住所起个名号，既可以“正名”，又可以“言志”，真是不错。许多现代知识分子，也颇有这种雅兴。钱锺书先生便是其中之一。

钱锺书第一次公开自己的室名，是执教西南联大期间。他在联大教授主办的《今日评论》周刊上，连续发表了四篇“冷屋随笔”。这些文章后来均收入《写在人生边上》一书里。“冷屋”应是指他在昆明文化巷十一号内的宿舍。

钱锺书晚年将自己的诗集定名为《槐聚诗存》。人们都知道，“槐聚”是他的别号，但这个词，最早出现在他曾用过的一个室名中。一九四五年，他在傅雷主编的《新语》上刊出几首旧体诗，总题《槐聚庑诗》。钱基博、钱基厚两家为避战乱，在上海法租界合租一幢小楼，即“辣斐德路钱家”。一九四一年夏，钱锺书由湘返沪，便与妻女挤住楼内的亭子间中。“槐聚庑”想必指的此处。后来，有人问“槐聚”之意，钱锺书回答，典出自元好问的诗句：“枯槐聚蚁无多地，秋水鸣蛙自一天。”其实，他写于一九四二年的《谈艺录·序》里，就曾用过这个比喻：“予侍亲率眷，兵罅偷生。如危幕之燕巢，同枯槐之蚁聚。”

钱锺书《〈宋诗纪事〉补正》题记的落款是“槐聚识于蒲园之且住楼”。杨绛《记〈宋诗纪事补正〉》中说：“我家曾于一九四九年早春寄居蒲园某宅之三楼，锺书称为且住楼。”这“蒲园之且住楼”，即林子清《钱锺书先生在暨大》中提及的“搬到蒲石路（又名长乐路）”。中华人民共和国成立前夕，钱家其他人先后离去，“我们仨”租居整幢楼房，在通货膨胀迅猛的年代，显然不适宜。钱锺书由辣斐德路搬到“蒲园某宅之三楼”，不知是否由于这个原因？

《槐聚诗存》收有《容安室休沐杂咏》十二首。据杨绛《我们仨》记载，一九五二年，院系调整，钱锺书一家从清华园搬入新北大的中关园，整座住宅面积七十五平方米，称“容安室”或“容安馆”。“容安”取自《归去来兮辞》中的“审容膝之易安”。《杂咏》第一首可作解题：“曲屏掩映乱书堆，家具无多位置才。容膝易安随处可，不须三径羡归来。”近日由商务印书馆影印出版的《钱锺书手稿集——容安馆札记》，就是在这里写的读书笔记。

钱锺书用过的室名，也许还有一些。仅从上述几个可见，它们都多少反映出钱锺书当时当地的心情、心境、心态。远离妻女家人，独在一所避寇僻地的大学任教，把宿舍叫“冷屋”；孤岛沦陷，一大家子人挤居一处，取名“槐聚庑”；中华人民共和国成立前夕，文人纷纷“南下与北上”（钱理群语)之际,将居所名为“且住楼”;中华人民共和国成立初期,知识分子思想改造之时,取“容膝易安随处可”之意,称作“容安室”或“容安馆”。这些名称,都很是耐人寻味。

杨绛《记钱锺书与〈围城〉》中说:“《槐聚诗存》的作者是个‘忧世伤生’的锺书。”我们从钱锺书用过的室名上,也可以看到一个“忧世伤生”的钱锺书。

二○○三年十二月

钱锺书旅台诗笺证

钱锺书晚年致苏正隆函有云:“台湾为弟旧游之地,尝寓草山一月……”这是其本人唯一一次谈到自己一九四八年的台湾之行。学者林耀椿循此线索,查访资料,撰写了《钱锺书在台湾》一文。原来,钱锺书是跟随国民政府教育部文化宣慰团一同赴台的,其间还做过一次学术演讲。相关活动,当年《自立晚报》上有连续报道,演讲记录稿也全文刊登。在此,我想追问的是:钱锺书为什么会有这次台湾之行?除了参与公务,他私下还有哪些交往?他对台湾居住环境和人文环境的印象如何?这与他一九四九年的选择是否有着某些潜在的因果?

《槐聚诗存》里,收录了钱锺书旅台期间所写的两首七言律诗。我们或许可以从中一窥端倪。

一

空明丈室面修廊，睡起凭栏送夕阳。
花气侵身风入帐，松声通梦海掀床。
放慵渐乐青山静，无事方贪白日长。
佳处留庵天倘许，打钟扫地亦清凉。

这首诗题为《草山宾馆作》。诗后有作者自注："樊南乙集序，方愿打钟扫地，为清凉山行者。"

草山是一个不起眼的地名，草山宾馆似乎也没有什么特别。但若是知道这个草山就是今天的阳明山，就要另眼相待了。至于草山宾馆的身世，更是不同一般。一九二三年日据时期，为接待皇太子裕仁（即后来的昭和天皇）建造草山御宾馆，主楼及附属庭园近二千坪。蒋介石刚到台湾时，曾在此短暂居住；后长期作为孙中山之子孙科的官邸。蒋介石夏季避暑的草山行馆（即草山老官邸）也在附近。草山因多生茅草而得名。据说，蒋介石初到此地，获悉山名，颇为不悦，觉得有落草为寇之嫌；遂以弘扬王阳明精神为由，改称阳明山。钱锺书晚年特别提及"草山"，想来对这些掌故多少知道一点。

钱锺书入住草山宾馆，是作为政府文化宣慰团成员，参加教育部在台主办的文物展览会活动。这项活动由时任教育部长的朱家骅发起，名义上是要让台湾同胞了解祖国文化。参展的历代文物和善本图书由中央图书馆、中央博物院、故宫博物院及沪上藏家提供。为配合展览，还组织了系列学术讲座。此次活动的负责人，是中央图书馆馆长蒋复璁。钱锺书当时担任该馆英文杂志《书林季刊》(Philobiblon)的主编，颇受器重；受邀加入文化宣慰团，本是近水楼台。

钱锺书自称"寓草山一月"，大致不错。文化宣慰团乘船于一九四八年三月十八日抵达宝岛，文物展览会于二十四日开幕，三周后撤展返回大陆，前后正好一个月左右。据记载，钱锺书此行的主要公务，仅是做一场公开演讲，时间是四月一日上午，地点是台湾大学法学院，题目是《中国诗与中国画》。几年前，他撰写过同题学术论文发表，因而不需要花多少时间准备讲稿。旅台期间，他应该十分清闲。客居草山宾馆一月，无异于度假疗养，心情自然轻松愉快。这在他的诗里，表现得十分明显。

"空明丈室面修廊，睡起凭栏送夕阳。"第一句写草山宾馆的客房。"空明"，空旷澄澈的意思。苏轼《记承天寺夜游》有云："庭下如积水空明。""丈室"犹斗室，言房间狭小。白居易《秋居书怀》诗云："何须广居处，不用多积蓄。丈室可容身，斗储可充腹。""面修廊"，即居室前面有长长的走廊。第二句无须解释，只是"夕阳"二字值得品味。"睡起"所见为夕阳，显然并非晨起，而是午睡醒来；且这午睡又并非小憩片刻，而是一觉睡到夕阳衔山。由此可见，诗人的日常起居真是散淡悠闲。

“花气侵身风入帐，松声通梦海掀床。”这两句写的是草山宾馆的景致和自然环境，以及居住其间的身心感受。其中化用前人诗句，也是恰到好处。如陆游《村居书喜》中的“花气袭人知骤暖，鹊声穿树喜新晴”，黄庭坚《庭坚得邑太和六舅按节出同安邂逅于皖公溪口》中的“解衣卧相语，涛波夜掀床”，不一而足。

“放慵渐乐青山静，无事方贪白日长。”这两句写客居草山宾馆的闲适心境。“放慵”即疏懒。白居易《晚起》诗云：“放慵长饱睡，闻健且闲行。”“渐乐青山静”典出自《论语》：“知者乐水，仁者乐山；知者动，仁者静。”“无事”一句似乎也在用典，白居易《咏兴》诗云：“身闲心无事，白日为我长。”

“佳处留庵天倘许，打钟扫地亦清凉。”这最后两句当是直抒胸臆。“佳处留庵”，可参见苏轼《自金山放船至焦山》：“行当投劾谢簪组，为我佳处留茅庵。”“打钟”一句，诗人担心读者不能领会其含义，特别加注，告知典故出自李商隐《樊南乙集序》：“方愿打钟扫地，为清凉山行者。”全诗不是结束在“清凉”这一感受上，而是结束在“为清凉山行者”这一心愿上。翻译成白话，这两句是说：如果这里能给我一席安身之地，我是愿意留下来修行的。

当然，这最后两句可以理解为对草山宾馆怡人环境的赞美。但考虑到当时特定的语境，恐怕就不那么简单了。首先，这首诗不仅是写给自己看，也会循例抄给别人看。记录自己的行止、留待日后回忆之外，应该另有预设的读者。最直接的对象，当是同行人员，包括安排他参加这次文化活动的上司，也许还有当地的接待人员。诗中流露出差旅期间愉快的心情，也暗含着对享受如此优越待遇的感激。这种含蓄、不失身份而又风雅的辞令，钱锺书最为擅长。至于是否还会另有暗示，就要将这次文化活动放到大动荡的时代背景中考察了。

经历五十年的日据时期，随着抗战的胜利，台湾终于光复了。而一九四七年的“二·二八”事件，又暴露出新的社会矛盾。同年，大陆国共战场的形势也发生逆转，解放军从战略防御转入战略进攻。一九四八年初，教育部组织文物展览会，赴台宣传慰问，表面上是为了促进台湾同胞的文化认同，暗地里也是为转移珍贵文物和善本图书打前站。果然，一九四八年十月，蒋介石任命陈诚为台湾省政府主席，中央机关陆续迁徙。年底，中央图书馆的善本书和故宫博物院南迁的文物，大多运至台湾。当年文化宣慰团的团长蒋复璁和成员之一的庄尚严（即后任台北故宫博物院副院长的庄严），就是具体经办人。

作为文化宣慰团的一员，钱锺书对这些预谋应该心知肚明。同行人员除了公务，私下里也都有各自的打算。文化宣慰团里负责讲座的七位专家，随后迁居台湾的就有四位。钱锺书当时是否动过念头呢？单从“佳处留庵”一联看，似乎有此迹象。不过，下面一首旅台诗却别有一番滋味。

二

一楼波外许抠衣，适野宁关吾道非。
春水方生宜欲去，青天难上苦思归。
耽吟应惜拈髭断，行酒何求食肉飞。
着处行窝且安隐，传经心事本相违。

这首诗原题为《呈乔先生大壮》，收入《槐聚诗存》时改为《赠乔大壮先生》，诗后有自注云："先生思归蜀，美髯善饮。"

乔大壮（名曾劬）是近代著名词人、书法家、篆刻家。一九四七年，乔大壮离开执教多年的中央大学，受聘于台湾大学，任中文系教授。一九四八年二月十八日，台大中文系主任许寿裳遇害，乔大壮继任其职。不久，钱锺书由同行的历史学家李玄伯（名宗侗）引荐，一起登门拜访。钱锺书此前并不认识乔大壮，这次拜访的缘由为何，当时谈了些什么，不详。只是事后，钱锺书写下了这首诗。

"一楼波外许抠衣，适野宁关吾道非。"第一句是客套话。"一楼波外"，乔大壮号波外居士，室名波外楼，著有《波外乐章》《波外诗稿》等。"抠衣"，典出《礼记》："抠衣趋隅，必慎唯诺。"孔颖达疏："抠，提也。衣，裳也。"提起衣服前襟，古人迎趋时的动作，表示恭敬。第二句涉及个人背井离乡的境遇和不济的时运。"适野"，前往野外；语出《左传·

襄公三十一年》:“与裨谌乘以适野,使谋可否。”后人常以“适野谋”谓到郊野商议政事。“宁关”,岂关。“吾道非”,我的道理和信念不对;语出《史记·孔子世家》:“诗云:匪兕匪虎,率彼旷野。吾道非耶?吾何为于此?”王维《送綦毋潜落第还乡》有云:“既至金门远,孰云吾道非。”

“春水方生宜欲去,青天难上苦思归。”这两句写的是“先生思归蜀”。“春水”一句,典出自《三国志》裴注:“权为笺与曹公曰:春水方生,公宜速去。”“青天难上”,用李白《蜀道难》句:“蜀道之难,难于上青天。”《槐聚诗存》一九四五年《徐森玉丈鸿宝间道入蜀话别》诗中也有“春水生宜去,青天上亦难”一联,可参见。

“耽吟应惜拈髭断,行酒何求食肉飞。”这两句与“美髯善饮”有关。“耽吟”化用杜甫《江上值水如海势聊短述》中的“为人性僻耽佳句”。“拈髭断”,指髭须因吟诗而拈断;语本卢延让《苦吟》:“吟安一个字,拈断数茎须。”“食肉飞”,指做官飞黄腾达;典出《后汉书班超传》:“生燕颔、虎颈,飞而食肉,此万里侯相也。”范成大《乙未元日用前韵书怀今年五十矣》有云:“定中久已安心竟,饱外何须食肉飞。”《槐聚诗存》一九四五年底《拔丈七十》诗中也有“如此相丰宜食肉,依然髭短为吟诗”一联,可参见。

“着处行窝且安隐,传经心事本相违。”“着处”,到处,随处。“行窝”,典出《宋史·邵雍传》:“雍岁时耕稼,仅给衣食,名其居曰安乐窝。……好事者别作屋如雍所居,以候其至,名曰行窝。”后人遂以“行窝”指可以小住的安适之所。

“安稳”，安定，平静；《诗·大雅·绵》郑笺云：“民心定，及安隐其居。”“传经”一句，化用杜甫《秋兴八首》中的“刘向传经心事违”。这两句的大意是：到处都可作“行窝”，权且安稳居住；理想与现实本来就有不小的距离，往往都是事与愿违。这显然是在宽慰乔大壮。

乔大壮秉性孤高耿介，愤世嫉俗。渡海来台，原为避开中央大学的人事纠纷。好友许寿裳之死，对其打击甚大。虽然接任台大中文系主任，却是心绪低劣、萎靡颓唐。其寂寞、抑郁以及对时事的悲观，在台静农《记波外翁》一文中有真切的描述。钱锺书登门拜访，正值此际。想来乔大壮在酒酣耳热之时，袒露心扉，才引出钱锺书的一番肺腑之言。

钱锺书于四月中旬离开台湾，乔大壮于六月初也返回大陆。七月三日，乔大壮在苏州投水自尽。而六天之前，即一九四八年六月二十七日，乔大壮将《次韵答默存见贻之作》一诗抄寄钱锺书。诗云：“客舍银灯照桁衣，远游芙芰是耶非？世传豪士吴中赋，风送轻装海上归。独立千人原小异，摩天六翮许低飞。欲从石室䌷书去，白首相望事恐违。”

乔大壮的这首唱和诗，与钱锺书的诗一样，也是大量使用典故。一、首联：“客舍”当指台北客居之所。“桁”，衣架。庾信《对烛赋》：“灯前桁衣疑不亮。”“远游”和“芙芰”都出自屈原辞赋。“远游”是楚辞篇名，这里也指自己赴台执教。“芙芰”即《离骚》中的“制芰荷以为衣兮，集芙蓉以为裳”，指特立独行、洁身自好、不与世俗同流合污的操守。“是耶非”是呼应钱锺书诗中的“吾道非”。二、颔联：“豪士吴中赋”，指陆机的《豪士赋》。陆机是苏州即吴中人，《晋书·陆机传》有云："冏（司马冏，西晋'八王之乱'之齐王）既矜功自伐，受爵不让，机恶之，作《豪士赋》以刺焉。"这里表达的是对当权者的不满，具体所指不明。"风送"一句，是说自己终究还是从海上归来。三、颈联："独立"一句，化用苏轼《答李端叔》一诗中的"识君小异千人里"。这里表示对钱锺书的信任和激赏，说他有别于众人。"六翮"，指鸟的两翼。《战国策》有云："奋其六翮而凌清风，飘摇乎高翔。""摩天"一句的意思是，你有如云的六翮，理应展翅高飞，何必低首折腰、委曲求全。四、尾联："石室细书"，语出《史记·太史公自序》："迁为太史令，细史记石室金匮之书。"原文意思是：司马迁任太史令，开始缀集历史书籍及国家收藏的档案文献。这里可能与钱锺书供职于中央图书馆有关。"白首"一句，是说两人盼望之事恐怕难以实现了。两人盼望的是什么呢？除了"共事"之外，还有其他的事吗？

对照钱锺书与乔大壮的唱和诗可知，两人会面时一定就时局和个人的去留等问题交换了意见。钱锺书觉得，应该"着处行窝且安隐"；乔大壮的回答则是"白首相望事恐违"。

前面提到，是李玄伯陪同钱锺书去拜访乔大壮的。两个月后，李玄伯即受聘于台湾大学历史系。考虑到乔大壮时任台大中文系主任，而按照钱锺书的性格，又不会轻易主动结交陌生人，此次拜访是否有了解台大中文系状况的隐含动机呢？换句话说，钱锺书是否会受到李玄伯等人的刺激，也动了去台大任教的心思？如果真是这样的话，他从乔大壮那里接收到的信息应该是令人失望的。前任中文系主任许寿裳遇害身亡，现任中文系主任乔大壮惶惶不可终日。随即台大校长易人，乔大壮本人也未接到续聘（继任中文系主任的是台静农）。尤其是在国事、家事纷乱不堪的双重煎熬下，乔大壮最终以屈原的方式了却自身。这些所见所闻，都会影响到钱锺书。他即使曾有迁台之念，也会因此而放弃了。

三

钱锺书一九四八年台湾之行的诸多细节，已无法重现。从上述两首诗中可以看到，他当时最关注的，是在动荡的乱世之中寻求一处栖身之地。《草山宾馆作》起于“空明丈室”，结于“佳处留庵”；《赠乔大壮先生》起于“一楼波外”，结于“着处行窝”。室、庵、楼、窝，这些居所意象，无疑显示了诗人潜意识的聚焦点。两诗不同的地方在于，前一首态度明朗乐观，后一首流露出万般无奈。这就是所谓“情随事迁”吧。

吴学昭《听杨绛谈往事》一书有记：“锺书和杨绛早就打定主意留下不走，如果选择离开，不是没有机会。……时任教育部长的杭立武邀钱锺书去台湾大学、杨绛去台湾师范大学任教，答应调车皮给他们运书籍和行李。”这已是一九四九年了。教育部长由朱家骅换成了杭立武。他是否因为听闻钱锺书此前有去台湾大学的打算才发出的邀请，不得而知。但此刻大局已定，钱锺书更不会将台湾当作了身达命的选项。

天翻地覆之际，知识分子都会面临去留的抉择。决定的因素有大有小、有公有私、有必然有偶然，不可一概而论。前些年，学界关于陈寅恪是否会去台湾，有过议论；其实，钱锺书是否会去台湾，也可一说。本文只是笺诗证史，作一假设或曰猜想。欠妥之处，欢迎批评指正。

二〇一八年十二月

辛笛的双重身份

前些时候去南京，董宁文兄送我一套他们主编的《开卷文丛》，第一册便是辛笛的《梦余随笔》。这应该是辛笛生前出版的最后一本书了。

熟悉中国现代诗的人都知道，辛笛是“九叶派”的重要诗人。他早年留学英国，亲炙现代主义大师艾略特（T. S. Eliot）。他的诗既得到西方现代派的真传，又带有浓郁的唐宋诗词的韵味。在大陆，穆旦名声更大；而在港台，辛笛更有影响。台湾好几位知名的现代诗人都私淑于他。

在中国现代著名诗人中，辛笛显得特别与众不同的，不是他的诗艺，而是他的职业。仅仅靠写诗不能养活自己，许多诗人都有兼职。而他们所从事的多是与文学、文化相关的职业，辛笛所从事的职业则与他诗人的身份极不相称。

晚年的辛笛曾模仿阿Q，开玩笑地说：“咱们以前阔过。”这话一点没夸张。上个世纪四十年代，辛笛一直担任上海一家银行的高级英文秘书及信托部的主任。他不仅有自己的别墅、轿车，还有专职的司机、厨师。他经常宴请文艺界友人。《我们仨》中提到，钱锺书夫妇便常去他家和朋友相聚吃饭。《吴宓日记》中记载，吴宓由川来沪，辛笛款待以丰盛的宴席，还将车子供他用了一天。凭着职务之便，辛笛以大量贷款支持了巴金的文化生活出版社，郑振铎、李健吾的《文艺复兴》，臧克家、曹辛之的《诗创造》，以及他自己参与的《中国新诗》。这些出版物，正是当年新文学的重要园地。中华人民共和国成立后，辛笛将十五万余元美金的资产捐赠国家，并婉拒文艺工作的岗位，由银行转业到工商部门，先后在上海啤酒厂、烟草公司、副食品公司等单位任副厂长或副经理。

诗人和商人，在一般人心目中是截然不同甚至相互对立的职业。诗人要超脱，商人讲实利，很难将两者结合起来。在西方能做到这一点的，恐怕只有美国的斯蒂文斯(Wallace Stevens)一人。他本人的职业是律师，三十年代起任一家保险公司副经理。人们对他既是一位成功的诗人又是一位成功的商人惊奇不已。在中国，辛笛也为我们提供了一个集诗人和商人于一身的范例。

现代社会是一个“市场化”的社会，连“知识”也成为“经济”了。今天的诗人早被挤到边缘的边缘，不再是大众关注的焦点。诗集卖不掉，诗人养不活自己，属于正常。更有甚者，大学生毕业求职时，指导老师会提醒他，不要跟用人单位说你发表过诗，不要把你写的那些后现代主义的诗给公司老板看，否则人家会不愿录取你的。

诗不容于市场到如此地步，原因有许多。诗人一味高蹈，商人一味势利，可能是最主要的因素。其实，在商业气息日益浓厚的时代，保持“诗意地栖居”的梦想，诗人不回避经济问题，商人能有诗的灵性，不是很好吗？想到这些，不禁令人更加怀念起辛笛来。

二〇一四年二月五日

唐弢书话举例

说起唐弢对书话文体的规范，常会提到所谓四个“一点”，即“一点事实，一点掌故，一点观点，一点抒情的气息”。这虽然是他个人的经验，对后来的书话写作却有着不小的影响。当然，也有人并不完全认同。但赞成也罢，反对也罢，都是后人的立场和态度。对于唐弢本人而言，关键在于他的理论与实践是否相合。有些作者写得很好，说不出道理；有些作者说得头头是道，写出来又不是那么回事。如果用他的标准去衡量他的作品，往往令人大跌眼镜。唐弢这里，情况又是如何呢？还是来看看具体的例子。

下面是《晦庵书话》中《〈春蚕〉改订》一则的全文：

小说中我颇喜欢茅盾的短篇，不知道是不是因为同是浙江人，乡土气息，素所习见，读来遂觉亲切有味的缘故。总之，我觉得他写的农村和我十分稔熟，所以尤爱他的《春蚕》。《春蚕》由开明书店出版，初版收《春蚕》《秋收》《小巫》《林家铺子》《右第二章》《喜剧》《光明到来的时候》《神的灭亡》等八篇。再版时于书脊加印“订正本”字样，内容却删去《秋收》《喜剧》《光明到来的时候》三篇，可见这所谓订正，与读者无关，而是只对检查老爷说的。我平生读书，不喜节本，对于这种“订正”，想起来更是不大舒服。

这则书话分五个完整的句子，因一、二句语义连贯，实际上可分为四个意义单元。而这四个单元，又似乎与四个“一点”可以一一对应。第三句写《春蚕》一书由何处出版，收哪些篇目，可谓“一点事实”；第四句写“订正本”的删节及其原因，关系到当时出版界的状况，可谓“一点掌故”；第五句写自己对节本，尤其对这种“订正”的态度，可谓“一点观点”；第一、二句写对《春蚕》的喜爱，熟悉、亲切的记忆和情感，可谓“一点抒情的气息”。唐弢的书话观，在此得到完全的印证。

言行一致，名副其实，唐弢的书话，至少在《〈春蚕〉改订》这一则中，是不折不扣地做到了。

二〇〇七年三月三十日

细察书影说毛边

唐弢《晦庵书话》里写道:“我也是毛边党党员之一,购新文艺书籍,常讲究不切边的,买来后亲自用刀一张一张的裁开,觉得别有佳趣,许多人嫌麻烦,往往对毛边书摇头,……我之爱毛边书,只为它美,——一种参差的美,错综的美。也许这是我的偏见吧:我觉得看蓬头的艺术家总比看油头的小白脸来得舒服。所以所购取的书籍,也以毛边的居多。”

这段话其实与鲁迅致萧军信中所言极为相似:“切光的都送人,省得他们裁,我们自己是在裁着看。我喜欢毛边本,宁可裁,光边书像没有头发的人——和尚和尼姑。”

唐弢热衷毛边本,无疑是受鲁迅的影响。享受边裁边读的趣,欣赏参差不齐的美,两人的爱好完全相合。不同的是,鲁迅是自己出书留毛边,唐弢却主要是收藏。据统计,鲁迅著译编校近六十种书中,有四十种以毛边本形式出版过。唐弢的两万多册藏书中,又有多少册毛边本呢?新近面市的《唐弢藏书》里提供了确切的数据,是一千三百册。

《唐弢藏书》为十六开的图册,精选唐弢藏品中的善本两百种,彩印书影,配以文字说明。令人瞩目的是,其中注明为毛边本的,多达五十七种。《晦庵书话》无论是老版还是新版,都留下一个遗憾,书影模糊不清;《唐弢藏书》中影印封面的图像和色彩,则基本能够传真,毛边书未切的毛边也清晰地呈现。对于无缘见到唐弢所藏毛边本原件的读者,这还真能起到画饼充饥的效用。

书中介绍的第一本毛边书,是一九〇九年在日本东京出版的《域外小说集》。唐弢说:"此书几乎成了新文学中的'罕见书',有资格放入新式黄尧圃的'百宋一廛'里去了。"从书影上看,这册被认为是中国最早的毛边本,是毛在书口和书根,不留书顶。后来新潮社制作的毛边本,也延续这一形式。到了北新书局大量推出毛边本,书根的毛边才移至书顶。当下流行的"地平天毛",原来还有一个演变的过程。

毛边书其实是一种舶来品,原名 uncut book 。欧洲书店出售这种未切边的书,专供爱书人买回去自己装订。那里的文具店里,还可以买到装订书籍的各种工具和材料。可见,书的毛边是留着让人自己动手裁切的。鲁迅等人将之"拿来"后,经过改进,又具备了中国特色:只是在读的时候用小刀裁开书页,并不将书边切齐。由于书要往书架上插放,书根不可不平,所以要求整张折页时将下边对齐。所谓"地平天毛",其实已不是真正的"三面任其本然",而是需要特别定制的。

从书影上看，毛边书不同于普通版本，主要在于它独具个性的外形。延伸出来的毛边大多蓬蓬茸茸的，展现了一种“拙的美”，一种对整齐划一的拒绝。毛边书有时也能激发人们的联想，如有人称鲁迅杂文集的毛边仿佛“怒发冲冠”之类。收藏者对毛边书感兴趣，还在于它数量少，品种珍贵。毛边书多为初版本，按作者要求特制，有的甚至有编号。作者留着送人，通常又都会亲笔题签。如此结合诸多元素的本子，自然备受收藏界的青睐。

《唐弢藏书》后记中，将其所藏善本归纳为四种，依此为“毛口书”“签名本”“初版本”和“珍稀本”。毛边本列在首位，这基本上体现了目前新文学版本收藏的共识。

二〇〇五年八月二十六日

《书衣文录》对读记

这篇文章的标题不够严谨，因为原先的稍长，做了删节。完整的题目是：《书衣文录(手迹)》与《书衣文录(增订版)》对读记。

孙犁《书衣文录》的第一个单行本，一九九八年由山东画报出版社出版。增订本是二〇一三年由人民文学出版社出版的，手迹本是二〇一五年由百花文艺出版社出版的。出于好奇，我最近在网上订购了后两种，想看看它们到底有何不同。

增订本与初版本是同一位编者，增订了哪些内容，他在后记里已有说明，此处不再赘言。我觉得增订本最值得称道的，是编者费心编写的“书目索引”。孙犁整理图书、撰写书衣文的具体年月，一目了然。手迹本也大致按年代先后编排，可惜整本书连个目录都没有。虽然是对页设计，图文并置，读起来非常方便，查找时却十分麻烦。

我花费了不少时间和精力，将手迹本与增订本一一核对。初步统计的结果是：手迹本影印书衣文二百二十七则，其中与增订本重复一百七十三则，另外一百〇四则是首次公开的；增订本收录书衣文三百七十一则，其中与手迹本重复一百二十八则，另外二百四十三则是手迹本里没有的。两边重复的数目并不吻合，是因为有些书分好几册，每册上都有文字，孙犁在抄录发表时将其合为一则了。

从统计数字看，孙犁的藏书——至少藏书上的书衣——并未全部保存下来。不过，手迹本中还是有许多新的内容，可以作为增订本的集外轶文，这是令人欣慰的。细看两书的重复部分，还会发现，有些文字经过或多或少的改动。这种不同版本的差异，也应该引起孙犁的爱好者和研究者关注。

孙犁的书衣文，原本不是为了发表。即使给人看，也属于私人空间的话语；抄录发表，则是转为公共空间的话语。哪些抄，哪些不抄，作者自然有所考量。而取舍之外，修改也是作者的权利。这一方面是考虑到话语空间的转换，一方面也关系到作者自我形象的展示。对照手迹本与增订本中改动较大的篇目，尤其能证明这一点。例如《津门小集》一则，手迹本里的原文是："回忆写这些文章时，每日晨五时起床，乘公共汽车至灰堆，改坐'二等'，至白塘口。在农村午饭，下午返至宿舍，已天黑。然后写短文发排，一日一篇，有时一日两篇。今无此精力矣。然在当时，尚有人视为'不劳动''精神贵族''剥削阶级'者。呜呼，中国作家，所遇亦苦矣。"增订本则修改为："回忆写作此书时，我每日早起，从多伦道坐公共汽车至灰堆。然后从灰堆一小茶摊旁，雇一辆‘二等’，至津郊白塘口一带访问。晚间归来，在大院后一小屋内，写这些文章。一日成一篇，或成两篇，明日即见于《天津日报》矣。此盖初进城，尚能鼓老区余勇，深入生活。倚马激情，发为文字。后则逐渐衰竭矣。”

《书衣文录》中关于周作人的几段文字，历来都有争议。对照手迹本与增订本，也会发现均有改动。例如《鲁迅小说里的人物》一则，手迹本里有“而因缘日妇、投靠敌人之汉奸文士、无聊作家”一句，增订本里则删去其中“汉奸文士”四个字。再如《知堂书话》一则，手迹本仅有十一个字：“刘宗武赠。书价昂，拟酬谢之。”增订本里，其后还有一段评论：“知堂晚年，多读乡贤之书，偏僻之书，多琐碎之书，与青年时志趣迥异。都说他读书多，应加分析。所写读书记，无感情，无冷暖，无是非，无批评。平铺直叙，有首无尾。说是没有烟火气则可，说对人有用处，则不尽然。淡到这种程度，对人生的滋养，就有限了。这也可能是他晚年所追求的境界，所标榜的主张。实际是一种颓废想象，不足为读书之法也。”因为手迹本仅影印了《知堂书话》上册的书衣，这段话或许题写在已经遗失的下册书衣上，当然，也有可能是作者后来补写的。

改动幅度最大的，当属《知堂谈吃》一则。前半段个别地方稍有调整，后半段文字则是全部改写。例如，手迹本第一句是：“文运随国运而变，于是周作人、沈从文等人大受青睐。”增订本则改为：“文运随时运而变，周氏著作，近来大受一些人青睐。”手迹本的后半段是：“没有人否认周的文章，但文章也要分析，有好有坏。并非凡他写的都是好文章。至于他的翻译，国家也早就重视了。还有沈从文，他自有其地位。近有人谈话称，鲁迅之后，就是沈了。尊师自然可以，也不能不顾事实。过犹不及，且有门户之嫌。还有人把我与沈挂钩，且实在没有渊源，不便攀附，已去信否认。”增订本删掉后半段原文，重新写了一段：“有些青年人，没受过敌人铁蹄入侵之苦，国破家亡之痛，甚至不知汉奸一辞为何义。汉奸二字，非近人创造，古已有之。即指先是崇洋媚外，进而崇洋惧外。当敌人入侵时，认为自己国家不如人家，一定败亡，于是就投靠敌人，为虎作伥。既失民族之信心，又丧国民之廉耻。名望越高，为害越大。这就是汉奸。于是，国民党政府，也不得不判他坐牢了。至于他的文章，余在中学即读过，他的各种译作，寒斋皆有购存。对其晚景，亦知惋惜。托翁有言，不幸者，有各式各样，施于文士，亦可信也。”将手迹本与增订本比较对照，孙犁的良苦用心，显而易见。

孙犁去世后，有人撰文论述“当代文学中的周作人传统”。文中把孙犁晚年的创作也归入这一传统，尽管作者也点明孙犁本人不会认同。试想，如果孙犁在世时读到这样的文章，会有怎样的反应？是像得知有人将他与沈从文挂钩而立刻去信否认，还是会有更加立场鲜明、态度强硬的表示呢？

二〇一六年一月二十五日

杨宪益“未完成的心愿”

杨宪益是一位翻译家，主要将中文著作翻译成英文，自己用中文写的文章却很少。此前，我只读过一部《译余偶拾》，是他上个世纪四十年代出版的两册文史札记的合编。自序里说：“新写的几篇这次都未收入此编，因为现在用的文体，同过去不大一致，放在一起，好像不太合适；将来如有余暇，能多写几篇，再出一本《译余偶拾二编》好了。”可他后来并没有多写几篇，出一本《二编》遂成了“未完成的心愿”。

新出的《去日苦多》，是他各类零散篇章的结集。全书分三辑。第一辑“世事沧桑”，收自传片断、回忆性文章；第二辑“译余散札”，收文史类的单篇文章；第三辑“译余偶拾”，前五篇未注明出处，后十篇选自《译余偶拾》。除了这十篇，这本书其他各篇，都是第一次结集。

没有核对原文，不知这后十篇是否作过修订。只是最后两篇的文后，有近年所作的“附记”。可见，选这十篇，编者自有道理。至于前五篇，虽然不是选自《译余偶拾》，但与该书的文体大致相同，放在一起也很“合适”，大约不是当初“未收入此编”的新作。留着出《二编》的文章，只能在第二辑“译余散札”里寻找了。

第二辑里，属于文史考证的没有几篇，不过与《译余偶拾》的文体确实“不大一致”。有的近于论文，有的近于随笔，都不是笔记体。内容却涉及《译余偶拾》的基本主题，如中西交通史、神话传说、民间故事以及民俗学，等等。

《十四行、波斯诗人莪默凯延的鲁拜体与唐诗》一文，便是从中西交通史的角度探讨十四行、鲁拜体与唐诗可能的联系。文章列举了李白的一些名作，如《花间一壶酒》《行路难》等，指出其在分行和押韵上，与意大利十四行诗完全一致，进而推断出中国—阿拉伯—西西里的路线图。“鲁拜”的原意是四行诗，一、二、四行押韵，其古称“塔兰涅”正是“断章”或“绝句”的意思，莪默凯延诗作的思想情感与李白也非常相似，很可能是沿着中国—突厥—波斯的路线传播过去的。李白对外国诗的影响，是一个值得研究的课题。古代的流传只能猜测，现代的译介则有确凿的证据，如庞德翻译十八首中国古诗，结集为《华夏集》，其中就有十一首李白的诗。

神话传说和民间故事，作为一种文化积淀，无疑是解读文化现象及文学作品的关键。如鲁迅《自题小像》的第一句“灵台无计逃神矢”，历来的注释者都认为，“灵台”是心，“神矢”是西方爱神的箭。杨宪益指出，将“灵台”解释为心，是源自《庄子》，而《庄子》中的“灵台”只是一个比喻。其实，周文王就建过灵台。至少到了战国以后，灵台是已成为祭奠轩辕黄帝之台。这与原诗最后一句“我以我血荐轩辕”，可谓遥相呼应。而《山海经》里又记载：“有轩辕之台，射者不敢西向，畏轩辕之台。”如此，“神矢”显然也另有出处，不可能是西方神话中的爱神之箭。

《蛇年谈蛇》《竹的故事》《金鱼》《菊花》几篇随笔，论及民俗掌故。如《菊花》谈到古代有吃菊花可以长寿一说，屈原“夕餐秋菊之落英”，陶渊明“采菊东篱下，悠然见南山”，都属于此类。这个判断是正确的，特别是对于陶诗而言。田晓菲《尘几录》里曾指出：“在陶渊明本人生活的时代，菊花让人想到延年益寿，不是隐士的高风亮节。”在陶诗中，不仅菊花是长寿，南山也是长寿。另外，与菊花有关的重阳节，至今仍然被称作“老人节”，也可作为一个间接的证据。陶诗是经过苏东坡的“过度诠释”，才发生了意义的迁移。

杨宪益这些为数不多的考据文章，显示了他深厚的文史功力。其治学方法，与“古史辨”派相通，即通过一些爬梳整理辨伪的工作，恢复历史的真面目。他曾打算写一组系列考证，探讨欧亚民族迁移和民间风俗的相似性。他还计划写一部边疆民族史，研究中国边疆各兄弟民族之间的交往与融合。他甚至想从诗歌与音乐的关系方面重写中国诗歌史，将《离骚》《国殇》判定为汉代的作品，而《胡笳十八拍》《木兰辞》写作时间不会早于唐五代。可惜，这部奇书没有写出，否则一定会引起激烈争论。

杨宪益晚年，想到这些“未完成的心愿”，不无惋惜地说:“这二三十年间,在翻译岗位上也还作出了一些小成绩,但是有时回想起解放前十年间那一段生活,还是很怀念国立编译馆那一点旧书,也还有时想回过头再写点读书笔记,可没有条件,也只好算了。”

二〇一〇年三月

文采并非舞文弄墨

王佐良《中楼集》里有一篇《与友人论文采书》，谈到目前通行的中外文学史，说读起来像是社论。他希望文学史写得有点人情味和文采。关于“文采”，他的解释是：

> 文采当然并不等于堆砌美丽的辞藻，而是能有新见解，能从新角度看旧事物。

集子里另有一篇《学府、园林与社会之间》，其中提到一部英国文学史，由牛津学者彼得·康拉德撰写，一九八五年出版。王佐良认为，这本文学史除了有点新意之外，还有令人喜爱的文笔。这里的“文笔”，与“文采”应该是一个意思。他接下来写道：

> 文笔是牛津的人文学者所重视的，然而这不是通常意义的文笔，而是文笔之后有新鲜的思想

和活跃的想象力。牛津也有人写得油腔滑调，故弄风姿，但纯正的牛津学者则耻与为伍，而力求所作言之有物，有新意，有透明的理智、比例感和对读者的尊重与礼貌。这最后一点是指不把读者看成蠢物，凡事从头说起，噜噜苏苏，也不对他发号施令，而是把他看成知己，同他进行心智上的对话。

王佐良早年毕业于牛津大学，获硕士学位。他对所谓“牛津风度”十分熟悉，也深受其影响。那么，牛津的文风到底如何呢？集子里还有一篇《读〈牛津随笔选〉》，可见一斑。

据王佐良介绍，这部出版于一九九一年的选集，不仅收罗全，而且有新意，反映了英国读书界趣味的改变。有些通常不以随笔著名的作者也入选了；可有一类文章很少收入，即曾在十九世纪末和二十世纪初盛行的“为随笔而写的随笔”。这类随笔大多在查尔斯·兰姆的熏陶下写成，从书本或生活小事中找题目，卖弄风趣和幽默，以文字而不是以内容胜。当然，兰姆本人仍是入选的，他和威廉·海什力特是英国浪漫主义时期的两大散文家。但兰姆一派的随笔，现在确是少见了。王佐良翻译了选集编者约翰·格罗斯的一段话，谈到两人势力的消长：

这两人之间有巨大差别，到了本世纪这种差别就越来越使海什力特占上风。海什力特直截了

> 当，虽然不免自我中心，却常能把个人化在所写题材之中。兰姆则过于依靠贩卖他的风趣，他的许多怪癖之处在过去曾那样使我们感到亲切，现在却只能引起反感。不过他是能有精妙的见解的，如果你受得了他的矫揉造作，他的最典型的几篇文章还是有一种少见的温情的。

这段话说得太好了，简洁、精辟而有文采，分寸拿捏得恰到好处，不仅让我们明白了牛津文风的变化，也让我们见识了牛津学者的文笔。

王佐良也编选过一部“英国散文名篇新选”，三联书店一九九四年出版。虽然他在自序里说“本无蓝本”，但观其篇目的取舍，依稀可见《牛津随笔选》的影子。例如，他就没有选兰姆那些脍炙人口的名篇，而只是收录了一封书信的片段。在人选上，他也是重视“实干家”，而非“文艺家”。在他看来，文艺家的佳作固然值得珍惜，可各行各业实干家的文章更令人爱读。“这些实干家总是言之有物，而且能言常人所不知的新事物——但也有语言因素，即他们不喜欢舞文弄墨，却能运用一种平易、清楚而有力的语言。”他认为，“平易不止是归真返朴，而且是一种文明的品质。”他的“新选”，便是有意突出英国散文中的平易传统，所以书名直截了当地叫作《并非舞文弄墨》。

二〇一三年六月

既耕亦已種时還讀我書
子愷畫

读书家必然就是爱书家，而坐拥万卷的藏书家却未必一定是一位读书家，更未必是懂得爱书三昧的爱书家。

——叶灵凤

买《名家散文选读》记

董桥在《三"家"村》之"翻译家"中，谈到他初读夏济安所译《名家散文选读》："惊为翻译秘籍，如醉如痴；从此学而时习之，经年累月，闭目几可背诵十之八九。"董桥是当今屈指可数的文章高手之一，令他"如醉如痴"的"秘籍"，自然唤起我的好奇心，只是一直无缘遇到。

日前一时兴起，上网搜索，竟看到有好几家书店在卖。香港今日世界出版社的，台湾英文杂志社的，还有上海复旦大学出版社的。这后一种更名为《美国名家散文选读》，二〇〇〇年出版，现在网上的售价已涨到一百三十五元。香港版的没有标明出版时间，两卷本的售价也是一百三十五元。台湾版的是一卷本，注明为"美国文学名著选集 L2"，附有书影，看上去品相很好，售价六十元，也能接受，便下了订单。

没过几天，收到书，是一九八七年七月初版。我粗略翻了一下，全书选译了美国殖民伊始至南北战争期间十一位作家的十五篇散文。但有一个小问题，即自序里提到选译了作家论三篇，目录和正文中却都只有两篇，缺一篇爱默森的《梭罗》。这是怎么回事？难道我买的是删节本？于是又上网查到一些相关的资料，还意外地下载到大陆版的电子书，是英汉对照本，前有夏志清代序《关于夏济安译著的通信》，后有朱乃长《校后记》。朱乃长是夏济安的“得意门生”，一九八五年上海译文出版社引进出版夏济安的另一名著《现代英文选评注》，就是他校订的。

《名家散文选读》最早的版本，是一九五八年今日世界出版社出版的，原名《美国散文选》。一九七二年，该社将其改为中英对照的两卷本出版，更名《名家散文选读》。此时，夏济安已经去世，夏志清对这一做法不以为然。因为当初并没有出版对照本的打算，目标读者很明确。为了符合汉语习惯，译文作了相应的调整。据说，每篇译成后，夏济安还让朋友圈读、吟哦，觉得不够美妙流畅的，遂即改写。所以译作出版后，有评价认为“完全像是中文创作，没有翻译的痕迹”。可与原文一一对照，便会发现有所出入。二〇〇〇年，复旦大学出版社出版“夏济安译、朱乃长校”的《美国名家散文选读》，虽有夏志清的授权，却并非出自他的本意。代序里说：“假如出版社真有意为先兄出书，我倒建议出他的原版《美国散文选》。”可惜这一建议未被采纳，出版的依然是英汉对照本，且原文在前，译文在后，译文还经过校改。

代序里提到金隄对夏译霍桑《古屋杂忆》首段的批评，语焉不详；我查了一下事情的来龙去脉。原来林以亮在长文《翻译的理论与实践》中，对夏译有极高的评价，且转引

《古屋杂忆》首段的译文，附上英语原文，供读者比较鉴赏。这篇长文被多种翻译论文选收录，金隄看到后，在《论等效翻译》一文中提出异议。他从“等效”理论出发，指出这段译文不妥的地方，有一处是明显的硬伤，即原文中的 cow（母牛）被误认作 crow（乌鸦）。这的确是一个非常低级的错误，怎么辩解都说不通。但金隄没有提供自己的译文，读者无从了解他理想中的“等效翻译”到底是什么样子。可以肯定，朱乃长读过这篇批评，校订时受其影响，对该段落作了改动，或曰重译。

夏济安原来的译文是：

一条大路，两旁白蜡树成林，路尽头可以望见牧师旧宅的灰色门前，路口园门的门拱已不知在哪一年掉了下来，可是两座粗石雕成的门柱还巍然矗立着。旧宅的故主是位德高望重的牧师，现已不在人世，一年前，他的灵柩从园门里迁出，移向村中的公墓，也有不少人执绋随行。园门里的林阴大路和宅门前的马车道，杂草蔓生，偶尔有两三只乌鸦飞来，随意啄食，在路旁觅食的那头老白马，也可以在这里吃到几口可口的美餐。

再看朱乃长校改后的文字：

在昂然耸立着的两根凿工粗糙的门柱之间——园门本身已经不知在哪个年代里从它的门

> 柩上颓然倾覆——我们瞧见两排黯黑的白蜡树形成的小路尽头，耸立着牧师的那幢旧宅。为它的上一个住户，那位可敬的牧师，举行的送葬行列出了园门朝着村里的墓地逶迤行去的那个日子，已经过去十二个月了。通过到园门前的那条轮辙，以及整个小路上，几乎长满了草，供两三头随处漂泊的母牛，以及一匹沿着路边觅食充饥的老白马，美美地吃上几口。

朱乃长对个别词义的理解更为准确，语序也能与原文一一对应。可只要默读一下，就能分得出两段译文语感的高下。董桥初读夏译时，就曾说过："下等译匠是'人在屋檐下，不得不低头'，给原文压得扁扁的，只好忍气吞声；高等译手是'月上柳梢头，人约黄昏后'，跟原文平起平坐，谈情说爱，毫无顾忌。译匠中英文太过寒伧，一旦登入文字堂奥，手脚都不听使唤，说话更结结巴巴；译手中英文富可敌国，进出衣香鬓影之间应对得体，十足外交官风度。"朱乃长与他老师之间的区别，恐怕正是如此。

尚不知道这样的改动在《美国名家散文选读》里占多大比例，可仅凭这一处，便足以令我暗自庆幸，以前并不知道大陆出过这样一个版本。否则，我会在第一时间买来一睹为快。那么，我对夏济安译文的期待，必然会或多或少地受挫。经过校改，败笔没有了，神来之笔也被抹杀了，得不偿失。美国有位剧作家兼翻译家回应批评者时，反问道："是否出错的译作也可能是翻译得最好的？"他又说："今天有些翻译家很少犯错，也许绝不犯错，可是他们译出来的书和剧本却很糟。”这些话很偏激，然而比较夏济安与朱乃长的译文，不能不承认，还真是这么回事。

有意阅读夏济安的译文，首选当然是一九五八年初版的《美国散文选》，正如夏志清所言。一九七二年改版的两卷本《名家散文选读》，虽然增加了不必要的原文，但译文未曾改动，保持了本来面目，也是一种选择。董桥当年读的，就是这个版本。最后的选择，才是二〇〇〇年校订版的《美国名家散文选读》。因为这个本子经过涂改、挖补，已经不完全是夏济安的独立作品了。

至于我买的一九八七年台湾英文杂志社初版的一卷本《名家散文选读》，是经今日世界出版社授权出版的。只收译文，未收英语原文，也未曾校改。我没有见到今日世界出版社的前后两个版本，从夏志清文中得知，原版中有爱默森《梭罗》一文，是张爱玲译的。我买的这本书是“美国文学名著选集 L2”，书上有丛书的目录，“L1”便是张爱玲译的《爱默森文选》，该文应在其中。同一套丛书，自然没有必要重复收录同一篇译文。除此之外，台湾版《名家散文选读》的文字内容，与初版的《美国散文选》完全一致。如果仅仅为了欣赏夏济安的译文，买不到初版，这个版本应该是最接近原貌的。我在网上订购时，并没有考虑这些因素；现在看来，算是一不留神做了正确的选择。

二〇〇九年六月

谷林的另一面

二〇〇九年一月九日，谷林先生去世了。第二天，消息出现在网络上。第三天，报纸上也有了报道。较详细的是一篇专访，采访的对象是止庵、沈胜衣、扬之水，即《书简三叠》的三位收信人。访谈综述里说："谷林一生以读书为终生志趣，温和谦逊，淡泊名利。"在一般读者的印象中，谷林大约便是如此了。

然而，人是复杂的。以前流行过一种理论，叫"性格组合论"，说人的性格是一个"二重深层整体结构"。理论有点晦涩，"二重"的意思却很明显，就是任何人的性格中都包含着相互矛盾又对立统一的两面。依照这种理论，"温和谦逊，淡泊名利"，只是谷林的一面；他的另一面呢？

其实，谷林生前，对于将他单面化的倾向，多次表示不能认同。《书边杂写》后记里提到，有人问他，平生可也曾有过"奋袂攘衿，怒目切齿"的时刻。他的回答是："世间又哪来七情不全、六欲偏至的畸人。"在《答客问》中，被问及自己养生的秘诀，他的回答更加明确："您指出'清心寡欲''淡泊名利’，这很好；我想了一想，以为还可以补充一条‘适当运动’，包括见于形体的运动和不见于形体的运动，我的意思是，还该有一点关心社会的‘忧生悯乱’的积极性。”

谷林不仅是这样说的，也是这样做的。他的书话中，常常表露出对历史和现实的公共关怀，有的甚至触及时忌。《书边杂写》结集出版时，就出现过这样的插曲。致扬之水的信中写道：“《杂写》中流沙河的一篇、萧乾两篇，均不无违碍，今仅抽去梁漱溟一篇，可谓宽厚之至。”谷林的文章，居然会有未能通过审查的，恐怕是一般读者很少注意到的事。当然，之所以会出现这种现象，与当时改革开放的程度有关。今天看来，即使那篇写梁漱溟的《谔谔一士》，也没有什么“违碍”了。十年后出版的《淡墨痕》里便收录了该文，读者不妨找来看看。

说到《书边杂写》一书的编辑，其间还有一件小事，很能体现谷林的个性。那就是他自己主动撤下了两篇文章，后来也是重新收入《淡墨痕》里。致沈胜衣的信中写道：“抽掉的两篇书话，是介绍费老的杂写甲、乙集。他的文字流畅，也不俗不浅，因之颇喜欢，更加同情他无端窒息二十年。他与刘‘道不同’不相为谋，此无可疑，只是我认为，当时他若‘置之不理’，岂无不可？何必‘挺身而出’！我这种激动和反感至今又过了二十年，也就淡化了，所以渐渐又想重温旧好，有意思找机会再看看他的那些书。”对于费孝通在某个特定背景下的公开表现，谷林极为“反感”，一时“激动”，竟将评论其书籍的文章废弃，可见他性格中耿介的一面，并非是毫无立场的一团和气。

或许正因为偶尔也会“激动”，谷林对龙应台的文字颇为推崇。致扬之水的信中多次谈及，如：“龙君今年才四十二，有火气是应该的，或竟可说是好事，不然，再过四十年，便将复成一团烂泥，再立不成个间架了。她寻隙生事，惹气吵架，是否暗中有一分慈航普度的哀矜之心？她说：‘关起门来做个好母亲，够吗？’近夫圣贤诋斥乡愿用意了。”又如：“龙应台书两种，小的一本前日看毕，大的一本顷亦读了一半，喜不自禁！足下厌她嚷嚷，她的大书中有《北京印象》两篇，一篇曰《吵架》，一篇曰《打架》，这是否要叫阁下吃惊，我竟然喜欢吵架和打架！……我其实是爱打架的，而近四十几年里竟没有被打成这个或那个，想起来总感到惭愧，觉得自己太世故了，太畏缩了。”这最后一句话，尤其意味深长。人们往往因为自己没有犯错误而庆幸，谷林却因为自己没有犯错误而自责。当今形形色色的犬儒主义者，读到这一节，不知会有何感想？

鲁迅曾经批评过朱光潜的一个观点，即认为陶渊明“浑身都是静穆”。在他看来，陶渊明身上既有“静穆”的一面，又有“热烈”的一面；既有“菩萨低眉”的一面，又有“金刚怒目”的一面。谷林何尝不是如此。他的内心，可以说，既有“温和”的一面，又有“激动”的一面；既有“淡泊名利”的一面，又有“忧生悯乱”的一面。不能仅看到他的一面，而忽视了他的另一面。只有全面、完整地理解谷林，才是对他最好的纪念。

二〇〇九年三月

“读书记”卖给谁了

黄裳《舞文弄墨七十年》(《万象》二〇〇三年十二期)一文谈到沦陷上海时说:“……写了一些读书记,把许多书本上的故事连缀起来,作为阅读的纪念。后来,因筹集入蜀旅费,一骨脑卖掉了。”这些读书记卖给了谁呢?

一九九八年,辽宁教育出版社“新世纪万有文库”重印过一册《蠹鱼篇》。该书原为“古今文丛”的第二种,精选当年《古今》杂志作者的长文八篇。原书朱朴序里提到其中两篇文章时说:

> 庚持先生之《四库琐话》,对有清一代文献,钩划精详;楮冠先生之《蠹鱼篇》,于诸作中又自成一格,本丛书并即以此为题。

新版的“本书说明”指出:

作者周越然、周作人、陈乃乾、纪果庵、谢兴尧、谢刚主都是本名或字，只有庚持和楮冠是笔名，即黄裳，原名容鼎昌。

《古今》是一种文史掌故、读书札记类的杂志，二十世纪四十年代初期创刊于上海，曾风靡一时。该刊第十九期“周年纪念特大号”上，有主编周黎庵所撰《一年来的编辑杂记》。文中提到一位以楮冠、鲁昔达、韦禽、何勘、吴泳、南冠等为笔名的作者：

这是一个名不见经传的脚色，我无须在这里提出他的尊姓大名，所谈的只是他的文字和他与《古今》的关系罢了。他的年龄很轻，到今年总还不满二十五吧，而且更出奇的，还是一位最著名大学中电机工程科学生，然而读书之多，文字之好，不独我自愧不如，即在今日上海文坛中，不论成名与未成名的，也很难和他颉颃。然而能够赏赐他的人，却实在不多。我在《宇宙风》编辑时代，他已经用各种笔名写文章了。《古今》决定要办，我想只有他最有用处，经几度的接洽，他便答应写了。但是条件却是非常的多，稿费之类，总是斤斤较量，一些不留余地。……因为交稿付款的关系，我们经常见面，但是我们始终不能成为朋友。他的行踪，似乎有些诡秘。而且我看得出，他并不十分看得起我，他替我写文，只是卖文而已。……因为多产的缘故，他有时也不免抄旧书，但不着痕迹，其聪敏和才华，真是难得很的。

周黎庵看得一点不错，黄裳当年的确是“卖文”，因为他需要一笔钱去四川。当时上海已经沦陷，《古今》的背景又颇为复杂，黄裳不愿与之有深交，恐怕不完全因为看得起看不起。他要从敌占区进入国统区，自然不想这许多人了解他的行踪。显得有些“诡秘”，正是一种警惕的表现。不过，他后来对在《古今》发稿一事，绝口不提。

前些年，曾为《古今》主要撰稿人的几位老先生如周越然、谢兴尧、谢刚主（谢国桢）、周黎庵（周劭）、文载道（金性尧），他们新出的集子里，均收录了刊于《古今》的文章。黄裳先生至今所有的集子中，却未见一篇《古今》上的文字。当年“卖掉”的读书记，会有收集、整理、出版的一天吗？

二〇〇四年五月

误读《涉江词》

一九七九年，黄裳到南京，在一个座谈会上结识程千帆。当晚，程千帆让学生送来沈祖棻遗作，《涉江词稿》《涉江诗稿》油印本各一册。黄裳在南京大学招待所里，一直读到深夜。他惊异地发现其中有几首词，自己三十年前的书里就曾引用过。回到上海后，他撰写了一篇书话。《来燕榭书札》"致杨苡"里说："我写了一段《涉江诗人》，剪报已寄程千帆，未得回信，不知何故。也许对此文不满意，我是随便写的，不那么'正统'。"

黄裳的这篇书话，初刊于《读书》，后收入《榆下说书》，标题径称《涉江词》，而非《涉江诗人》。程千帆赠书，当然希望得到品题。读到推介之文，别说感谢，信都未回，实属蹊跷。黄裳的疑心大体不错。只是程千帆的"不满意"，似乎不在于文章是否"正统"。

舒芜《碧空楼书简》"致程千帆"有云："前承见告绀翁有不满黄裳仅以'女词人'论涉江词之语。"程千帆不曾表明自己的意见，却对舒芜说，聂绀弩不满意黄裳的文章，言外之意十分明显。

黄裳在这篇书话中，对沈祖棻也算是推崇备至，说她“高出三百年来的女词人”。然而，程千帆那里则有更高的期许。他后来笺注《沈祖棻诗词集》，引台静农评语：“此沈祖棻抗战时所作，李易安身值南渡，却未见有此感怀也。”比起李清照来，尚有过之；清代的徐灿、吴藻之流，自然不在话下了。

细读黄裳《涉江词》一文，还可以发现，他对涉江词的理解也很成问题。早在二十世纪四十年代，《关于美国兵》一书引用“涉江近词”，就没把词意搞明白。如“美国兵与女人”一节中，抄录沈祖棻的两首《减字木兰花》。第一首：

> 秋灯罢读，伴舞嘉宾人如玉，一曲霓裳，领队谁家窈窕娘。　红楼遥指，路上行人知姓氏，细数清流，夫婿还应在上头。

黄裳的解释是：“大概都有典故可寻，可惜作者不曾把它写将下来，然而细绎词意，则嘉宾的骄横与豪门的无耻，已经明明白白不必研究了。”程千帆的笺注则是：“时有北平南迁某校之校长夫人，尤工媚外，每率诸女生陪美军军官跳舞，虽为路人指目，不顾也。故讥之。”在当时，“罢读”“伴舞”“红楼”等，应该是不难想到的“今典”。黄裳在该文前面段落里，也说到这件事：“在蒋梦麟（按：时任北大校长）夫人领导下，昆明的西南联大和云南大学的女生们都起而慰劳盟军参与伴舞，那初意倒是不为错的，不过后来竟弄得计时论钱，如每小时四元美金，则大为失策，与普通的舞女没有什么分别了。”可惜，他没能将这段“关于美国兵”的逸闻与沈词联系起来，而使用了“豪门”这样不着边际的词。

更严重的误读，是对另一首《减字木兰花》的理解。黄裳这次倒是以为“关涉到美国兵”，然而他又错了。原词是：

> 弦歌未了，忍信狂风催蕙（按：黄裳当年误抄为蔓）草，小队戎装，更逐啼莺过粉墙。　罗衣染遍，双脸燕脂输血艳，碧海冤深，伤尽人间父母心。

程千帆笺曰：“此写成都市立中学事件也。此校虽男女同校，而各分班级。一九四四年十月三十一日，男生高一班学生监厨，分肉不公，引起他班不满，发生争执。而校方处理时又偏袒高一班，他班遂罢课抗议。校方乃报市政府及省教育厅，请来官员数名，对罢课学生开导，因方式欠佳，致被诸生包围。市长余中英认为事态严重，乃令警察局长方超派警四十名，荷枪实弹，手执藤条，痛殴诸生，并侮辱女生。诸生有越墙逃走而仍被拉下来以鞭扑者，致受伤者多达三十有余。当晚又拘押学生四十余人。事件发生后，各大中学师生纷起声援。十一月十一日，全市举行大规模游行，要求四川省政府主席张群严惩凶手。余中英、方超遂均被免职。此事，今日知者盖已无多，姑录存之，以见凡镇压学生运动无好下场之说诚不可易也。”

黄裳《涉江词》一文发表十年之后，程千帆写下这段详细的笺注，是想到黄裳对该词的误解，还是另有所感，不得而知。

二〇一二年九月

“与我相合”

黄裳与王元化，均为当今上海硕果仅存的前辈学者。但由于他们治学的领域及路数各不相同，很少有人将两位并称的。最近，偶翻王元化的《九十年代日记》，意外地读到其中抄录的两封黄裳信函。

日记一九九四年四月一日所录黄裳来函云：“陆灏仍未将尊著送来。前匆匆翻阅一过，深以此种读书笔记为有益有趣，惜近来少有注意及此者。闻《夜读》已成珍本，有读者欲购，必须另购五百元他种书，方允售一本。诚书林盛事也。”可以看出，是王元化通过某种途径告之，已将新著《清园夜读》托人转赠，黄裳等不及，并先由别处“翻阅一过”，又听说一桩“书林盛事”，于是写了这封信，一并通报。关于书贾之奇货可居，确有其事。日记一九九四年五月三十日另有记载：“钱钢来说，他到凤鸣书店购买《清园夜读》，需购书满五百元，但可讲价。”

日记一九九九年十一月十一日所录黄裳来函云：“承赐

《清园文稿类编》,甚谢。此书排印、装订,俱臻上乘。解放以来,未见有如此印制者。开本阔大,最便老眼。复经精校,数日来泛览所及,尚未发现错字,可称善本。分类编之,尤便检寻。裳最喜尊著,以为文字渊雅,条理明畅,正是当代理论家第一人。日来重读,尤感浃心。"此为收到赠书的回谢。黄裳是藏书家,注重版本,他说"解放以来,未见有如此",尤不可视为一般的应酬客套。《清园文稿类编》为书籍精品,不言而喻。

前一封信称"珍本",后一封信称"善本",正是黄裳兴趣所致。关于书的内容,除了赞美写法与文笔,却只字不提其思想和学术的价值。对王元化这样思想型的学者,这一番恭维,似乎有买椟还珠之嫌。

然而,真的这样看问题,不免太简单化了。首先,王元化本人便不会有如此想法。他在日记中将来信原文照抄,出版时也不加删汰,不说是引以为荣吧,至少是很看重信里赞词的。其次,王元化晚年出书,在条件允许的情况下,确实是讲究版式、装帧,精益求精。好书,应该有品有相,可供珍藏。深受传统文化熏陶的文人都有此种爱好,王元化更是有过之而无不及。黄裳《妆台杂记》有文写道:"王元化著《京剧与文化传统丛谈》,繁体字排印线装,乙亥(一九九五)岁末自印藏本五十册。作者以一册见赠,……"有出线装本雅兴的学者,今天真是难得一见了。

王元化一再以精品相赠,自然是投其所好,但他并没有将黄裳仅仅看作一位藏书家。《九十年代日记》一九九四年八月二十五日有："读黄裳《河里子集》，其中观点有与我相合者，黄文早出，当时未见也。"《河里子集》是一部杂集，除书话、游记等黄裳擅长的文章，尚有部分杂文，涉及文化与社会批评。王元化所谓"其中观点"，应出于此类文字。而称"与我相合"，自有"英雄所见略同"之意。至于"黄文早出，当时未见"，简直有些"相见恨晚"了。王元化近年来以"思辨"闻名于世，能被他引为思想上不谋而合的同道乃至先驱，黄裳的见识必有深刻独到之处。

黄裳读王元化的书，关注的是掌故与版本；王元化读黄裳的书，关注的则是思想观点。通过黄裳的视角，我们发现了王元化身上的文人情趣；通过王元化的视角，我们留意到黄裳文中的思想见解。平常被一般读者忽视的一面，表露无遗。这真是一件有意思的事。

二〇〇五年八月

炼句功深石补天

余秋雨《长者》一文，写他的老师张可及其丈夫王元化。文后有注："本文经王元化先生精细校订，谨此感谢。"王元化先生到底做了哪些"校订"呢？《九十年代日记》中有记载："一九九七年十一月二日。余秋雨来，留下所撰《长者》，请我修订。我向他说，我只改其中涉及张可和我两人言行部分，使我们所说所作尽量符合事实。至于涉及秋雨本人的部分，我不能改。"日记中还举例说，余秋雨记张可嘱咐他学英文的谈话，其中有"必须""应该"等字样，被一律删去。因为凭着共同生活数十年的经验，王元化知道张可从不用这种社论式的命令词。又如，余秋雨文中记录王元化对张可的评语，经一再斟酌，修订数次。日记里保留了余秋雨的一段原稿，和王元化的两次修改稿。

先来看一看余秋雨原稿中的文字：

张可心中无恨。从不相信斗争哲学，只散布

> 善良、和谐、温柔、宽恕。跟我受了几十年的苦，从未流露出一点一滴的抱怨。像我们这样敏感的文化人，只要有一个眼色稍稍有点不耐烦，也能立即感到，刻下深深的伤痕，但她的眼睛里从来没有出现过这样的眼色。

这里的“斗争哲学”“散布善良”“一点一滴的抱怨”“刻下深深的伤痕”，都带有“文化散文”的色彩，而“像我们这样敏感的文化人”，更带有余秋雨本人的话语特征。王元化根据自己习惯的措辞、句式和语气，在原稿上作了如下修改：

> 张可心中似乎从来没有仇恨。我没有一次看见过她以疾言厉色的态度对人，也没有一次听见过她用一个重字眼说话，总是那样善良、柔和，待人总是那样宽厚。几十年来，我的坎坷生活给她带来无穷伤害，而她从未流露出丝毫的不满和抱怨。知识分子是很敏感的，只要一个眼神稍有表露，就立刻感到，但在她的眼里，从来没有出现过这样的眼色。

之后，王元化仍觉得言不尽意，或意犹未尽，又加以精心地修订和充实。最后的定稿是这样的：

> 张可心里似乎不懂得恨。我没有一次看见她

以疾颜厉色的态度待人，也没有一次听过她用强烈的字眼说话，总是那样善良、谦和、宽厚。从反胡风到她得病前的二十三年漫长岁月里，我的坎坷命运给她带来无穷伤害，她都默默地忍受了。人受过屈辱后会变得敏感，对于任何一个不易察觉的埋怨眼神，一种稍稍表示不满的脸色，都会感应到。但她始终没有这种情绪的流露。这不是任何因丈夫牵连而遭受磨难的妻子都能做到的，因为她无法依靠思想和意志的力量来强制自然迸发的感情，只有听凭善良天性的指引才能臻于这种超凡绝尘之境。

这是一段臻于完美的文字。余秋雨《长者》发表时，一字未动地照搬了。后来，张可去世时，王元化撰写《送别张可》一文，也转录了这段话。

将前后几稿对照比较，除了语感方面的磨合，尚有几处颇具匠心。一、“心中无恨”，这一说法比较空洞，修改稿添加了具体的内容，使之有所附依。二、“跟我受了几十年的苦”，是“从反胡风到她得病前的二十三年”，是由于“我的坎坷命运”，这些都是有必要交代清楚的。三、从“像我们这样敏感的文化人”，到“知识分子是很敏感的”，再到“人受过屈辱后会变得敏感”，就不仅属于文字加工，而且涉及自我意识和生命体验的差异，已经是叙述者的人格涵养问题了。

四、最后平添的一个长句，把叙述者对妻子的感激和赞美推向极致，整个段落的意义得以彰显，境界也随之提升。

清人有一诗联曰："读书心细丝抽茧，炼句功深石补天。"前一句说读的功夫，许多人努一努力，兴许还可以达到；后一句说写的功夫，却只有极少数人才能做到。从上面一段文字的修改来看，王元化称得上这极少数人中的一位。

二〇〇七年九月

范用与绥青

继《泥土 脚印》之后，范用又推出了新著《泥土 脚印（续编）》。两本书虽然都是散篇的汇集，但其中回忆性文章较多，如果将之串联起来，大致可以当作这位出版家的自叙传来读。

《泥土 脚印（续编）》里有一篇附录，题为《咸宁批判》。一九六九年，在湖北咸宁干校，作者遭批斗，这篇文字便是一次批斗会的发言记录。令人瞩目的是，揭批者多次提到俄国著名出版家绥青和他的回忆录《为书籍的一生》。如："欣赏旧俄书商绥青的一套出版经营。""是资产阶级出版家，而非无产阶级革命者，《为书籍的一生》是奋斗方向。"

最早将《为书籍的一生》这部名著介绍到中国来的，正是范用。一九六一年，已是三联书店领导的范用，刚拿到该书的俄文原版，便去找翻译家叶冬心，请他译成中文。一九六二年正式列入计划，开始翻译，一九六三年译毕，随即公开出版。值得一提的是，书名的翻译由范用与译者商讨多次后才定下来。起初译作《为书籍而生活——一个出版家的自白》,后又改为《书业春秋》《绥青回忆录》《把生命献给书》,等等。范用以为《把生命献给书》这一书名,语气似乎过重了,建议用《为书籍的一生》,译者欣然同意。应该说,绥青的这部回忆录在中国得以流行,范用是付出很多心血的。

《为书籍的一生》于一九六三年由三联书店出版,一九八一年曾再版,二〇〇五年初又由广西师范大学出版社重印。新版书前的汪家明《推荐序》中写有这样一段话:"范用先生的经历与绥青有某些相似之处:同样十五六岁进入出版业,同样生活在一个黑暗与辉煌交织的时代,同样靠自学和勤奋成就一份大事业,同样在出版实践中结识许多作家学者并成为好朋友,同样有为普通大众出版价廉质良的图书的梦想和追求,还有一点——同样'为书籍的一生'。"

将《咸宁批判》里相关的文字与这段话对照着读,让人感慨不已。基于同一事实,竟有截然相反的评价。当年因此遭批斗,而今因此受颂扬,价值判断完全倒了个过。世事变幻,真的如杜甫《可叹》一诗所云:"天上浮云似白衣,斯须改变如苍狗。"

二〇〇六年五月十九日

倪庆饩致李霁野的一封信

因检索李霁野的相关资料，看到孔夫子旧书网上，曾出售一封倪庆饩致李霁野的信，存有图片展示。信是写在印有南开大学字样的公用方格信纸上的，不多不少，满满一页。现过录于下：

李老：

您给我的复信早收到了，随后我与秦树艺进行了联系，他又要我转与该社编译室的张敏生联系，我与张联系后，她复信说他们只出现当代作品，故古典的东西不列入计划。我以为这可能是实，也可能是推托，总之没有成功。

《巴兰屈雷公子》(一九八四)一书我曾交百花出版，他们也通过了，但去年由于人事变动又把它搁下来了，一年来没有人接手，也没有人过问，就搁在我的书桌里。

对您的善意和支持我深为感谢，以后有机会还请您注意。现在出版界出了一些乌七八糟的东西，而对文学史上有定评的作品却挑剔冷淡，既反映编辑的水平，也是一种风气，作为译者我们是无能为力的。

占用了您这么多宝贵的休息时间我非常不安。谨祝您

健康愉快

倪庆饩　十　十六

另有信封的图片，可见其上书“本市大理道十一号李霁野先生”，落款“南开大学公外教学部倪”，邮戳时间为一九八六年十月十六日。信封上还有“复我信”三字，想是李霁野的手迹。

李霁野是现代文学史上的著名作家、翻译家，南开大学的资深教授。倪庆饩也供职于南开大学，是公共外语教学部的一名普通教师。信中提到的秦树艺、张敏生，是重庆出版社的编辑。李霁野的《少男少女》一书，一九八三年由重庆出版社再版。他推荐倪庆饩的译著，希望也能在那里出版，结果未成。这便是此信的写作背景。

信中提到的《巴兰屈雷公子》，是英国十九世纪作家斯蒂文森的小说。括号里补写的年份，大概是该书译稿完成的时间。这部书稿是倪庆饩与周永启合译的，一九九五年由百花文艺出版社付印发行，书名改为《巴兰特雷公子》。

其间经历了整整十年的沉睡期，不过最终还是出版了，也可谓好事多磨，值得欣慰。

我注意到倪庆饩这个名字，比较晚。大约是二〇一一年底，我购得两册刚刚出版的英国名诗人华兹华斯的妹妹多萝西·华兹华斯的散文汉译本：《格拉斯米尔日记》和《苏格兰旅游回忆》，译者都是倪庆饩。不久，《读书》杂志上有篇文章，将这两本书与同时出版的赫德逊《鸟和人》、戴维斯《诗人漫游记·文坛琐忆》，合称为“倪译英国散文四种”。这些书都是我感兴趣的，于是，我开始关注起这位并非名声显赫的散文翻译家。

其实，我此前读过一些“倪译英国散文”。只是当时糊涂，仅仅在意原作者，而没有留心翻译者。现在回想起来，读过的数目还不算少。例如，百花出版社“外国名家散文丛书”里的《史蒂文生游记选》《赫德逊散文选》《小泉八云散文选》《普里斯特利散文选》《布罗斯散文选》《高尔斯华绥散文选》《卢卡斯散文选》，有的署名倪庆饩译，有的署名林荇译，我都粗粗翻阅过。倪庆饩的译著还有许多单行本，如史蒂文生《驱驴旅行记》、戴维斯《一个超级流浪汉的自述》、康拉德《大海如镜》、杰弗尔斯《燕子归来》、赫德逊《鸟界探奇》、小泉八云《君子》、迈纳尔《我与飞鸟》、赫德逊《绿厦》以及《爱默生日记精华》，我基本上是只闻书名，无缘得见。但无论怎样，仅凭以上不完全统计，作为翻译家的倪庆饩，完全称得上“著作等身”了。

正如倪庆饩致李霁野信中所言，他翻译的都是“文学史上有定评的作品”，而且大多是英国十九世纪到二十世纪初的非虚构散文作品。这些作品以“自然书写”为主，或多或少地体现了原书作者对英国工业革命后现代化进程的反思。特别是杰弗尔斯和赫德逊的散文作品，在当今世界盛行的生态批评思潮中，价值日益得到彰显，越来越引人注目。倪庆饩在前些年就选择这类作品翻译，足见其眼光独特、意识超前。

倪庆饩早年就读于上海圣约翰大学，中华人民共和国成立初期曾在北京任职于对外文化交流部门，后回老家长沙，任教于湖南师范学院中文系、外文系，最后调入天津南开大学。尽管有人誉之为“南开的门面”，可他长年在公共外语教学部给学生上公共外语课，直至退休。他的译著自上个世纪九十年代以来陆续出版，都是在他退休之后。《塞耳彭自然史》译者缪哲在一篇文章里说：“倪先生是南开一名普通的退休教师，我有幸与之相识；他善良，耿介，有性情，以译介英国散文为职志，七十好几了还愁米盐，然其志不辍。”缪哲翻译英国散文，爱用半文半白的词句。这里的“还愁米盐”，也是他的语言习惯。作为有公职的大学退休教师，似乎还不至于沦落到缺米下锅。倪庆饩的日常生活颇为清贫，或许是事实。那么，在极其简陋的境况里，在普通的方格稿纸上，一笔一画地书写精彩译文，新书迭出，是要让那些物质条件优越、科研经费充足的大学同事们汗颜的。

不过，倪庆饩的众多译著即使在他退休之前出版，他在学校的待遇恐怕也不会得到改善。因为在现行的大学评价体制下，翻译乃至创作都不算“科研成果”。只有针对翻译或创作的所谓研究论文和论著，才能成为业绩考核和职称晋升的必备条件，得到奖励和丰厚的科研资助。考虑到文学翻译至今仍需面对的恶劣环境，倪庆饩已是耄耋之年，还在源源不断地推出一部又一部新的译作，就不能不令人顿生敬意。

从倪庆饩致李霁野的信中，可以看到他当年出版译著的艰难。他今天丰富的翻译成果，也是历尽艰辛、来之不易的。作为喜爱翻译作品的读者，千万不要忘记那些背后默默耕耘的“隐身”译者。每当读到形神兼备的汉语译文时，对于那些给原作以新生的译者，应该心存感恩。——这就是我写下本文的意旨所在。

二〇一四年十一月

文章真处性情见

林谷先生的《钓台随笔》，作为“开卷随笔文丛”之一种，最近由湖南大学出版社出版。该书收录了作者上个世纪九十年代中期以来所写的文章，主要是读书随笔，另有少量记人记游散文和名物小品。我感兴趣的，自然是读书随笔一类。作者所谈的书与人，大多是我读过的、熟悉的，甚至有些还曾撰文谈论过。看一看别人如何来写相同的书人书事，或许也可以有所“镜鉴”吧。

《钓台随笔》分八辑，共收录文章五十九篇。第一辑七篇，谈孙犁；第二辑六篇，谈知堂；第三辑五篇，谈谷林和止庵；第四辑四篇，谈胡适；第五辑十四篇，谈《西谛书话》《吴宓书信集》等；第六辑六篇，谈李霁野；第七辑五篇，谈房龙、鹤见祐辅等；第八辑十二篇，系游记散文和名物小品。这种分类方式有点特别，以前似乎见过一例。好处是内容一目了然，便于读者翻检；不过，也有令人困惑之处，即先后排序理由何在。孙犁为什么排在知堂之前？胡适为什么排在止庵之后？李霁野为什么夹在中外两组读书笔记之间？作者肯定有他的用意，旁观者未免不明就里。

的确，阅读容易，理解难。许多文字，表面看上去清楚明白，其背后的深意却颇为隐晦。优秀的读书随笔，不仅在于点评字面的呈现，更在于阐发文字背后的含义。我对《钓台随笔》的作者一无所知，对他的意图不便妄加猜测，对这本书也无意评头论足。我想说的是，浏览了这本书之后，我发现作者的读书随笔恰有如此意向，即不纠缠于文字表面，而注重探究写作背景，揭示深层意蕴。

首先引起我注意的，是《孙犁读史》一文。作者对某种“新论”不满，便作文予以反驳。他针对的是林贤治《五十年：散文与自由的一种观察》里的一段话：“（孙犁）晚年提倡阅读和写作古文，文字入于艰涩一途，思想大为锉减，简直退回到故纸堆里去了。”作者认为，孙犁晚年读史，钻进故纸堆，却能跳出故纸堆，洞察古今，而且读的时机也有点特殊。他引了孙犁题写在《史记》上的“书衣文录”：“今年入夏以来，国家多事，久已无心读书。近思应有以自勉，以防光阴之继续浪费。……乃念应先以有强大吸引力之著作为伴侣，方能挽此颓波，重新振作，此书乃当选矣。”由此观之，林贤治对孙犁的评论有失偏颇，自不待言。当然，林贤治的话也有其特定的语境，如何理解则又另当别论，在此不赘。

孙犁晚年的遭遇，其实不过是知堂中年遭遇的重演。本书《灯下常伴〈夜读抄〉》一文，谈到知堂《夜读抄》也是一部在特定历史背景下产生的读物。一九二七年，国内形势大变，知识分子进一步分化。知堂走上一条不同于鲁迅的道路，文章也转向枯涩苍老、古雅遒劲。一部分读者认为他愈加炉火纯青，一部分读者则认为他逃避现实、思想落伍。文中转引了知堂《闭户读书论》里两段文字："宜趁现在不甚适宜于谈话做事的时候，关起门来努力读书，翻开故纸，与活人对照，死书变成活书，可以得道，可以养生，岂不懿欤?""我始终相信二十四史是一部好书，它很诚恳地告诉我们过去曾如此，现在是如此，将来要如此。历史所告诉我们的在表面的确只是过去，但现在与将来也就在这里面了。"作者认为，《夜读抄》就是以史为鉴，来观察现实生活并加以批判的思想结晶。

书中还有一篇《知堂草木虫鱼文之再欣赏》，也具有类似的品鉴思路。在作者看来，知堂的草木虫鱼文绝不只是介绍一点知识趣味那么简单，而是别有深意存焉。他同样关注当时政治环境下的复杂心境与写作动机，再次转引了知堂自己的文字："现在实在无从说起，不必说到政治大事上去，即使偶然谈谈儿童或妇女身上的事情，也难保不被看出反动的痕迹……现在便姑且择定了草木虫鱼，为什么呢?第一，这是我所喜欢；第二，他们也是生物，与我们很有关系，但又到底是异类，由得我们说话。万一讲草木虫鱼还有不行的时候，那么这也不是没有办法，我们可以讲讲天气吧。"

有人主张"同情的理解"，有人主张"理解的同情"。《钓台随笔》的作者正是朝着"理解"与"同情"合一的方向努力，知人论世，以意逆志，写下了一些透彻精辟的篇章。其中某些片段寄意深远，读来感同身受，让人浮想联翩。例如《也读〈广阳杂记〉》的结尾：“《广阳杂记》除了那些有助于了解那段历史的轶闻轶事，还有一些是专写作者本人的内心活动与感情世界的，由于是心灵实录，我们至今看来还会引起一丝同情与感伤。如有一次他寄寓在一座寺庙里，突逢一场‘狂风怒号，雨如覆盆’的极恶天气。他静坐室内听风雨声，不禁想起故人‘死已过半’，而今尚存者，也如‘深秋败叶，零落萧条，天各一方，不能聚首’，不禁悲从心来，于是，他当即拿起笔墨，在雨窗前将他这些新老朋友（三百余人）的‘性情学问’一一记录下来，以备来日‘暇时披阅’，‘以代把晤’。全文写得字字有情，感人肺腑。于是我想，刘献廷所写的这部《广阳杂记》绝非一时消闲之作，从其整体来看，是带有那个风雨交加的特殊年代的斑斑痕迹的。”

翁同龢有诗联云：“文章真处性情见，谈笑深时风雨来。”以上这段文情俱胜的言辞，庶几近之。

二〇一七年十二月

注意力集中
子恺

施蛰存先生的一封回信

报上见到一篇题名《施蛰存的窗内窗外》的书评，方才记起施先生去世已经整整五年了。就在不久前，整理书橱，冥冥之中，还检出一封许多年前施先生给我的回信。

那是一九九五年，我在《文汇读书周报》上读到施先生《“贝齿”与“裘”》一文。文章说谭友夏诗中“贝齿有时落”一句不通。而我怀疑原诗里“时”与“落”两字，可能是排印颠倒了。同时，我又在一家杂志上见到一篇署名文章《“别枝”新释》，觉得很像是施先生以前在什么地方发表过的一则诗词小札，便复印一份给施先生寄去，以便证实。信中，也谈了我对“贝齿”一句的看法，向他请教。

隔了很长时间，我意外地收到一封精美别致的信件。没有信封，看上去像是一张对折的贺卡，开口一边用一小段透明胶带粘了一下，一面印着一幅国画小品，一面上方写着投递地址，贴着邮票，下方印着的小字中有“北山楼”三字。我知道，这是施先生的回复了。揭开透明胶带，只见对折硬纸的内面写道：

桑农同志：

五月尾收到来函，稽迟未即复，不久，我就病了，住入医院，折腾了一个多月，前几天才回家。今天检出来函，才想起奉复，恕迟了。

《别枝》一文是我的，全文被抄，这不希奇。我的《唐诗百话》被抄窃二十万字，一字不改，换书名为《唐诗新论》，由安徽文艺出版社印行（一九九三），我也在最近才知道。

“贝齿”句你说得不错，“有落时”就没有问题，“有时落”就不对了。

问好

施蛰存　一九九五年八月十四日

我随即给那家杂志去信，很快收到答复，说是已经勒令剽窃者写检查。后来，我在一本施先生的文选里看到那篇被人抄袭的文章，原名《别枝》。文末注明，该文也是首发在《文汇读书周报》上。

二〇〇三年十一月十九日，九十九岁的施先生寿终正寝，曾有消息征集他的书信出版。当时忘了记下联系方式，心里想，过几天查一下。可一耽搁，五年过去了。施先生的海外书简已有人收集出版，国内部分的通信至今尚未面市。

现在，公开这封私信，一方面，是在施先生五周年的祭日，表达一位普通读者的纪念；另一方面，也希望《施蛰存书信集》或《施蛰存全集》的编者能够看到，如果需要，我将非常乐意提供这封珍贵书信的原件。

二〇〇八年十一月二十一日

杨绛先生的一封信

一百零五岁的杨绛先生仙逝了，媒体上自然会喧闹一番。原本没有撰文的打算，可最近一些事，让我觉得有必要写点什么。

首先是董宁文先生在网络上发表一篇纪念文章，上面链贴了几幅杨绛先生写给他的信件和题词。得知其中一封信谈到了我，便随即上网查看，这才读到以下的文字：

董宁文先生：

谢谢来信，老病未能早复为歉。附件已细读。桑农先生勘误，我已细细核对，他所言极是，再版当改正。如桑农先生要求在贵刊发表，我无意见。我此信无刊登之必要。勘误与人为善，乃盛德之举。请先代我致谢，并佩服他读书细心。

专复　并颂

编安

杨绛

二〇〇一年六月二十九日

这封信立刻将我带到十五年前。信里说的“勘误”，是我写的一篇校勘小札，考证钱锺书《读〈拉奥孔〉》中的一个讹字。稿子投给宁文主编的《开卷》杂志，他转寄给杨绛先生审核。好像听宁文说过，杨绛先生有信表示感谢。我只当是礼节性的客套，没有在意。这会儿，我也“翻箱倒柜”，找出宁文当年的来信，转录如下：

桑农先生：

大作已至三校时，看到《文汇读书周报》率先刊发，故撤下。因小刊的读者与《文》大都是重复的，望谅之。

尊作收到后，即与杨绛先生取得联系，她以为您的意见是对的，并对您的认真表示了钦佩之情，在此一并告知。望今后有合适的短稿再赐小刊为幸。

即请

撰祺

董宁文

二〇〇一年八月二十日

两封信对读，我既兴奋又惭愧。遥想当年，也不算年轻，却那么冒失。钱锺书文章里出现一处错误，本来无关紧要。我写小文投稿，是因为考证时使用了陈垣先生概括的校勘四法（本校、对校、他校、理校），自己颇为得意，想发表出来，显摆一下。没想到宁文如此慎重，更没想到杨绛先生如此宽厚。而我竟然在没等到确切答复的情况下，将稿件另投他处。幸好宁文不以为忤，此后对我的文稿乃至书稿都多有关照。杨绛先生那里，因为不知道老人家到底说了什么，我也没有及时与她联系。

杨绛先生去世后的这几天，网络上有许多非议之词。一些不明就里的人，也跟在后面七嘴八舌。此时此刻，读到杨绛先生给宁文的这封信，真是百感交集。钱锺书、杨绛夫妇的确有些清高，爱惜羽毛。可与人龃龉，一定是有侵害名誉或权利之事发生。如果纯粹是学术问题，他们的态度又会如何呢？别的不说，这封信便是一个有力的证据。对于一篇微不足道的小文章，杨绛先生先去仔细“核对”，确认事实，然后表示“当改正”，最后还要“致谢”。杨绛先生的品格秉性，跃然纸上。

尽管信中的措辞令人汗颜，尽管杨绛先生说自己的信“无刊登之必要”，但时至今日，我觉得还是有必要让更多的读者看到，尤其是让那些不明真相的读者看一看，杨绛先生是否像某些以讹传讹者所说的“一味护短，仗势欺人”。

我想刊发这封信，还有一个原因。那则校勘小札在《文汇读书周报》上发表后，也被人注意到了。三联书店的一位朋友告诉我，出版社重印《钱锺书集》时，有编辑认为小文的观点是对的。可因为一位普通读者的意见，就改动原书，似乎不妥。讨论的结果，还是“将错就错”了。如果读到杨绛先生这封信，知道她的意见，那个讹字是否可以改过来呢？

二〇一六年六月六日

追忆左孝武先生

最近在一家旧书店，见到舒芜几年前出的《碧空楼书简》。书中收录了作者致程千帆、荒芜等六位友人的书信。其中有位左孝武先生，一般读者恐怕从未听说过。当年，孝武先生去世，舒芜在报上发表第一批书简，以示哀悼。我也曾有意写一篇纪念文章，因为孝武先生与我有忘年之交。

孝武先生与舒芜是同乡，安徽桐城人。孝武先生的左家，舒芜的方家，都是桐城的大姓。两人的通信，正是从叙谈乡谊开始的。

孝武先生早年毕业于一所商业学校，分配到我出生的那个县城工作。不久被打成右派，送往劳改农场。平反后恢复公职，已是人到中年。我师范毕业后回家乡教书，课余常去他家借书看。虽然是会计出身，孝武先生收藏的却是些文史类书刊。《读书》《随笔》《文汇读书周报》，我最早都是从他那里看到的。

他先是在煤建公司上班，后来调到土产公司，住在单位后院两层楼的宿舍，楼上楼下各一间。我每次去，只在楼下与他家人打声招呼，便径直上楼，到他那连着阳台的卧室兼书房里，翻一翻书，聊一聊天，临走借几本，过几天看完了，再来换。他总是不厌其烦，也从不以长辈自居。他家人见这一老一小如此投机，也颇受感染，有时我去了他不在家，也让我一人上楼，随便翻看，等他回来。我至今仍清晰地记得，那二楼南边仅十二三个平方的半间小屋，书橱的顶上都堆满了书，书桌上总有翻开的书刊或报纸，还有一只放大镜。朝向阳台的门总是敞开的，门上贴着一副对联："有书真富贵，无事小神仙。"

孝武先生的朋友似乎也不多，能谈谈读书心得的就更少了。我们在一起时，从不谈各自单位的事，家庭的事也少涉及，只谈一些书人书事。所以每次见面，谈得都很愉快。他在单位的人际关系并不好，他性情耿直，爱发脾气，同事和领导都避着他，好处自然没他的份。这些，我都是偶尔听人说的。他在我面前，总是一副怡然自得的样子，好像一谈到书，生活中的种种烦恼就消失得无影无踪了。

后来，我离开故乡，来到现居的城市工作。每次回老家，我都要去拜望他，顺便拿几本书刊，消磨节假日的时光。他总能拿出点什么让我开眼，如台湾亲戚寄来的台版书、港版书，还有中文版的《读者文摘》。当然，他也将舒芜的信件给我看过。

有一年，他外出访友，绕道来看我，留住了几天。当时，我还住在学校。校园很宁静，绿荫覆盖面很大，不时能听到枝头的鸟鸣。我陪着他在校园里到处转转，去图书馆、阅览室，或待在家里看看碟。他拿出一份回忆自己右派生涯的文稿，也就是舒芜在书简题记中提到的《片竹录》，约有两万字。文章叙述平实，但读来惊心动魄。我当时觉得，此文适合《黄河》杂志中的某个栏目，便写了封推荐信，特快专递寄给时任该刊副主编的谢泳先生。他离开后第二天，谢泳就来电话，说文章看了，留用。我把消息转告他，他自然很高兴，还写信跟舒芜说了。

然而直到他不久去世，那篇文章也没有发表出来。我是在报上读到舒芜的哀悼文字，才知道他已病故。当即打电话给谢泳询问稿件的事，回答说那个栏目后来被取消了。杂志有它的难处，能够理解，可我总觉得自己没把事情办成，对不起意外早逝的孝武先生。现在想来，还仿佛一块石头压在心上。

我一直想写点文字纪念孝武先生，可迟迟没有动笔。写什么呢？写他年轻时失言，沦为右派，生命中最好的时光被耽误了？写他洁身自好，孤芳自赏，不合时宜，不能适应社会的变化？写他一生磕磕绊绊，希求过上平静、安逸的日子而不得？写他终身与书为伴，又不以此谋生，只是陶醉在阅读的愉悦中？像这样的读书人，在我们身边不是有很多吗？来到这个世界上，默默无闻；离开这个世界，无声无息。要不是舒芜公开发表了写给他的书信，恐怕连名字都不会为外界所知晓。

翻阅《碧空楼书简》，不禁对作者顿生好感，不仅因为他让我重读了那些曾见过手迹的书简，看到书中影印的孝武先生的相片，唤起了我的回忆与怀念，更因为他对一位普通而平凡的读书人的情谊。

二〇〇九年六月三日

书人手简

得知长沙有一份《书人》杂志时，首先觉得这个刊名很别致。民国时期，也有一种期刊叫《书人》。不过那是谈书法的，这一种是谈书的。这里的“书人”，可以理解为读书人、写书人、贩书人、藏书人、爱书人，等等。英文里的 bookman，恰巧与之“等值”。

应该是二〇〇六年秋天，在网上看到一个帖子，说由弘道文化公司创办的《书人》，现在改为岳麓书社主办，有意者与之联系，可获赠阅。我出于好奇，便发去电子邮件索取。过了一段时间，果然寄来一册新刊，里面还夹着一封编辑的手简。全文如下：

桑农先生：

奉上《书人》新一期，另弘道版两册分寄。迟了，请您原谅。请百忙中惠赐大作。另有《文笔》即将创刊，烦先生撰一与笔相关之作，谢支持。信稿可邮箱或“书人信箱”寄发，目录页上有址。拟寄安徽十所大学刊物，烦排名列出地址邮编。

谨致

问候

萧金鉴 六年十月卅日

在这个电子传媒的时代，手写的书信难得一见。偶尔收到一两封，我都珍藏起来。这封信写在为岳麓版《书人》特制的十行笺上，右起竖排，满满一页，正是标准的尺牍藏品。

记不清在哪篇文章里读到的，说萧金鉴先生时常为《书人》“逼稿”。好像是说，姜德明先生曾当面笑言：“老萧啊，能写的我写，没时间写的不要逼我哦。”我虽然是一位无名的晚辈，竟也有幸受到类似的待遇。

因为见到岳麓版《书人》第一期，内容和装帧都颇合口味，随即寄去一则读书札记。未料萧先生回复说，文章短了，让我照着样子再来几篇，一并刊登。盛情难却，我又寄去一则。萧先生此次的回复是，这篇内容不合适，重新换一些来。于是，我另外赶写了两则寄去。《书人》二〇〇七年第二期上的那三则短札，就是这样出笼的。至于《文笔》杂志，萧先生任特约编辑，是代朋友帮忙的，但他同样尽心尽力。创刊前后，多次为之约稿。我对“笔文化”知之甚少，没有什么可写的，所以每次都婉言谢绝。最终，他不再勉强，改为从我已出版的书里选了一篇作家评论，转载在《文笔》

上，这件事才算完结。

年前，萧先生发来电子邮件，说某家出版社请他编《文房丛刊》，约我写一篇，谈谈“文人与茶”，要五千字左右。这个题目我很感兴趣，愿意一试，只是交稿时限不知能否放宽一点。他回复说，丛刊正在筹办中，打算一年出两辑，写作可从容些，不用急。我因杂事缠身，至今只是收集了一些资料，尚未成文，却不见萧先生来函催稿。私下猜测，丛刊的计划或许有所变更？

不曾想，上周在网上看到消息，说萧先生住院了，是癌症晚期，说话都很困难。我不便打扰，只是在给友人的电子邮件里为他祈祷。今天，又传来噩耗，萧先生已于三月二十二日下午两点去世。我半晌说不出话来。我不敢相信，这位一生“为书辛苦为书忙”的可敬的老人，真的离开了。

我和萧先生缘悭一面，平时只是电子邮件联系。通过一次电话，他乡音很浓，说了些什么，我也没听清楚。幸好保存了交往之初的一封手简，可以留个念想，也可以刊布出来，寄托我的哀思。

二〇一二年三月二十五日

嘉孺子而哀妇人

前些时候，读到钟叔河先生一篇文章《爱书爱到死》，很是感动，便将自己的一本旧作寄呈；也没有什么别的意思，只是为了表达对钟先生的敬意。未曾想，钟先生很快回了信，同时寄来一部《念楼序跋（外一种）》。

这本书是钟先生近年出版的三部自选集中的一部。三部自选集分别是：写人的《小西门集》，写事的《笼中鸟集》，写书的《念楼序跋（外一种）》。所谓“外一种”，是指该书除了“念楼序跋”，后面另附“念楼读后”。前一种是说自己的书，后一种是说别人的书。钟先生是出版大家，他“自己的书”，包括写的书，也包括编的书。

与许多读者一样，我读钟先生的书，也是先读他编的书，后读他写的书。改革开放之初，钟先生编的那套“走向世界丛书”，使国人大开眼界；而他编的《知堂书话》，对读书界更是影响深远。我个人最喜欢的，则是那部《儿童杂事诗笺释》。周作人的诗，丰子恺的画，钟叔河的笺释，真是百年一遇的“最佳组合”。

谷林先生为此书写过一则“品书录”，名为《嘉孺子》。文中说，周作人常引用“嘉孺子而哀妇人”一语，其著作涉及妇女儿童的至为繁富；而在这两个方面，各有一本好书，钟叔河笺释的《儿童杂事诗》和舒芜编录的《女性的发现》。我原本是认同这一论断的，即钟叔河彰显了周作人“嘉孺子”的一面，舒芜彰显了周作人“哀妇人”的一面。可仔细想来，如此明确的划分，显然过于简单化了。

“嘉孺子而哀妇人”，是《庄子》里述尧的话。周作人有一篇《女人三护》，谈的是佛经里的“三护说”：“女人志弱，故借三护，幼小父母护，适人夫婿护，老迈儿子护。”周作人说，认为儒家“三从说”即佛教“三护说”是不对的。两说形迹虽似，精神却不相同。印度女子的社会地位未必比中国更好，但佛教的慈悲精神有时把她们当作人来看，所谓“三护”正是出于慈悲，是利他的；中国《仪礼》中的“三从”，是规定妇女的义务，是由男性的权利和立场说的，是利己的。周作人说，中国本土文化典籍里，仅有一句“嘉孺子而哀妇人”，与佛教“三护说”气息相通。

《念楼序跋》里有一篇《〈神鼎山房钟氏支谱〉序》，是钟先生为新编家谱作的序言。家谱有一定的格式，后人续写，大多沿袭旧制，钟先生却能别出心裁。他在序言中写道：“钟氏明清旧谱只载男性，入民国后始记生女几人、女适某姓，仍极简略。本《支谱》改将女子与男子同样列项，同样记录生平行事。至于女之子女，因属外姓，只能记于其母项下，子媳则附记于子之项下，阅者鉴之。”

中国古代不把女子当人，家谱就是最突出的例证。时至今日，续写家谱者虽多，却未能摆脱传统思想之余孽。钟先生对家谱体制的大胆改革，不仅振聋发聩，而且为这个“生男生女都一样”的独生子女时代，提供了续写家谱的“可能性”和“可行性”。

钟先生在编辑和研究周作人著作时，并没有特别强调其“哀妇人”的一面，但从《〈神鼎山房钟氏支谱〉序》看，他是继承了这一精神的。换句话说，钟先生不仅彰显了“嘉孺子”的一面，也赓续了“哀妇人”的一面。

写到这里，我禁不住要征引钟先生回信里的话：“中国士大夫谈到女诗人、女词人总不免轻薄，当然，这和古时女诗人、女词人多数都是(不能不是)鱼玄机、薛涛一流的历史事实有关。现代文人亦多是士大夫的子弟，‘红袖添香’总是他们挥之不去的理想。大作能一扫新才子们的‘流风余韵’，把女作家当作作家，把女人当作人来看，光凭这一点，我就不能不表示佩服了。”

所谓“把女作家当作作家，把女人当作人来看”，正与“哀妇人”的理念一脉相承。也正是因此，我觉得有必要抄录这段话。至于“佩服”云云，实在承受不起；我只当是一位尊长对后学的期望与鞭策。

二〇一二年四月

倚兰书屋

倚兰书屋在苏州城里一个叫作慧珠弄的街巷。应该是常见的住宅楼，常见的套间，书房也许并不特别讲究，但书桌或茶几上一定放着盆兰花。书屋主人陈新先生，退休已有十余年了，自称"整日蜗居，读读闲书，无所事事"。今年四月，却由江苏凤凰教育出版社一次性推出五卷本散文——《倚兰书屋自珍集》。

五册袖珍小书，装在一个函套里。函套是深蓝色布面的，手写的书名，竖排居中，直接刺绣其上。函口插入一个折叠式的硬纸护封，取出后，可见五册小书的书脊。每册约在两百页，厚薄适中，小巧轻便。仿牛皮纸的封面，简约内敛，淡雅素净。盈掌在握，真是让人爱不释手。

毋庸讳言，我最初是被精致的装帧设计所吸引，可等到开卷细读，文章之不俗，又出乎意料。说来惭愧，此前从未接触过陈新先生的文字，甚至都未听说过他的大名，对其作品原本没有多大期许。然而，一册一册读下来，《倚兰人语》

中的“人生履痕”，《书带草》中的“草木虫鱼”，《远去的小风景》中的“朝花夕拾”，《鸦噪晚风》中的“读书札记”，《皆是我师》中的“师友杂忆”，都使我心荡神移，感佩不已。

翻阅这几册小书，不禁想起前些年风行一时的“老生代散文”，如孙犁的“劫后”十种、张中行的“负暄”三话，都是“人书俱老”的好文章。也许有人要说，陈新先生只是一名普通的退休教师，是个“小人物”。但作品的优劣，并不取决于作者的世俗身份或地位。两三百年前，同样是在苏州，有一位叫沈复的退役幕僚，当年也是一个默默无闻的“小人物”。现在看来，他留下来的《浮生六记》，与冒辟疆等名人的同类著作相比，恐怕是有过之而无不及吧。

说起《浮生六记》，陈新先生的《倚兰人语》与之应有渊源。《倚兰人语》中的“兰”与《浮生六记》中的“芸”颇为相似，同样的纯真、深情、善良。由于时代的原因，“兰”必须独自面对社会，因而比“芸”又增添了朴实与坚韧。陈新先生和“兰”相亲相爱、相依为命的经历，或许比沈复和“芸”的故事，更能引起今天读者大众的共鸣呢。

《浮生六记》记录的，都是个人的日常生活；《倚兰人语》也是如此。可陈新先生的个人生活总是被各种社会运动所裹挟，叙述难免打上历史的烙印。从这个角度看，《倚兰人语》有近乎《干校六记》之处，尤其是平淡而克制的话语，哀而不伤，怨而不怒。

钱锺书《干校六记·小引》开篇说：“杨绛写完《干校六记》，把稿子给我看了一遍。我觉得她漏写了一篇，篇名不妨暂定为《运动记愧》。"《倚兰人语》里恰巧有这样一段话，可以补苴罅漏："后来知道别人有的是造反派，有的是保皇派，还有什么天派、地派，好派、屁派，支派、踢派，'革命'得不亦乐乎！我呢？叫作'逍遥派'，逍遥复逍遥了好几年，我真庆幸投靠了一个好派别！但当几十年后我写这些回忆文字的时候，我问自己：你真的'逍遥'吗？你真的以为'逍遥复逍遥'是值得庆幸的吗？说真的，还真不知道该怎么回答这个问题。我虽然没有遭到公开的批判和批斗，但内心的折磨却苦不堪言。在乡间，'文化大革命'运动是以'大破四旧'发端的，我连一本《古文观止》都不敢留下，乖乖地当作'四旧'交了上去。甚至差一点将兰母亲给她的一条印有'百子图'的丝绸被面也当作'四旧'上交。在后来的一系列既触及灵魂又触及皮肉的'运动'中，我不敢说一句不满的话，连腹诽也不敢。我没有出卖他人，但我确实出卖了自己，践踏了自己。我有什么资格说自己是'逍遥派'？！"

我几经考虑，还是整段抄下这些文字。我担心的不是篇幅过长，而是害怕读者因此忽略了作者其他题材、其他类型的作品。《倚兰书屋自珍集》里的文章，有人生的感悟，有自然的体验，有文化的传承，语言清新隽永，几乎篇篇可读。我之所以抄录这段文字，而不是其他的精彩辞章，完全是由于个人的审美偏执。在我看来，好的散文不仅要辞藻优美，要妙趣横生，要情感充沛，要见解深刻，最重要的是涵养纯厚。于清晰的文字中展现出作者的心性和品格，才是散文艺术的至境。古人说"文若其人"，大概也有这一层意思。

读《倚兰书屋自珍集》，我自然也会想象作者其人的风貌。《倚兰人语》一册的扉页上，贴着一枚藏书票。画面是一幅读书图，右上角题写“倚兰书屋”四个汉字。陈新先生坐在书案后的圈椅内，双手捧着打开的书册，眼镜低挂在鼻梁上，两眼微眯，若有所思。面前的案桌上，是卸下的书封。靠椅的背后，是一丛兰花，叶肥花硕。

什么时候去苏州，一定要去慧珠弄，去拜访倚兰书屋。什么时候呢？最好是兰花绽放、馨香馥郁的时节吧！

二〇一五年十一月十六日

很文人的东西

收到董桥先生回赠的新书《景泰蓝之夜》，快读一过。印象深刻的是，书中多次提到张充和。最后一篇《工尺谱归我珍存》中说，张充和年事已高，家中珍藏的一些字画愿意慢慢放出来，让同好收存。她叫弟子白谦慎代为打点。于是，董桥便得到了张充和本人最满意的那册工尺谱《拾画·叫画·硬拷：牡丹亭》。文后影印了封面和全部正文，一页不落。

好像有人说过，今年的出版界，简直可称"张充和年"。先是孙康宜编的《曲人鸿爪》《古色今香》，接着是白谦慎编的《张充和诗书画选》，乱花迷眼，目不暇接。八月份，我到北京开会，与三联的一位朋友小聚。餐厅幽暗的灯光下，他从包里拿出一册《张充和诗书画选》送我，说是有作者的签名。原来是一张两寸见方的宣纸，张充和亲笔题写的"充和"二字，一枚"张"字印章，旁边是白谦慎的签名和印章。大概美国太远了，不好把新出的书弄去题签，便让她写了一些小纸片，带回来粘贴在扉页上。我很少在意是否题签本，而且这种方式，还是第一次见到。不过，能有张充和的墨宝，着实让我惊喜了。——《牡丹亭》工尺谱也印在这本书中，只选了几页，并不完整。

与这册工尺谱一同归董桥收藏的，还有那副著名的对联："十分冷淡存知己，一曲微茫度此生。"字写得好，词句也好，很符合张充和的意境。我当天晚上回到宾馆，一页一页地翻阅那些诗书画，美不胜收；而最喜欢的，便是这副对联了。

《景泰蓝之夜》一书中另有一些篇目，说的是张充和自存的相关字画，现在已属于董桥的珍藏。有的是与工尺谱一同托人带来的，有的是通过邮寄的。沈从文的书法《读秦本纪》，台静农为张充和画的墨梅，沈尹默为张充和写的《虞美人》和一件小手卷，还有胡适为张充和抄的《生查子》。样样都是精品，件件都有故事，由董桥那支生花妙笔写来，加上精美、清晰的插图，真是赏心悦目。

董桥近年来的文章，多谈字画、古董。这是他的兴趣，也是他的擅长。好在时代变迁了，环境也不同，他无须像周作人那样抑郁，说什么"无端玩骨董"之类。他可以毫无顾忌地在媒体上直抒胸臆，表达对时事的看法，也可以回到家中，坐在书房或阳台，尽情把玩字画、古董，那些自己喜欢的东西。他是自由的。

董桥对大陆目前的收藏热，并不看好。接受一家媒体访谈时，他说："……这个市场还没有成熟。我现在玩的都是很文人的东西，在市场上没有那么高的价值。因为中国的收藏家还没有到达这样的高度，多半是暴发户。再过几年，他们收藏的品位成熟了，可能会专找我这些小东西。”

从张充和那里放出来的，归董桥珍存的，当然是些“很文人的东西”了。

二〇一〇年十月

书橱里的董桥

董桥先生退休了。

从网上看到这个消息，我并不惊讶，却也有一种失落之感。打开书橱，取出一本不久前网购的《夜望》，轻轻地摩挲。这是香港牛津大学出版社新出的一部文集，收录董桥最近的专栏随笔。现在，董桥退休，专栏也出了终结版。牛津版的“董桥散文系列”，不知是否还会继续出下去？

这个系列先后出版二十多种，我基本上收齐了。码在书橱里，整整一格。去年，安徽电视台“新安读书月”节目组来我家，让我介绍藏书中的精品。我自然将摄像机引到那一排精装的董桥散文前。当时说些什么，记不清了，好像还特地从中抽出一册，夸了一下装帧。

牛津版董桥散文的装帧，真是让人爱不释手。可以说，每一部都是一件精致的艺术品。当然，我不惜“重金”，通过各种渠道搜集这个系列，不光是因为装帧。董桥的文章，也是我的所爱。

我最早得知董桥文章写得好，是缘自《读书》杂志上柳苏的名篇《你一定要读董桥》。受其影响，我在第一时间购得三联版的《乡愁的理念》和《这一代的事》。反复看了好几遍，很是喜欢。当年有“台港文学”一说，台湾散文的代表是余光中，香港散文的代表则是董桥。我当时的印象：余光中的散文属于正宗，董桥的散文有些另类。许多年后，读到辽宁教育出版社的《语文小品录》，我才有所觉悟：余光中那样的纯文学散文，其实路子不宽；董桥这样的专栏随笔，却有着更加广阔的前景。

我尝试着写一点随笔，起步比较晚。二〇一〇年，出了两本小册子，一时兴起，寄给了董桥。原本只是表达敬意，未曾想他竟回赠了一部《景泰蓝之夜》。这是我第一次见识了香港牛津版的图书。我收藏牛津版“董桥散文系列”，也是从此开始的。

这部签赠本里，还夹着一页便笺，上面的话令我汗颜。我一直没敢公开，害怕被误会是在借名人抬高自己。可平心而论，董桥是老派人，言辞讲究礼数，客套不可当真。我如此在乎，只能说明自己修行不够。趁此机会，还是抄录出来，与“董迷”们分享吧。

桑农先生：

谢谢来信。谢谢赠书。先读了《花开花落》，真好看。接着会读《开卷有缘》。奉上今年出版的

第二本文集，得玉抛砖了。匆匆，祝

文安

董桥

二〇一〇年十月六日

此后不久，我网购了一部牛津新出的《橄榄香》，又意外地发现，里面有一篇《曼陀罗室》，文中提到我给他寄书的事，还引述了我写的那篇《因缘新旧意谁知》。

所以，我书橱里那排牛津版董桥散文系列中，《景泰蓝之夜》和《橄榄香》这两部，意义与众不同。有的封面更奢华，有的插图更精美，有的文章更合我的口味，但这两部无疑是我私下的最爱。

二〇一四年四月三十日

一枚错版藏书票

最近，有好几位藏家找到倪建明先生，要购买他十年前制作的一枚藏书票。倪建明正感纳闷之际，收到莫斯科藏书票收藏俱乐部主席斯捷潘诺维奇的来信。请外事办的朋友翻译后，方知晓事情的原委。

那还是一九九九年，受上海图书馆委托，为纪念普希金诞辰二百周年暨冯春翻译的《普希金文集》十卷本出版，倪建明创作了一枚藏书票。今年二月，这枚书票在莫斯科举办的中国藏书票展上展出。六月，普希金博物馆举办的纪念普希金诞辰二百一十周年国际代表大会上，又一次展出。同期出版的莫斯科藏书票收藏俱乐部杂志，也刊登了图片。消息很快传到国内，有心的藏家闻风而动。

说起这枚藏书票，与我还有一点关系。当年，倪建明开始构思时，在一家小书店与我偶遇。闲谈间，问我能否代找一些素材，因为学校图书馆里一定有相关资料。于是，我帮他借了几本普希金的诗集、传记之类，都是有插图的。过了一段时间，倪建明托人将书还来，并赠送一枚刚刚做好的藏书票，上面还有他的题签。

有关藏书票，我只是在一些书话集里读过介绍，知道它是一种微型版画，发源于西方藏书界，后传入我国。作为收藏者的个性标记，贴在书里，相当于中国传统的藏书印。版画可以拓印多张，但与印刷品不是一回事。因为拓印多了，版芯受损，印出来的效果不好，所以存世数量有限。对于搞收藏的来说，反倒正中下怀，物以稀为贵嘛。为确保某种藏书票的收藏价值，一般都是限量印制，还有印好后当众毁版的。倪建明的这枚藏书票，据说当时编号限印两百枚，作为普希金诞辰二百周年纪念会礼品赠送。而且，后来还有一段故事。

这个故事，也可称为事故。细心的藏家在票面上发现了问题，即其中两处同一个俄文字母，都被错刻成英文字母"N"。俄语中的那个字母，两竖之间的连线，是从左下角到右上角的。倪建明一时疏忽，正好弄反了。得知这一失误，他赶忙重新制作，以求换下错票，并专门写了一篇创作手记《永远的遗憾》，收录在二〇〇五年朝华出版社出版的作品集《文化印象》中。不知道他换回来多少？我的这一枚，当然是初版的错票。

与同行的作品相比，倪建明藏书票的优势，似乎不在画面内容，甚至也不在构图和色彩方面。他在材料和制作方法上，有自己的特色。为了突破西方流行的模式，展现东方神韵，倪建明选用特制的宣纸。他亲自去泾县，让厂家根据要求配料加工，把宣纸做得像牛皮纸那么厚。他还使用中国传统的版刻工艺，如饾版、拱花等技术，作品带有明显的凹凸效果。这必须看原作，才能体察；看复制的印刷品，就很难领略了。据说，出版《文化印象》一书时，先是扫描制版，没有层次感，不行，后来改用相机翻拍。由于角度和灯光调适得当，书上图片的视觉效果很逼真。

倪建明以为，无论是收藏还是赠送藏书票，都应该是原作，印刷品是没有价值的。他曾应朋友之约，制作纪念版的藏书票。朋友拿去印刷了一些，准备送人，请他签名。虽然碍于友情，最终还是拒绝了，理由是只能在原作上签名。他签名的字体也很特别，扁圆形的，与平日里的书写不一样，而且只用铅笔。我问过，为什么不用钢笔或其他类型的笔呢？他回答说，自己也没有探究过，似乎是国际通例；或许墨水容易渗、容易褪色，而铅可以嵌入纸里，签名能够保持长久一点吧。

倪建明的作品，在国际藏书票界已有一席之地。他亲笔签名的原版藏书票，而且还是有一段故事的错票，我能珍藏一枚，算得上幸运了。

二〇〇九年十月

浮生愿向书丛老

董宁文兄新近又策划了一套“开卷书坊”丛书，其中有一册沈津先生的《书林物语》。书里有一篇《关于〈顾廷龙书题留影〉》，副标题是“敬答桑农先生”。

这篇文章，我早在沈先生的博客上读过。正如文中所说，我是在网上浏览，看到沈先生一篇博文中提及《顾廷龙书题留影》。我刚好在万卷书屋见到此书，同时还购得沈先生的另一本书《顾廷龙年谱》，于是写了一句“留言”。没想到，沈先生很快就有专文答复。不仅提供了他后来收集的二十余幅顾廷龙书题目录，还纠正了原书的一些错误。此后，我在《文汇读书周报》刊出一篇小文，引用了《顾廷龙年谱》中的资料，并对一处标点表示异议。我也在沈先生的博客上留言告知。沈先生也回复了，言语之间依然那么客气。——我和沈先生的“交往”，仅限于此。

除了关于顾廷龙的两本书，沈先生的其他著作，我都未曾购阅，平时只在《藏书报》上零星地拜读他的文章。该报某期宣传广告里说，哈佛燕京图书馆常年订阅且收藏全套的《藏书报》。我想，这大概是因为沈先生在那里供职的缘故吧。我偶尔也有小文在《藏书报》上刊出。一次，有位先生撰文提及“三位”作者，将我的名字排列在沈津、朱金顺之后，让我万分惶恐。沈先生是版本学、目录学、文献学的大家，朱先生是中国现代文学史料学的开创元勋，而我不过是一位喜好杂览的“普通读者”。

沈先生“学术专业”，学界公认。有学者称：“环顾海内外中文古籍界，能出其右者难以寻觅。”他早年任职于上海图书馆，师从顾廷龙、潘景郑、瞿凤起三位前辈。有一段时间，三个大师只带他一个学生。九十年代初，任职于香港中文大学中国文化研究所。不久赴美，任职于哈佛大学哈佛燕京图书馆，历时十八年，直至今年年初退休。他撰写的《美国哈佛大学哈佛燕京图书馆中文善本书志》，全六册，堪称当今书志写作的权威范本。他主编的《美国哈佛大学哈佛燕京图书馆藏中文善本汇刊》，六十九种，三十七册，全部影印出版，可谓造福学界的一大壮举。他的学术文集《书城风弦录》《书韵悠悠一脉香》，我曾在书店里翻过，内容非常专业。

最近几年，沈先生“沉迷网络”，开了一个博客，取名“书丛老蠹鱼”。典故出自张元济的诗句：“我是书丛老蠹鱼。”徐畹芝也有诗云：“浮生愿向书丛老，不惜将身化蠹鱼。”这正是沈先生图书馆生涯真实而贴切的写照。

沈先生不仅在工作岗位上勤奋敬业，还利用闲暇时间，

姊妹
子愷畫

……放下书叹了一口气：要到什么时候我才能写这样的文章呢！

——周作人

根据自己所见的各种珍稀古籍善本撰写书话，贴在博客上。每周一篇，几乎从未间断。轻松的文字、精美的图片，吸引了业内专家、藏书爱好者以及像我这样的“普通读者”。一些出版界的编辑和策划，主动前来联系出书事宜，这便有了《老蠹鱼读书随笔》《书丛老蠹鱼》和《书林物语》。这三本书的篇目未见重复；合起来，基本囊括了他此前博客上的所有文章。

《书林物语》里收录的文章，都是沈先生在哈佛时所写；后记则是写于广州。我从《南方都市报》的记者访谈中得知，他从任上退休之后，又接受了中山大学图书馆的聘请，担任特藏部顾问，负责指导该部门的古籍文献整理。愿他在那边一切安好！

二〇一一年九月

蠹鱼诗话

郭青兄转来一页复印件，是刘尚恒先生写给他的信。其中有这样一段话："桑农先生的《浮生愿向书丛老》一篇，言及沈津的博客'书丛老蠹鱼'（亦书名），典故出自张元济云云，似欠确。清纪昀有斋联云：'沉浮宦海为鸥鸟，生死书丛老蠹鱼。'张、徐均取意于此。请代转告并代求正。"

刘先生原籍芜湖，曾供职于安徽师范大学图书馆，后调至天津图书馆，是一位资深的文献学家。他能注意到那篇不起眼的小文章，还不吝赐教，我深感荣幸。

我在文章中说"书丛老蠹鱼"一语出自张元济的诗句，是根据沈津先生的自述，属于"今典"；刘先生说张诗取意于纪昀的联语，是指向典故的最初出处，属于"古典"。两者之间，并不相悖。

我核实了一下，纪昀的原句是："浮沉宦海如鸥鸟，生死书丛似蠹鱼。"这与刘先生信中所录，文字稍有出入。如果是"生死书丛似蠹鱼"，与"书丛老蠹鱼"的关联，就比不上张元济“我是书丛老蠹鱼”那么直接了。另外，纪昀此联也是有典故的。前一句从杜甫《旅夜书怀》中化出；后一句则是翻用韩愈《杂诗》中的“岂殊蠹书虫，生死文字间”。

唐宋以来，把读书人比作蠹鱼的诗句，不胜枚举。韩愈的这一句，应该是最早的。当然，我没有作过考证，或许还有更早的，恐非名家之作，未能引起读者注意罢了。我翻了翻手边的资料，发现古代诗人提到蠹鱼最多的，要数陆游了。

陆游诗集里涉及蠹鱼的诗有六十九首，其中自比蠹鱼的就有十一首。如五律《灯下读书戏作》：“吾生如蠹鱼，亦复类熠燿，一生守断简，微火寒自照。区区心所乐，那顾世间笑；闭门谢俗子，与汝不同调。”七绝《初冬杂咏》：“儿时爱书百事废，饭冷齑乾呼不来。一生被误终未醒，老作蠹鱼吁可哀！”《道山直舍》：“身世从来一蠹鱼，讨论犹记入朝初。自怜报国无他技，又领兰台四库书。”《寒夜读书》：“北窗暖焰满炉红，夜半涛翻古桧风。老死爱书心不厌，来生恐堕蠹鱼中。”《解嘲》：“我生学语即耽书，万卷纵横眼欲枯。莫道终身作鱼蠹，尔来书外有工夫。”《秋夜读书戏作》：“别驾生涯似蠹鱼，简编垂老未相疏。也知赋得寒儒分，五十灯前见细书。”以及一些诗句，如《感旧》中的“孤立如羁雁，微生等蠹鱼”，《题史院壁》中的“慵为绕枝鹊，宁作蠹书鱼”，《戊午元日读书至夜分有感》中的“未收浮世风沤梦，尚了前生蠹简缘”，《幽居》中的“蠹书身世元无憾，伏枥光阴不更论”，《雨夜》中的“蠹鱼似是三生业，汗马难希百世名”。陆游诗中的蠹鱼意象，完全可以当作一篇“学术论文”的选题。

现代诗人的咏蠹诗却极少，大概见过蠹鱼的人也不多吧。倒是现代文人出书时，颇有几部以此为名，如苏雪林的《蠹鱼集》、周越然等人的《蠹鱼篇》。今人用作书名的，沈津《书丛老蠹鱼》之外，尚有傅月庵《生涯一蠹鱼》等。傅书后记云：“红尘回首，青春都走过。浮生梦欺书不欺，我依然情愿生涯一蠹鱼！”这便是书名“生涯一蠹鱼”的出处。是“今典”，不是“古典”。因为原句看似引用旧体诗，却不合格律，显然是作者杜撰的。

二〇一二年五月

得书偶记

在老家过年回来，收到的第一份邮件，竟是陈子善老师用特快专递寄赠的新书《梅川书舍札记》，真是喜出望外。

这本书是《点滴》编辑部策划的“点滴文丛”之一种，仅印三百册，手写编号发行，依次为精装本一至一〇〇号，毛边本一〇一至二〇〇，平装本二〇一至三〇〇。我的这本是精装本三五号，蓝布封面，烫银字，外加封套，扉页有子善老师的亲笔题签及钤印。

梅川书舍是子善老师的书斋，因他住在上海梅川路，所以取了这样一个斋名。听说，书斋里的藏书有两万册左右。我只见到“书房一角”的照片，未曾拜访过，想来大多是些他专业和爱好方面的书。这本《梅川书舍札记》里收录的，是他二〇〇七年至二〇一〇年在梅川书舍里撰写的文字，包括评论、随感、考证、序跋、回忆等。体裁虽然多样，题材却都是围绕他的专业和爱好展开的。

全书未分辑，目次以空行的方式分出三个部分。第一部分主要涉及新文学史料的发掘。有袁殊的文学活动，梁实秋胎死腹中的杂志，以及丰子恺的集外文的钩沉，而关于宋春舫、熊式一、南星、周炼霞的几篇，均为《海豚书馆》“文艺拾遗”系列的编辑说明。第二部分主要涉及当代的书人书事。与赵萝蕤、范用等人的交往，谈论吴福辉、古剑、李长声的新书，为《〈小团圆〉对照记》等书作的序。第三部分属于“杂项”类，包括读书的经历，如《生命里一段重要而美好的时光》《香港访学日志》；童年生活的回忆，如《“柳荫小筑”琐忆》《我的小学》。书后有附录两篇：一是演讲，一是对话录。篇幅都较长，可能都是根据现场实录整理的，并非“文章”，所以才放在最后的吧。

据悉，岳麓书社即将出版子善老师的一本新书，书名也叫《梅川书舍札记》，但所选篇目有所出入，另外配有图片，定价较高；只是尚未面市，无从拿来比较。

子善老师编辑出版过许多现代文学、港台及海外文学的集子。有多少种，恐怕他自己都说不清了。他本人的集子，也出了十余种。本市几位书友，是他的“粉丝”，凡见到他的书必买来收藏，且想方设法找他签名留念。一次，南京《开卷》杂志社在清凉山公园搞个活动，董宁文兄邀我们参加。听说子善老师已先到了，他们便将藏书随身带去。记得当天赶到时，子善老师刚用过早餐，一行人跟到他的客房，拿出书来签字。子善老师一面与人说笑，一面在不同的书上写下不同的题词；挥洒自如，谈笑风生。看到一位书友的藏书非常新，子善老师笑道：“没看过吧。”回答是：“有的书我买了两本，一本看，一本藏。”另一位书友，说起几年前，在报上看到先锋书店有个作者签名售书会，便特地赶去买了一本子善老师的书。坐了近两个小时的火车，从芜湖到南京，就是为了求一个签名本。别说子善老师了，就是我这个旁观者，也不免为之动容。大家说得高兴，竟忘了时间。宁文兄打电话来催，说会议就要开始了，子善老师还要演讲，这才一起匆匆赶往会场。回来的路上，他们可谓满载而归，突然发现我两手空空，方才注意到我并没有带书来签名，惋惜道：“如果早说，我带一个复本来给你，签一下，也是个纪念啊。”

现在，我也有了一本子善老师的题赠本，而且是限印本，编号本，自然要在他们面前显摆一下。于是，我拨通一位书友的电话。刚说完，电话里就传来兴奋的声音：“太好了，哪回带给我看看！”

二〇一二年二月

书缘未竟

《藏书报》编辑潘宝海兄用快递一次寄来四封信。两封是他写给我的，两封是朱金顺先生写给他的。将朱先生的手简转赠，是因为其中提到了我。

朱先生第一封信里写道："去年我刚出院，收到桑农先生的赠书《花开花落》。近日读了一阵，感到年轻朋友能写成这样，不易了。写短文一则，供阅读欣赏栏补白之用也。它的封面底色太深，复印不出，我复印了一张扉页。我看就不用插入封面了；如非要插入，用此扉页。但用时千万将桑农那几句话用白纸盖上，否则我在吹嘘自己了。谢谢！"

朱先生是新文学史料学的奠基者。他的"新文学三书"，即《新文学资料引论》《新文学考据举隅》《新文学资料丛话》，都堪称学术经典。我一时兴起，将那本小书寄呈，真正是班门弄斧。朱先生当时就回过信。未料想，他又亲赐书评，提携后学，实在感激不已。得知此事后，我与宝海兄说起，朱先生的联系方式还是他给我的。宝海兄很高兴，决定书评刊出后将原稿赠我留念，还写了一篇博文《可爱的书人，有趣的书缘》，贴在网上。同时，他给朱先生去信也谈及此事。这才有朱先生第二封信里的那句话：“信中讲了桑农知我地址为你所告，那该谢谢呢，因之有了《花开花落》，哈哈！”

我原本打算等原稿寄来，再给朱先生写信感谢，可迟迟未能收到。宝海兄此后赠阅的两期报纸都寄到了，原稿仍不见踪影。电话告知，宝海兄也有点着急。几天后，我便收到他一次寄来四封信的快递。

宝海兄在第一封信里说：“翻箱倒柜，朱老师的原稿还未找到。近日有其他文友索求朱老师地址，也有复信，怕顺手装错信封。万一如此，还望原谅。现将朱老师谈书评一事的信件呈上，稍补缺憾。没想到一桩美事，竟这般结果，很抱歉。”这封信写于六月二十八日。最后还写道：“老师暑假有时间的话，望多多投稿。”

然而，写于四天后即七月二日的第二封信，竟然这样开头：“可能这是一封告别信了，因本月中旬我将离开报社。作为一名编辑，感谢您多年的关照与支持。认识您，是我幸福而快乐的记忆。”信的结尾是：“老师亦不必回信了，估计回也收不到了。咱们今后在网上常联系。问好。保重。”——读到这些话，我愣了半天。都说人生没有不散的筵席，不曾想散得如此突然；仿佛一首乐曲，渐入佳境之际，戛然而止。

我与宝海兄至今未曾会面，只是在网上见过他的照片。

但作为作者与编者之间，多年建立起来信任和默契，非常难得。我寄去的稿子，他都会刊用；他策划专版，也会想到约我撰文。现在，宝海兄就要离开《藏书报》了，我们之间不会再有合作的机缘了。想到这些，未免伤感。

《藏书报》是国内古旧书业唯一的一份报纸，起步较为艰难。在宝海兄和各位编辑的努力下，逐渐形成气候。作者的阵容在扩展，栏目日益丰富，影响也越来越大。可正当其时，宝海兄却另谋高就了。不仅是我，众多关心和热爱《藏书报》的作者和读者，都多少会感到意外吧?!

遵照宝海兄的嘱咐，我没有回信，也没有去问个中原因。我能做的，只是在此略述这段未竟的书缘。一则感谢朱先生的厚爱，二则为宝海兄送行。最后，借用一句套话：祝愿宝海兄在新的工作岗位上，一帆风顺，前程似锦。

二〇一二年七月十四日

《读书抽茧录》书后

我偶尔写点读书随笔，或是即兴，或是应景，开始并没有出书的打算。七八年前，收到董宁文兄的手机短信，让我把已刊的文章编个目录给他看看，说是有机会代为推荐出版。我当时颇为兴奋，因为宁文兄主编的《开卷》杂志和策划的“开卷文丛”在读书界影响很大。他曾送过我“开卷文丛”第一辑，十位作者大多是文学史、出版史上的知名人物。他能想到我，真是荣幸之至。目录寄过去，一直没有回音。其间，我们好像见过面，但我没有问过此事。

又过了两三年，宁文兄发来电子邮件，说正在酝酿一套新丛书，要我自编一册，把电子书稿寄给他，和出版社谈选题时用。我的兴致又被调动起来，连夜动手，挑选篇目，并取了个古雅的书名，尽量弄得像那么回事。一段时间之后，宁文兄回复：策划方是排上了，出版方却未通过，因为我“没有名”。他表示遗憾，说了些抱不平的话。我连忙表示没关系，出版社是要卖书的，作者“没有名”，书自然不好卖，亏本的生意哪里能做?

此后不久,我的一册小书在广西师大出版社出版,自己觉得有了一点编书的经验,便主动编了一册读书随笔寄给宁文兄。《开卷》专栏“开有益斋闲话”里对此有记载:“二〇〇九年十月十日,桑农从芜湖发来网信:‘……长假期间,遂将近年来发表的尚有点意思的读书随笔编了一部书稿,书名、辑名和编排上花了点心思,附件寄呈。我一直都想出这样一个小册子,可以和朋友相互交流。如有合适的出版机会,还望鼎力推荐。’”

二〇一一年,宁文兄策划的“开卷书坊”第一辑由上海辞书出版社出版。他又来信表示遗憾。原计划一辑十本,出版社最后签发时,担心销路,决定只印八本,撤下两本。而我的那本,正在被撤下之列。我当然感到惋惜,但同时也暗自庆幸,因为那本读书随笔已转交台北秀威资讯公司出版了。我当时没有在意,将繁体简体的版权都签了。要是在内地重出,必须与他们协商版权转让事宜,那会很麻烦。

宁文兄又说,不要失望,接下来还将推出第二辑,他会继续争取。去年八月,终于接到宁文兄的通知,《读书抽茧录》一书已正式入选“开卷书坊”第二辑。我于是增补了几篇新作,写了一则题记,随即与上海辞书出版社签订出版合同。目前,已看过校样,估计五六月份即可面市。

算起来,这是我出版的第四本读书随笔集,可从出书意向看,却是动议最早的一本。近些年,出版界颇为繁荣,出书不是什么稀罕事。再说我已是一大把年纪的人,出本书也没什么大不了的。在这里拉拉杂杂地从头说起，是因为这本书对我而言，的确是几经周折、来之不易。尤其是宁文兄不厌其烦、持之以恒的推介，着实令我感动。按世俗的看法，我与他并没有特别的渊源，不过是普通的作者与编辑的关系。我不知道他何以看上我的文章，也不清楚他为了出版我的书做了怎样耐心的工作。我不能想当然地去叙述他那边的情形，只能如实地记下我这边的经历。细心的读者，或许会从中感觉到我此时的心情，会感觉到一位作者遇到这样一位编辑是多么幸运。——倘若如此，这篇文字就没有白写了。

二〇一三年三月

《书海遇合》的因缘

二〇一四年底，我将新旧芜文编了一个小册子，取书名时颇为犯愁，便信手翻阅一些前人的作品，希望能有所启发。看到冯至的名篇《书海遇合》，觉得这个标题做一本读书随笔的书名也挺合适。

二〇一五年是冯至诞辰一百一十周年。与冯至的女儿冯姚平女士联系，问及是否有纪念活动。果然，中国社科院外文所和中国现代文学馆届时将举办一个学术研讨会。冯姚平女士还让主办方发来邀请函，可惜我后来因杂事缠身，未能前往。但借此机会，我将《冯至全集》重温一遍。诗歌、小说、散文以及翻译作品，都备受关注。一些读书杂谈、序跋书评和书人书事类文章，却未曾受到重视。于是，我萌生了一个想法：为冯至编一本读书随笔选，书名就叫《书海遇合》。

读书随笔，有时也叫作书话。虽然属于小众读物，出版界还算比较热衷。尤其是最近十余年，各种丛书相继出版，新老作者，包括已故作家都有专辑面市。其间，冯至始终缺席。他晚年曾在《文汇读书周报》上开设专栏，给当时的读者留下深刻的印象，如今怎么就被遗忘了呢？或许他在文学界、翻译界声名显赫；偶尔为之的读书随笔，遂被忽略不计。但从本书收录的篇目看，他这方面的写作，也为绝大多数书话作家望尘莫及。

冯至写作此类文章时，或许并没有文体的自觉。他无意跻身于书话界，却具备了书话作家所必要的全部条件，甚至自身就是书话写作的对象。他那几册薄薄的小书（三本诗集、一本散文集、一本中篇小说），是文学史上的经典，也是新文学版本收藏者的珍爱。他参与编辑出版的杂志《浅草》《沉钟》和《骆驼草》，也为民国期刊收藏者必备。他来回忆亲身的经历，回忆与师友（如鲁迅、郁达夫、朱自清、杨晦、陈翔鹤、梁遇春、顾随、李广田等）的交往，其史料价值，远非后人从书本到书本的文献考证可比。

读书随笔或书话的写作，关键在于作者的见识。而见识，取决于一个人的素养和视野。见多识广才能有所选择，有所甄别。当下一些作者，仅凭一己的癖好，一知半解，信口开河，漏洞百出。还有些作者，偏于一隅，坐井观天，还沾沾自喜。而一些优秀的作者，也是或写新文学书刊，或写古籍版本，或写海外书讯，能专而不能通。像冯至这样学贯中西、知古通今的大家，难得一见。他是中国现代著名作家，也是古典文学专家，还是外国文学专家和翻译家。每个领域，他都不是浅尝即止，而是钻研精深。他的杜甫研究、歌德研究以及海涅和里尔克的译介，都是汉语学界的顶级水平。

当然，读书随笔或书话的写作，不是做学术研究。写给同行专家看的学术论文，可以“深入深出”，旁人不知所云没有关系；写给普通读者看的读书随笔，必须“深入浅出”，否则便失去阅读的价值和乐趣。可当下充斥市面的，绝大多数都是“浅入深出”的论文（学术垃圾）和“浅入浅出”的读书随笔（书话垃圾）。回头再来读一读冯至的文章，无疑令人警醒。这样一位大作家、大学者，文字竟然如此浅显易懂、明白晓畅、朴素自然，没有半点装腔作势、故弄玄虚，真所谓“绚烂至极归于平淡”。这才是读书随笔或书话写作的本色。

由于字数的限制，这本《书海遇合》未能将冯至此类文章悉数收录，但兼具史料性和可读性的精品，应该都已入选。感谢董宁文先生为本书出版所做的努力，感谢冯姚平女士授予版权，感谢戚蕊小姐为本书电子稿所做的校对。希望读书界的朋友能够注意到这本书，注意到冯至也写过读书随笔或书话，而且写得相当好，堪称这一领域的大家。

二〇一七年十一月十五日

《桥》编后记

承林贤治先生不弃，邀我参加“中篇小说金库”的编选工作。待完成了派定的任务，林先生又让我想一想，有什么篇目可以补充。我当即推荐废名的《桥》。

《桥》是一部奇书，称之为“中篇小说”未必恰当；其实，称之为“小说”也未必恰当。当年，周作人就将其中部分章节收入《新文学大系·散文一集》里。只是通行的文学史以及废名本人，都把它归为小说一类。

在现代小说界，有两部风格独具的作品，可谓汉语写作的极致。一部是废名的《桥》，一部是萧红的《呼兰河传》。两者都突破了小说文体的规范，可以当作散文或者当作诗来读。《呼兰河传》的单行本，坊间容易找到；《桥》的单行本，近年却未见刊印。大概是因为篇幅只相当于“中篇”吧，一般出版社可能认为印出来厚度不够，定价偏低，不愿出。所以，现在只能到废名的选集或全集里，去找《桥》的文本。

《桥》初版于一九三二年，由开明书店发行。该书只收录已完稿的上卷，共计四十三章。同年起，下卷的部分章节陆续在《新月》《学文》《大公报》《文学杂志》上刊发。包括一篇待印的清样稿，下卷仅仅完成九章，自然没有结集，也没有并入上卷出一个增订版。严格意义上讲，囊括《桥》的全部文字的单行本，至今未见。

除了将《桥》上下卷一并收入，本书还编入一些有关《桥》的文章。选择的标准，设定为一九四九年以前的单篇专论。目前能找到的，基本上都在这里了。

作为旧籍新刊，以保持原貌为好。删节本，令人遗憾；把没有直接关联的文本拼合在一起，也不尽如人意。在原书的后面，添加续篇和附录，以求资料的完整、研读的方便，或许是读者愿意看到的。本书的编选，正是试图提供这样一个《桥》的读本。

感谢林贤治先生认可这一建议，感谢废名的哲嗣冯思纯先生授予版权。希望更多的读者来读一读《桥》，来感受一下这部汉语写作的另类经典。

二〇一〇年六月三十日

《西窗内外》编后记

一九三六年，卞之琳出版了他的第一部翻译作品《西窗集》。这本书诗文合编，共分六辑，第一辑为译诗，后五辑为译文。所选篇目，大多属于十九世纪后半叶以来西方盛行的现代派文学。这对当年京派和海派对峙的文坛，无异于吹来一股清新的风。

尽管这本书出版后各方面的反响极好，卞之琳本人却不太满意。他觉得诗文集“取材芜杂、翻译草率”，况且还有校勘的疏漏。于是，他悄悄地开始了“拆台工作”，另起炉灶。首先是将书中最后一篇纪德的《浪子回家》，与新译的原作后续另五篇合在一起，出版了《浪子回家集》；接着又将书中阿左林的部分，加上新译篇目，扩充为一册《阿左林小集》；后来还将书中福尔的《亨利第三》和里尔克的《旗手》抽出，合刊了一个单行本。

改革开放之初，文学复苏，西方现代派文学也随之回潮，人们又想起了绝版已久的《西窗集》。卞之琳自然不愿意让自己报废的译本以原先的面目重印，便决定做一番清理。具体措施是，利用此前的“拆台工作”而进行“重建”。第一步是删节，撤除第一辑译诗和另几篇风格差异较大的译文。第二步是归位，《亨利第三》和《旗手》还原，《阿左林小集》全部并入。第三步是置换，以纪德长篇小说《赝币制造者》的一章替代原书中的那篇《浪子回家》。第四步是增补，新译波特莱尔的散文诗《时钟》，作为全书开篇。一九八一年，这样一本《西窗集》修订版问世，立刻受到热捧，特别是文学青年，更是争相传阅。二○○○年，三卷本《卞之琳译文集》里收录的，便是这个“修订版”。

卞之琳的翻译与他本人创作的互动，已有许多研究成果了。他的翻译作品，与当时文学风气的关联，包括对同时代以及后世作家的影响，尚待深入探讨。其实，翻译作品也应该是中国文学史研究的对象。许多优秀的翻译，对汉语写作进程的推动和贡献，绝不亚于那些所谓的原创。另外，相对于作家而言，翻译家或许会将更多的精力专注于语言艺术本身。例如，梁宗岱、戴望舒、卞之琳、冯至以及傅雷等人的精美译作，都堪称现代汉语的典范。

林贤治先生主编“文学馆”丛书，其中有一个文学经典翻译系列。他想到了卞之琳的《西窗集》，让我看看是否还有一些集外同类译作，能否编一个“增补本”。这一动议，正与我不谋而合。

前些年，我曾编辑出版过一册戴望舒的译文集《塞万提斯的未婚妻》，似乎颇受欢迎。但也有一些异议，说不该删掉徐霞村的译文。其实，我的编辑意图十分明确，就是要弄一本目前能够收集到的所有戴望舒翻译的阿左林小品，与徐霞村没有什么关系。喜欢戴望舒、徐霞村译的《塞万提斯的未婚妻》，如果为收藏，应该去找“一版一印”。如果只是为阅读，也可去找改版为徐霞村、戴望舒译的《西班牙小景》。我编的那个集子，只是要为读者提供一册尽量齐全的戴望舒翻译的美文读本。

同样，我现在想做的，也是试图为读者提供一册尽量齐全的卞之琳翻译的美文读本。需要说明的是，这里的“美文”，根据卞之琳本人的意思，不包括诗歌、戏剧，也不包括全本的中长篇小说，只是些散章短篇，即散文（含散文诗）和短篇小说（含长篇小说片段）。

现在这个“增补本”，是在“修订版”的基础上，又加以“重建”的。首先是并入《卞之琳译文集》里其他散章短篇，包括回收那篇《浪子回家》，另选录《浪子回家集》里三篇，以及文学评论四篇。其次是回收《西窗集》初版中原有的五篇，这几篇在“修订版”中被删除，《译文集》里也没收。最后是赵国忠先生提供的一篇旧报刊上的佚稿。

汤用彤《高僧传》校勘记里说，收集资料“宁滥毋缺”，使用资料“宁缺毋滥”。作者（或译者）自己编书，爱惜羽毛，“宁缺毋滥”，可以理解；编者为了研读需要，贪多务得，“宁滥毋缺”，也自有价值。

感谢林贤治先生的信任，使我有机会完成这份心愿。感谢卞之琳之女青乔女士慷慨授予版权。

二〇一四年十二月一日

《塞万提斯的未婚妻》新编序

我知道有《塞万提斯的未婚妻》这样一本书，是上个世纪八十年代初，在唐弢《晦庵书话》里，看到一则《阿左林》。其中说此书是戴望舒、徐霞村合译，绝版已久；师陀、傅雷都向他借过，后来干脆送给了傅雷。我当时沉迷于戴望舒的诗作，又爱读傅雷的译文，于是对这本书充满期待。

此后不久，我去苏州游玩，在观前街的一家书摊上见到一册新出的《西班牙小景》。看看署名，翻翻前言，原来是《塞万提斯的未婚妻》那书的重印本，便毫不迟疑地买下。回来细察篇末所注的译者，计"望舒"十五篇，"霞村"十一篇。

九十年代末，《戴望舒全集》出版，创作、翻译兼收。"散文卷"创作部分有《〈塞万提斯的未婚妻〉译本小引》，翻译部分却未见原书中戴望舒的十五篇译文，而是辑录了散见于当年报刊的另外二十一篇阿左林小品译文。这样的"全集"，令人疑惑。

最近，因为研读《古今》杂志，我发现其“执笔人”名单中有一位“白衔”。这是戴望舒的笔名。他在《古今》上发表一组俗文学笔记和一篇阿左林译文。同时，我还在《风雨谈》杂志上找到一篇“白衔”译的阿左林小品。赵国忠先生又提供了四篇戴译阿左林小品佚文，其中《华北日报》上三篇、《大津民国日报》上一篇。这后一篇译文，与《风雨谈》所载相同。

有了这些经历，我萌生了编一本戴译阿左林小品的念头。《塞万提斯的未婚妻》原书中的戴译十五篇，加上《西班牙短篇小说集》中的一篇（该篇在《塞万提斯的未婚妻》原书里，为徐霞村所译，戴望舒后来重译了），作为“第一辑”；三十年代刊于《现代》《文艺月刊》《华北日报》的十八篇，作为“第二辑”；四十年代刊于《古今》《风雨谈》《华侨日报》《大众周报》的八篇，作为“第三辑”。“附录”收《塞万提斯的未婚妻》初版的小引，以及周作人、唐弢的两篇书话。这样，一本“阿左林小品新编”大致就编成了。

需要交代的是，阿左林（Azorin）又译阿索林，原名荷西·马尔迪奈斯·卢伊斯（Jose Martinez Ruiz），是西班牙文学史上所谓“一八九八派”的代表作家。一八九八年，西班牙在与美国的战争中惨败，年轻的一代开始寻求救国图强之路。先是表现为激进主义，极力清算封建残余；后又转向民族主义，重新探求“西班牙的灵魂”。这一点，与中国五四一代知识分子的道路颇为相似。所以，戴望舒、徐霞村合译的《塞万提斯的未婚妻》于一九三〇年由神州国光社出版，立刻在中国文学界引起共鸣。

说到阿左林小品与中国现代文学的关联，我们可以列举一大堆作家的名字。除了前面提到的戴望舒、徐霞村、周作人、唐弢、师陀、傅雷之外，还包括卞之琳、何其芳、李广田、冯至、沈从文、林徽因、李健吾、金克木、方敬、南星、曾卓、唐湜、汪曾祺，等等。如果单说戴望舒译文的影响，显而易见的例证也有许多。如何其芳散文集《画梦录》里，《哀歌》一篇直接使用了戴译《哀歌》的标题，文中还直接引用戴译《侍女》的文字和意象。又如师陀短篇小说集《果园城记》里，《邮差先生》《说书人》等名篇的构思和行文，与戴译《修伞匠》《卖饼人》极其神似。阿左林小品在中国的传播与接受，无疑是中国现代文学史和比较文学界备受关注的课题。

至于阿左林小品的可读性，毋庸赘言。唐弢的评价是："阿左林文笔清新，疏淡中略带忧郁，如云林山水，落笔不多，却是耐人寻味。"周作人当年读到《塞万提斯的未婚妻》初版本，万分感慨："……放下书叹了一口气：要到什么时候我才能写这样的文章呢！"

二〇一一年十二月一日

版权页的故事

《塞万提斯的未婚妻》面市一个多月了，各方面的反响都不错，令人欣慰。关于这本书的编辑动机和过程，“新编序”里已做了交代。这里要谈的，是书编好之后发生的事情。

我把书目寄给三联书店的曾诚先生时，并没有奢望在三联出版，只是觉得他在出版界应该有许多熟人，有机会代为推荐。他是做学术类书籍的，对这种文艺类的应该没兴趣。可他与同事谈起，都说可以出。他让我写一个详细的编辑说明，以便申报选题。不久，他寄来了出版合同，并告诉我由他亲自当责编。

签过合同，我将“新编序”寄给董宁文先生，该文随即刊发在《译林书评》上。陈克希先生看到后，还特地从上海打来电话，说这本书很有价值，由三联出，档次很高，质量也有保证。

果然，进入校对程序，曾诚先生便让我把所有复印件和电子图片全部寄去，他要逐一核对。关于书内插图和封面配图，也多次交换意见。直到各方面都非常满意，才开始印刷。然而，等待装订之际，突然接到他的电话，说出版社收到国际版权代理商大苹果公司的通知，要求停止该书的出版发行。原来，他将封面贴在微博上做预告，有家出版社编辑看见了，转告版权代理商，因为他们已经从那里购买了阿左林的版权。

阿左林还有版权问题，这让我大吃一惊。其实，签合同之前，曾诚先生问过是否有版权问题。我当时只考虑到译者戴望舒，却忘了作者阿左林。因为阿左林是“一八九八派”，也就是十九世纪的作家，便想当然地认为他已经不存在这个问题了。如果当时查一下资料，会知道他是一九六七年去世的，按国际版权保护法规定的五十年，还有四五年的时间。这一疏忽，使出版社完全处于被动的局面。对此，我很是懊恼，却也无能为力。最后还是曾诚先生和三联的版权编辑与大苹果公司沟通，得知别人购买的是《西班牙小景》的版权。两本书的祖本虽然都是一九三〇年出版的戴望舒、徐霞村译本，具体的篇目却不尽相同。《西班牙小景》是徐霞村在世时出的，他把原书名改了，还把自己的名字调换到戴望舒的前面。该书收戴译十五篇，徐译十一篇。我们这个“新编本”删去了徐译，新加戴译二十七篇，及附录三篇。版权代理商又与阿左林后人联系，并要求提供具体篇目的西班牙文，以便核实原文出处。这一切，都是曾诚先生他们做的。几个月后，我得到消息，三联花了一笔钱购得版权，可以出版了。需要做的就是将已印好的版权页撤下，重印一张带有阿左林版权说明的新版权页换上。

书终于装订起来了，看到漂亮的封面和疏朗的版式，正高兴呢，突然发现版权页上的版次又出了问题：二〇一三年印成二〇〇三年了。出版社赶紧补印更正。单是一张小纸片不太好，他们印了个书签，在背面印上更正。三联的书，出现这样明显的错误，可谓绝无仅有。后来，网上有所非议，却并不知道这个错误在校对时已经发现并改了过来。只是重印版权页时，大家的注意都集中在新添的内容上，没想到排版操作员使用的是未经校改的最初底本。

当然，版权页上的这个错误却带来意想不到的效果。新书一上市，就有人传说：这本书有一个秘密，在书签的背后。精通营销术的书商，更是不失时机的广而告之：三联新书，“首印即绝版”。这些炒作，是否能有利于书的销量，我不知道；但至少会引起更多的关注度吧？

二〇一三年十一月

书名的英译

一次，在校园里遇到一位老师。他突然问我，钱锺书的《管锥编》可有人翻译？我只知道有一个英文的节译本，书名好像译作“有限的观察”，还得到钱锺书本人的认可。回家查了一下，全名是 *Limited Views: Essays on Ideas and Letters*。钱锺书是一位精通多个语种的语言大师，能得到他的认可，十分难得。

记得三联书店出过钱锺书《写在人生边上》的英译本，书名译作 *The Marginalia of Life*。钱学专家范旭仑兄在电邮中说，这个译名有问题。我不完全赞同他的意见，回复道，marginalia 见于原书的自序。作者把人生比作一部大书，他只是“随手在书边的空白上注几个字，写一个问号或感叹号，像中国旧书上的眉批，外国书里的 marginalia”。英译书名并非译者的“创造性翻译”，而是从这里沿袭过来的。范旭仑兄对此未予应答，不知是同意我的看法，还是不愿做无谓的争执？

后来，我看到一页钱锺书手书简历的影印件，是一九四五年在上海，他和夫人杨绛参加中华全国文艺界协会登记用的。上面的书名都附有英文，显然是钱锺书自己翻译的。《写在人生边上》译作 *On the Margin of Life*，《人·兽·鬼》译作 *Men Beasts Ghosts*，《围城》译作 *The Besieged City*，《谈艺录》译作 *Studies in Old Chinese Poetry*。杨绛的剧本《称心如意》译作 *All is for the Best*，《弄真成假》译作 *Caught in One's Own Trap*，《游戏人间》译作 *Take it Lightly*，《风絮》译作 *Catkins in Wind*。这些或许是钱锺书一时兴起的戏笔，但也可窥见他当年对以上书名的理解。

"写在人生边上"这个书名，本来就很欧化。钱锺书译作 *On the Margin of Life*，保留了介词短语的形式；后人译作 *The Marginalia of Life*，则变成了名词性短语。再说，margin 一词就是"书边的空白"，并且较为常见，与原中文书名的浅显等值、等效。marginalia 一词则比较正式、古雅，the marginalia of life 回译过来是"人生的旁注"，这有点像董桥的书名"记忆的脚注"了。

说起董桥，我近年买了不少他在香港牛津大学出版社出版的文集，发现其中一些书名也译有英文，应该是出自他本人之手。《从前》译作 *Once Upon A Time*，《小风景》译作 *Views in Ink and Colour*，《记忆的脚注》译作 *Footnotes to Memory*，《故事》译作 *Simply Stories*，《今朝风日好》译作 *One Fine Day*，《绝色》译作 *Eternal Infatuation*，《记得》译作 *Remember to Remember*。这最后一个英文名，本是亨利·米勒随笔集的书名，董桥借用过来，译成中文"记得”，精练多了。“今朝风日好”原为丰子恺的画题，译成英文 one fine day，也简洁多了。董桥的中英文，果然都很厉害。

书名的英译实在不是一件容易的事，有些词句根本无法转换，只好另起炉灶了。钱锺书将《谈艺录》译作 *Studies in Old Chinese Poetry*（中国古诗研究），董桥将《绝色》译作 *Eternal Infatuation*（永久的迷恋），都是不得已的变通。

我最近也遇到这样的难题。“蜜蜂文库”即将出版我的一本小册子《随遇而读》，封面上的书名也要汉英对照。这个词取自杨绛的《〈钱锺书手稿集〉序》，又是从成语“随遇而安”演变而来，中文本身就绕了几个弯，译成英文该如何处理？无奈只得求助于从事英汉翻译教学的妻子。她沉吟片刻，给出的译名是 *Reading at Random*。她解释说，reading 和 random 押头韵，相当于汉语里的双声，读起来好听；而且，世界上最大的英文出版社兰登书屋，原名就是 Random House。我核实了一下，random 是“任意的，随机的”，《牛津高阶英汉双解词典》的例句 open a book at random，正与我的用意相符。兰登书屋创始人贝内特·瑟夫的回忆录《我与兰登书屋》，原书名即为 *At Random*。那可是个一语双关的好书名。我的这个英文书名，想来也不错。

我一面给“蜜蜂文库”的编辑写电邮，告知《随遇而读》可译作 *Reading at Random*；一面又禁不住暗自思忖，如果钱锺书尚在人世，如果有机会向他请教，他会认可我这个书名的英译吗？

二〇一三年二月

玲珑阁记

几年前,我在一家报纸上开专栏,取名“玲珑阁札记”。有人问起,回答说:玲珑阁是我书房的名字,札记即读书笔记。至于为什么叫玲珑阁呢?或许有隐含的意义,可不足为外人道,只说是指书房很小。

玲珑阁的确很小,约有十个平方。公寓楼里的单元房,大多设计了这样一间小小的书房。如果家庭人口不多,没有改作别的用途,都会放一台电脑,摆几架书。看上去,也是一个像模像样的书房。玲珑阁就是这样一个小房间,没有什么特别。一面有门,一面有窗,两面是书橱。中间只能放下一张电脑桌、一张椅子和一张沙发。其实,这已经足够了。能有这样一片小小的空间,泡一杯清茶,翻几页闲书,人生何求?

若说小的缺点,恐怕是容量有限。书越来越多,书橱排不下了,堆在地板上;地板上堆不下了,隔一段时间便要处理一次。好在我没有收藏的癖好,看过之后不会再看的书,常放回书店廉价卖掉，或干脆当废纸让人收去，丝毫没有“挥泪别宫娥”的意思。有位相熟的作者写文章，说在书店见识过两位奇怪的顾客。一位买书，每种两本，看一本藏一本；另一位买书，看过了就卖。前者是我的一个书友，后者应该是我了。我卖书并非在乎金钱，只是觉得读书如同抽烟、喝酒，读过的书，也就如同剩下的烟盒、酒瓶，及时丢掉，没什么遗憾的。自然，那些经得起反复阅读的书不包括在内。因为书房很小，不时地检查一下，哪些书值得留下？哪些书可以淘汰？清理藏书，同时也顺便清理一下思绪，未尝不是一件好事。

我是一个杂览主义者，即使进了我的书房，看了我的藏书，也无法确定我的专业。所谓专业必读书，以及赖以谋生的教学用书，玲珑阁里只有零星的几册。常去光顾的几家书店的老板觉得困惑，来的是什么样的人，要买什么样的书，他们心里一本明账，可总是猜不准我这次会需要哪一类书，热心的推荐每每落空。巡视我的书房，则可以看出我最近对哪些门类保持着兴趣。因为那些没被卖掉的书，大致有两类：一类是感兴趣，尚未完全弄懂的；一类是弄懂了，还有兴趣再看的。所以，坐在玲珑阁里，面对着书橱里和地板上的书籍，我总是兴趣盎然。随便找几本有趣的书翻翻，写一点读书心得，是交流也是消遣。书房对我而言，不是工作室，而是后花园。外面的世界很大，免不了喧哗与骚动；书房的天地很小，却能给人宁静与安逸。

当然，玲珑阁并非一个封闭的空间。不仅有互联网可以收集各种信息，通过订阅读书类报刊，也可以追踪读书界的最新动态。如我常年订阅的“两报一刊”——《文汇读书周报》《中华读书报》和《读书》——就能提供有价值的资讯，使我保持着对前沿的关注。古人说，秀才不出门，能知天下事；今天，要做到这一点，更加容易。只怕是天下的事太多了，想关心都关心不过来。还是回到自己小小的书房里，将我的玲珑阁收拾干净，守护那份澹定的心境吧！

二〇〇九年一月一日

疑似笔名

在报刊上发表文章，也曾用过几个笔名，可都是因某种需要，临时凑合的。值得一说的，反倒是我的疑似笔名的本名。

有些初次打交道的编辑，会来个电话，问稿费单上填什么名字。很显然，这是误以为我的署名是笔名了，怕我拿身份证去邮局取钱时有麻烦。我当即作了解释，并感谢他们的细心与好心。对方总是带着笑意说："这个名字太像笔名了。"

我始终有些困惑，自己的姓名有什么特别的，编辑先生或女士们竟会把它误当作笔名。我没有问过他们，只是有两次，都是在餐桌上，偶尔听到两位编辑的高见。一位说这个名字很有诗意，而且是田园诗意。那大概是联想到"把酒话桑麻"，以及《陌上桑》《采桑子》之类了吧。另一位说，除了我的名字外，还见过一个同样好的名字，就是"戴笠"，字"雨农"。把我和那位"戴老板"等量齐观，让人有点哭笑不得。

我不清楚，这两位编辑的看法是否具有代表性。自小听到的、写下的、再熟悉不过的两个字，在别人眼中竟有这样陌生化的效果，实在出乎意料。通常，与人初次见面，解释姓名两个字怎么写后，也会听到一些称道的话，我只觉得是应酬客套，没当回事。编辑却是整天和文字打交道的人，对这两个字也如此敏感，使我不能不在意起来。

其实，“桑”不算是特别少见的姓，名字中有“农”的人也很多，而这两个字组合在一起，无非与果农、菜农近似，并没有什么与众不同。若一定要引经据典，最容易想到的应是《农桑辑要》一书。古人将农桑并列，自然可以更远地追溯到耕织文化的源头。农耕文明的自然经济，便是男耕女织。耕是务农，织需要种桑养蚕。农和桑，原来关系到民生之根本。古文中说“农桑不足以供应”，就是吃不饱、穿不暖的意思。把这两个字颠倒过来，桑和农，与之相对应的，则是温和饱。这可是老百姓日常生活的基本需求，是再现实不过的事情，看不出有什么诗情画意。或许，只是因为所代表的生活方式已显得过于俭朴、古老，在现代人的心目中，这两个字本身也变得“古雅”起来了？

话说回来，我的姓名到底有何寓意，我说的也不能算数。因为那是我的本名，而不是笔名。笔名是自己取的，其间的隐含意义由自己赋予；本名则是父母取的，自己仅仅是被命名，做不得半点主，也就毫无发言权。然而，我至今没有问过父母，怎么给我取这样一个名字。最近，父亲写了一组杂忆“文革”的旧体诗词。其中《批斗会》一诗里有“儿子名农复旧朝”一句，自注云：“儿子取名农被批者诬为意图复辟小农经济地主天堂。”这真是“欲加之罪，何患无辞”。即使谈阶级斗争，农民和地主也是对立的两个阶级，怎么可以混为一谈？再说，取名“农”字，何以见得不是要向贫下中农学习呢？只有那个荒诞的年代，才会有这样荒诞的事吧。

对于我自己，这个姓名也曾带来过不必要的麻烦。那倒不是被用来罗列罪名，而是由于方言发音的问题，别人听写时，会出现笔误。在我所属的方言区，s 和 sh 不分，l 和 n 不分，我的名字有时被人想当然地写成“桑龙”或“商农”。尤其是前一种错误，有一次，差点让我的本名失去了合法性。那是当年工作调动，要迁户口，有人主动代劳，我也就懒得过问。一天偶尔翻看新的户口本，发现“农”字被误写为“龙”，连忙去派出所更正。没想到办事员不予受理，说有明文规定，成年人不能改名字。我拿出身份证、单位证明信，都无济于事。情急之下，看到桌上一张当天的本埠日报，里面有我一篇文章，便翻给办事员看，说我一直用的就是这个名字，不信，报上都是这么写的。办事员用眼角扫了一下报纸，然后说，谁知道那是不是笔名？是啊，也许我本名原为“龙”字，觉得太常见了，发表文章时便改用“农”字，后来干脆想把户口本上的名字也改掉。这样的推测，不能说不在情理之中。我真是百口难辩了。好在随后查到原籍的档案，证明是迁移过程中弄错了，才得以改正，恢复原名。否则，我的本名真的只能当作笔名用了。

二〇〇七年一月

赠书杂忆

这里说的“赠书”，不是指作者的“签赠本”，而是把普通的书当作纪念品或礼品赠送的那种。

日常交往中，礼品的种类繁多，送书给人的，近来似乎不多见。前几天，我在书店买了一本《〈读书〉十年》，寄给一位外地书友。周围的人，就颇感诧异；那位收到赠书的朋友，也觉得难得。其实，对于爱书的人来说，相互赠书是极自然的事。

我上学的年代，相互赠书的风气还很流行。特别在毕业之际，以书赠别，书上多有题词。由于赠送者的缘故，那书对于受赠者，便显得十分珍贵。我的书橱里，一直供奉着好几部师友题赠的书。

一部《儒林外史》，是徐德明老师送的。扉页上用毛笔抄录苏轼《定风波》词句：“莫听穿林打叶声，何妨吟啸且徐行。”还有几行小字：“忘年相交，情笃谊厚，适桑农中师毕业纪念，无以为赠，仅以此书留存。”那两句词，我非常喜欢。

朱光潜谈“人生的艺术化”，曾引用希腊名言“慢慢走，欣赏啊”。对照来看，中西文化中的人生态度，也是相通的。

一部《中国历代书信选》，是罗会文老师送的。他是《人民日报》的记者，笔名罗盘，当时作为中直机关讲师团成员，来到我进修的教育学院；只教了一个学期的写作课，就回北京了。他那时常和我们一起晨练，一起参加过一个太极剑的培训班。他的扉页题词是自撰的：“仗剑划太极，提笔写中庸。”

同学之间赠书，题词就没有这么讲究了。中师毕业时，有位同学送我一本《杜诗散绎》。他在扉页上写的，是刘半农的一句歌词：“教我如何不想她。”我至今也不明白，他写这句话是什么意思。教院毕业时，有位同学送我两卷本的《美国现代诗选》，扉页上写着“赠江南鬼才”。后来给妻子看到了，常以此取笑。我不得不解释，“鬼才”这个词的重音，不在“才”而在“鬼”。当时，我们班上有三个同学，号称“三鬼”：一个酒鬼，一个色鬼，一个懒鬼。懒鬼就是在下。

至于我当年送人的书上写了什么，都忘了；甚至送过哪些书，也记不清了。好像有一本《傅雷家书》，初版本，白色的封面。书名四个字是手写体，在封面正中间，上方有简笔勾勒的作者侧面轮廓。一支鹅毛笔从左上角起，斜贯大半个封面。后来我买过再版本、增订本，封面设计都不如那本好看。

近些年，送书的事确实越来越稀少了。记忆犹新的，仅有两次。一次是一位老同学从外地来看我，说起他不久前去安庆高河，参加海子逝世二十周年的纪念活动。他用手机录下了海子母亲的声音。他播放给我听，是用黄梅戏的曲调吟唱《面朝大海，春暖花开》。海子与我们是同龄人；老同学还有这份热情，难能可贵。《海子诗全集》刚面市，我立即买了一部，托人带给他。另一次是在书店，一位画家朋友看到架上有我写的书，便要买一册，让我签名。我赶紧抢着付钱，可他人高马大，没抢过他。我心里过意不去。正好来了一位外地书友，晚间小聚。我便带了一册董桥的《今朝风日好》，送给画家朋友。袖珍本，精装，仿皮封面，插图也很精美。他很高兴，让在座的每一位都在书上签名，说是回去再补上一则题跋，记下这次聚会的情景。大家随即响应，纷纷说，这很有意思。

二〇一二年四月二十三日

后　记

这是一册读书随笔，或称读书笔记。全书分为三辑：第一辑“颂红妆”，记民国女性事迹；第二辑“乱翻书”，记现代文人掌故；第三辑“笔墨缘”，记个人读写交往。各篇都是历年在报刊上发表过的。文末所注，为首发时间。

几年前，曾胡诌一则“自题”。其辞曰：“读些杂书，写点笔记；述而不作，辞达而已。”这大致可见我的“读写观”了。

从某种意义上说，作者将零星文章汇集出书，相当于画家举办个展。美术界有所谓“策展人”，出版界也应该有称“策编人”的。这本书的“策编人”，自然是黄山书社刘莉萍女士。没有她热心的邀约和建议，恐怕我永远想不到要编这样一本书；没有她具体而细致的工作，这本书也不会以如今的模样面世。作为本书作者，我只是坐享其成。所以，请允许我在此谨表谢意！

桑　农

二〇一九年十月十日